창의 男
강서 女

장의男 강시女 4

노기혁 新무협 판타지 소설

초판 1쇄 찍은 날 § 2005년 5월 21일
초판 1쇄 펴낸 날 § 2005년 5월 31일

지은이 § 노기혁
펴낸이 § 서경석

편집장 § 문혜영
편집책임 § 김규진
편집 § 이재권 · 유경화

펴낸곳 § 도서출판 청어람
등록번호 § 제1081-1-89호
등록일자 § 1999. 5. 31
어람번호 § 제2-0602호

주소 § 경기도 부천시 원미구 심곡1동 350-1 남성B/D 3F (우) 420-011
전화 § 032-656-4452 팩스 § 032-656-4453
http://www.chungeoram.com
E-mail § eoram99@chollian.net

ISBN 89-5831-552-0 04810
ISBN 89-5831-439-7 (세트)

장의 男

男

강시 女

노기혁 新무협 판타지 소설

Fantastic Oriental Heroes

4 완결

옥문관 비사

도서출판
청어람

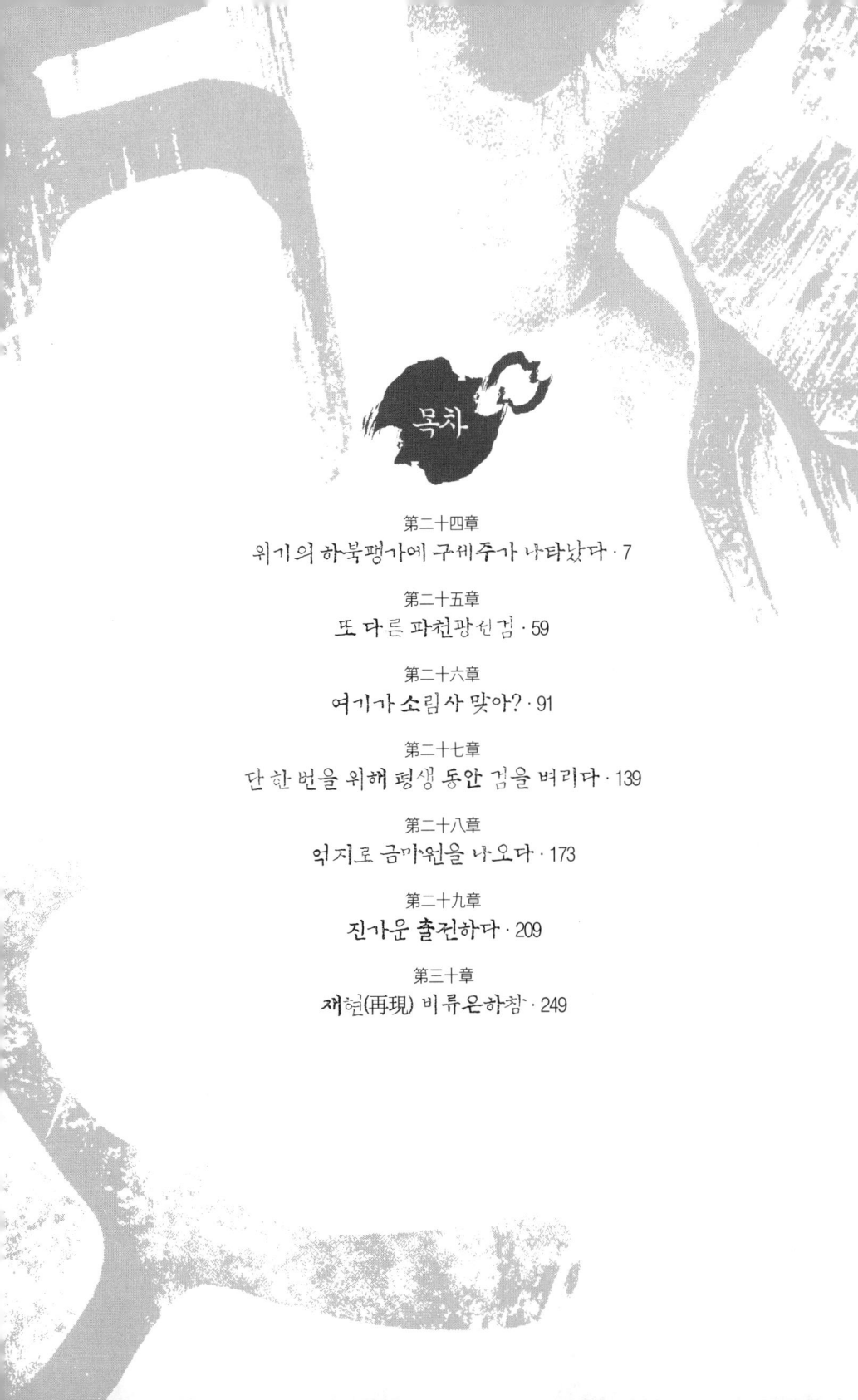

목차

제24장

위기의 하북팽가에 구세주가 나타났다

위기의 하북팽가에 구세주가 나타났다

펑!

진가운의 주먹이 추평의 복부에 박히는 것과 함께 폭음 소리가 울리며 추평의 몸이 공중으로 날아갔다.

"너 죽었어."

아무렇지도 않다는 듯 몸에 묻은 흙을 털며 자리에서 일어나는 추평의 모습에 진가운의 얼굴이 슬쩍 일그러졌다.

평범한 주먹질로 보였지만 진가운의 주먹에는 육성의 공력이 담겨 있었다. 비록 육성이지만 만년교룡의 내단까지 복용한 것을 생각하면 과거 칠, 팔성에 이르는 공력이다. 그 정도라면 추평이 죽지는 않을지라도 적어도 엄청난 충격을 받아야 마땅하건만 추평은 아무렇지도 않은 표정이다.

'대단하군.'

진가운이 몸에 묻은 흙을 털며 일어서는 추평을 바라보더니 슬쩍 뒤로 한 발 물러섰다. 추평의 공격이 있을 경우 언제든지 반격할 준비를 했다.

함께 식사를 하던 귀봉채의 산적들도 두 사람을 피해 산채의 구석으로 물러나 호기심 가득한 얼굴로 두 사람을 번갈아 바라보았다.

"네가 감히 개방의 위대한 대장로 추평을 건드려!"

쿵쿵쿵쿵!

얼굴을 씰룩이며 진가운에게 달려드는 추평의 기세가 가히 가관이다.

얼마나 강한 힘을 지녔는지 추평이 한 발을 내디딜 때마다 땅이 한 자 이상 파였다.

"그만 하세요."

살기등등한 기세로 진가운에게 달려들던 추평이 걸음을 멈추더니 예하령이 있는 곳으로 고개를 돌렸다.

예하령의 앙증맞은 입이 파르르 떨렸다.

"저놈이 먼저 쳤다."

'저놈?'

진가운이 머리를 갸웃거렸다.

저놈. 추평은 평소에 진가운을 저놈이라 부른 적이 없었다. 그런데 지금 강시가 된 추평은 진가운을 저놈이라 부른다.

"어떻게 된 거야?"

"머리가 약간……."

"그러게 왜 추 장로를 강시로 만들었어? 머리도 온전하지 못하다면서."

"그걸 내가 알았어? 밀탄지 발탄지 하고 싸울 때 머리를 다친 것을 내가 알았냐고? 그리고 지금 그게 중요한 일이 아니야. 큰일났어."

"큰일? 무슨 큰일?"

"산동악가가 비류성 놈들에게 당했어!"

진가운의 눈이 커졌다. 물론 비류성이 이미 중원에 진출했다는 것은 뇌황문을 통해 알고 있었지만 비류성이 이렇게 노골적으로 중원 문파에 대해 공격을 퍼붓는 것은 처음이었다.

"그렇다면 놈들이 전면 공격을 시작한 거야?"

"그건 아직 몰라. 지금 소림사에서 중원의 문파 대표들이 모여서 그 의논을 하고 있대."

"그래? 가자!"

진가운이 급히 예하령의 손을 잡더니 그녀가 미처 다른 말을 하기도 전에 낙화산을 내려갔다.

번잡한 마성 거리.

낙화산을 떠나 길을 나선 진가운과 예하령, 풍월 진인, 무치, 강시 추평, 그리고 복환용과 그의 제자가 된 천수 이렇게 일곱 명이 도착한 곳은 마성이다.

심각한 표정을 짓고 있는 다른 여섯 명과는 달리 천수는 무엇이 그리 좋은지 함박웃음을 지으며 대로 한복판을 두 손을 휘휘 저으며 걷고 있다.

'우화화화! 이 마성 거리의 한복판을 이렇게 마음껏 걸을 수 있다니……'

언제나 마성 거리 귀퉁이를 조심스럽게 걷기만 했던 천수로서는 지금과 같이 대로 한복판을 마음껏 걸을 수 있다는 것만으로도 행복이었나 보다. 그런 천수를 보고서도 이제 천수에게 뭐라고 말하는 사람은 아무도 없다. 천수의 허리에 단단히 매어져 있는 검 한 자루가 사람들의 입을 틀어막고 있었다.

"그만 하고 이리 와!"

천수를 지켜보던 사부 복환용의 명령에도 불구하고 천수는 여전히 대로 한복판을 신나게 걸었다.

'망할 놈의 자식. 아직 사부 무서운 줄 모른다 이 말이지.'

천수와 복환용의 신경전이 벌어지는 가운데 진가운 일행이 들어간 곳은 마성의 한 객잔이다.

객잔. 언제나 그렇듯 오늘도 객잔은 식사를 하는 사람들로 분주하기 그지없다. 평소와 다른 점이라면 오늘따라 유달리 무복을 입은 무인들의 모습이 눈에 많이 들어온다는 것이다. 그러나 그것은 진가운 일행에게 있어서는 오히려 다행이다. 다른 사람들의 관심이 몰리지 않으니 말이다.

"저… 손님!"

조금 전 음식을 주문받고 돌아갔던 점소이가 진가운 일행이 앉아 있는 탁자로 다가와 조심스럽게 입을 열었다.

"무슨 일인가?"

풍월 진인의 말에 머리를 긁적이며 멋쩍은 표정을 짓던 점소이가 조심스럽게 입을 다시 열었다.

"저… 저……."

"무슨 일이냐니까? 그냥 확!"

추평이 자리에서 일어서며 솥뚜껑만한 주먹을 번쩍 들어 올렸다.

'어쩐지 지금까지 잘 참는다 생각했다.'

추평의 무시무시한 기세에 점소이의 얼굴이 파랗게 질렸다.

"앉으세요. 그렇게 사람을 윽박지르니 말이라도 한마디 제대로 하겠어요?"

예하령의 말에 추평이 곧 풀죽은 얼굴이 되어 자리에 앉았다.

"자, 이제 말해 보게. 무슨 일인가?"

풍월 진인의 물음에 잠시 망설이던 점소이가 용기를 내려는 듯 두 주먹을 불끈 쥐어 보이더니 다시 입을 열었다.

"대단히 죄송하오나 혹… 합석을 할 수 있겠습니까?"

"합석?"

"그렇습니다. 손님께서도 보시다시피 오늘 손님이 너무 많아서 자리가 없어 그러하오니…….."

"그렇게 하시게."

"예?"

자신의 말이 끝나기도 전에 풍월 진인이 허락을 하자 점소이가 놀란 듯 눈을 동그랗게 뜨고 풍월 진인을 바라보았다.

"그렇게 하시게. 어차피 자기가 시킨 음식 자기가 먹는 것은 매일반이 아닌가. 일곱이 먹든 여덟이 먹든 그게 무슨 상관이겠는가."

"아~ 예! 감사합니다."

점소이가 희색이 만면해 급히 객잔의 문이 있는 곳으로 달려가더니 경장 차림의 두 사람을 데리고 진가운 일행이 앉아 있는 탁자로 다가왔다.

"여, 여깁니다요."

"실례하겠습니다."

점소이의 손짓에 따라 두 사람이 진가운 일행 옆에 앉았다.

"저는 청룡영검(靑龍英劍) 왕헌청(王憲靑)이라 합니다. 그리고 제 옆에 있는 친구는 소룡옥도(小龍玉刀) 이소백(李小伯)이라 합니다."

"그러십니까? 저는 진가운, 그리고 제 옆에 계신 분들은 저와 일행이 되시는 분들입니다."

"그렇군요. 옆에 검을 차고 계신 것이나 풍채를 보아하니 무인이신 듯 보이는데 하북성(河北省)으로 향하시나 봅니다."

'하북성? 거기를 왜……'

진가운이 말없이 왕헌청을 바라보았다. 왕헌청이 당연하다는 듯 말을 이었다.

"그럼요. 중원의 무인으로서 어찌 오랑캐 놈들의 침입을 눈감아줄 수가 있겠습니까? 비류성인지 뭔지 하는 오랑캐 잡놈들은 이번 하북팽가에서 그 씨가 마를 것입니다."

"뭐야? 비류성 놈들이 이번에는 하북팽가를 넘본단 말이야? 내 그놈들 모가지를 모두 베어버릴 것이야!"

진가운이 뭐라 말하기도 전에 진가운의 옆에 있던 추평이 먼저 목청을 돋웠다.

'고, 고수다.'

추평의 모습을 보던 왕헌청이 슬쩍 몸을 떨었다.

추평의 모습에서 알 수 없는 기가 흘러나와 자신의 몸을 옥죄고 있었다. 하긴 추평이라면 강시가 되기 전에도 절정의 고수였다. 그런 고수를 보고 왕헌청과 같은 젊은 무인이 몸서리를 치는 것은 당연한 일이다.

"비류성이 정식으로 싸움을 걸어온 것이오?"

"무슨 말씀! 그 오랑캐 놈들이 그런 예를 아는 놈들입니까?"

"그런데 어떻게?"

"개방입지요. 지난번 산동악가가 무너진 이후 개방이 이에 대한 정보를 모았지요. 그 와중에 놈들의 꼬리가 잡혔답니다. 그리고 그놈들이 하북팽가로 움직이고 있다는 사실까지 알아냈답니다. 하긴 개방이 어답니까? 중원천지에서 그들의 눈을 피할 수 있는 놈들은 없다고 봐야지요. 좌우간 이번에 그 오랑캐 놈들은 모두 그곳에서 뼈를 묻어야 될 겁니다. 벌써 중원의 무림인들이 하북성 석가장으로 모이고 있답니다."

왕헌청의 이야기를 듣던 진가운이 고개를 끄덕였다.

밖으로 나오자마자 진가운은 일행을 둘로 나누었다.

"어르신, 저와 무치 스님은 소림으로 가겠습니다. 풍월 진인 어르신은 나머지 분들과 함께 하북팽가로 먼저 가주십시오."

"알겠네, 그리함세."

소림으로 가는 진가운과 무치를 제외한 나머지 일행은 즉시 하북팽가를 향해 떠났다.

*　　　　*　　　　*

소림사 방장실.

오늘도 소림방장 묘학 대사는 여전히 상좌에 앉아 방장실 안을 둘러보았다. 여느 때와 다름없이 사람들로 차 있는 방장실. 그런데 오늘 모인 사람들은 평소 방장실에 모이던 사람들과는 조금 달랐다.

평상시라면 소림사의 장로들이 앉아 있어야 할 자리에 오늘은 다른 사람들이 앉아 있었다. 그 행색도 가지가지인 승도속(僧道俗)의 사람들.

그중에는 누더기를 걸치고 있는 개방의 방주 구타신개(狗打神丐)의 모습도 보였다.

이들은 구파일방의 장문인들과 이미 뇌황문에 의해 멸망한 산동악가와 다음 공격 대상으로 알려진 하북팽가를 제외한 오대세가의 세 가주들이다.

순간 침묵을 깨며 한 사람이 자리에서 벌떡 일어났다. 공동파 대신 새롭게 구파일방에 포함된 형산파 문주, 두주구천(斗酒救天) 피도곡(皮島鵠)이다.

"아, 뭘 그리 고민하십니까? 저희들이 누굽니까? 중원무림의 지배자인 구파일방과 오대세가의 장문인, 가주들입니다. 그깟 오랑캐 놈들이야 제자들 끌어 모아 한 방에 박살 내면 되는 것 아닙니까?"

두주구천 피도곡의 말에 모여 있던 사람들이 일제히 쓴 입맛을 다시더니 고개를 저었다.

'철없는 작자! 하긴 공동파 대신에 간신히 우리들 구파일방에 포함된 형산파 하룻강아지가 비류성이 얼마나 무서운 존재인지 알기나 하겠냐?'

구타신개가 고개를 가로저으며 옆에 앉아 있는 화산파 장문인을 슬쩍 바라보았다. 화산파 장문인 매화만검(梅花滿劍) 화문영(華雯瑛) 역시 한심하다는 얼굴로 피도곡을 바라보고 있었다.

갑자기 분위기가 식어버리자 어색하게 된 것은 형산파 문주 피도곡이었다. 자신이 그렇게 말하면 다른 구파일방의 장문인들과 오대세가의 가주들이 박수를 치며 환호를 보낼 것이라고 생각했다. 그런데 반응이 영 아니올시다라니…….

'망할 놈들! 이래서 똑똑한 사람이 어리석은 놈들의 시기를 받아 일찍 죽는 법이야. 멋진 의견을 내놓으면 박수라도 칠 것이지…….'

피도곡이 방 안을 한번 훑어보고는 민망한 듯 얼른 자리에 앉았다. 그렇지만 앉아 있는 피도곡의 콧수염이 계속해서 작은 움직임을 일으키고 있는 것으로 보아 심기가 불편하기는 불편한 모양이다.

다시 침묵이 흘렀다.

침묵이라면 죽도록 싫어하는 소림사 방장 묘학의 얼굴이 일그러졌다.

'망할 자식들! 무림첩(武林帖)을 받았으면 이곳에 왜 모였는지를 알고 있을 터인데 생각을 좀 하고 나올 것이지 애들 들놀이 나오듯 아무 생각 없이 그냥 나왔어.'

묘학 방장의 손이 조금씩 떨리기 시작했다. 그와 동시에 방장실에 모인 장문인들과 가주들이 잔뜩 긴장한 표정을 지었다. 묘학 방장의 손 떨림. 그것은 곧 질문으로 연결된다는 것을 몇 번의 무림회의를 통해 잘 알고 있었기 때문이다.

스르륵!

묘학 방장의 얼굴이 서서히 돌아갔다.

'제길, 눈이라도 마주치면 개망신이다.'

방장실에 있는 다른 문파의 장문인들과 가주들이 묘학 방장과 눈이 마주치지 않기 위해 묘학의 시선을 외면하며 고개를 돌렸다.

"화(華) 문주!"

"……!"

화산파 문주 화문영의 얼굴이 일시에 굳어졌다. 그와는 달리 다른 문주와 가주들의 얼굴에는 화색이 돌았다.

"본승은 화산파의 문주이신 화문영 대협의 의견을 듣고 싶습니다."

잠시 망설이던 화문영이 억지로 입을 열었다.

"먼저 오대세가의 일가인 산동악가의 멸망에 슬픔을 금할 수가 없습니다. 그들의 원한은 꼭 갚아야 합니다."

"어떻게 말입니까?"

"그, 그, 그것은 의논을 해야지요. 흠. 흠."

대충 말을 얼버무린 화문영이 급히 묘학 방장의 눈길을 외면하며 얼굴을 돌렸다. 화문영의 말에 소림방장 묘학의 얼굴이 슬쩍 달아올랐다.

'망할 자식! 누가 그걸 몰라? 그 방법을 의논하자고 무림첩을 돌린 거잖아. 그럼 방법을 생각해 와야지……'

성질 같으면 당장이라도 화문영에게 다가가 그 방법이 무엇이냐고 다시 묻고 싶었다. 그렇지만 화산파의 체면을 생각해 그럴 수는 없는 일이었다. 화문영을 다시 한 번 쏘아보는 것으로 화를 달래며 묘학 방장이 남궁세가 가주 남궁준일(南宮俊溢)을 바라보았다.

"남궁 가주의 의견은 어떻습니까?"

"먼저 잠시 모습을 보였다가 사라진 일승대제의 후인(後人)을 찾아야 할 것입니다."

"어떻게요?"

"그야 열심히 찾아야지요."

남궁준일 역시 슬쩍 고개를 돌려 묘학 대사의 시선을 외면했다.

벌떡!

상좌에 앉아 있던 묘학이 더 이상 참지 못하고 자리에서 일어났다.

"아, 진짜 성질나서 못하겠네! 이보시오, 무림첩이 무슨 청첩장이야? 무림첩을 돌려 의논하자고 했으면 그에 대한 생각들을 한두 가지씩은 정리해서 참석해야지, 이게 무슨 무림회의야?"

얼마나 화가 치밀었는지 말도 끝에 가서는 반말로 바뀌어 있었다.

쾅!

마침내 묘학 대사의 손에 들려 있던 녹옥불장이 방바닥을 내려쳤다. 지금 회의가 각파 장문인, 가주의 무림회의가 아니라 소림사 장로회의였다면 벌써 여러 차례 녹옥불장이 방장실 바닥을 내려쳤을 것이다. 오늘은 그래도 각파 장문인들의 회의라 묘학으로서도 꽤나 참았다.

드르륵!

문이 열렸다.

'어떤 망할 자식이……'

그렇지 않아도 끓어올라 한번 폭발할 곳을 찾았는데 잘됐다는 생각으로 묘학 대사가 눈에 핏발을 세운 채 문이 있는 곳으로 얼굴을 돌렸다.

"사, 사, 사숙!"

명운 대선사다.

명운 대선사 역시 무엇이 불만인지 얼굴이 시뻘게져서 방 안을 들어서고 있었다.

소림사 방장실에 모여 있던 각파 장문인들과 가주들의 시선이 일제히 명운 대선사에게 돌아갔다.

"허허, 이거 늙은이가 잠시 우리 방장께 드릴 말씀이 있어서……."

우르르르르!

명운 대선사의 말이 미처 끝나기도 전에 묘학을 제외한 모든 사람들이 밖으로 나갔다. 그렇지 않아도 나가고 싶었는데 머뭇거릴 이유가 없었다. 그야말로 울고 싶은 놈 뺨 때려준 꼴이었다.

"사숙님! 어인 일이십니까?"

"왜, 늙은이가 방에 처박혀 있지 않고 방장실에 들러서 마음에 안 드시오?"

"사숙님, 그게 무슨 말씀이십니까?"

"그래, 이제는 늙은 사숙의 말이 말 같지도 않아 들리지도 않으시는 모양이구려."

"사숙님! 어찌 제가 사숙님을 그렇게 생각하겠습니까?"

묘학으로서는 억울하기 짝이 없었다.

사숙이라는 사람이 갑자기 방에 나타나서 생트집을 잡고 있으니 그렇지 않아도 답답한 가슴이 더욱 꽉 막혔다.

잠시 묘학 방장을 바라보던 명운 대선사가 다시 입을 열었다.

"방장, 잠시 녹옥불장을 상좌에 내려놓으시고 가까이 오시오."

명운 대선사의 말에 묘학이 흠칫거렸다.

녹옥불장을 상좌에 내려놓고 오라는 것은 막말로 말해 계급장 떼고 한판 하자는 말과 같았다. 그렇지만 상대는 사숙 명운 대선사다. 아무리 자신이 소림의 방장이라고는 하지만 함부로 대할 수 없는 사문의 존장(尊長)인 것이다.

묘학이 급히 자신의 자리 옆에 녹옥불장을 놔두고 명운 대선사에게 가까이 다가왔다.

"그래, 방장은 아직도 이 늙은이를 사숙으로 생각하고 계시오?"

"물론입니다. 소승 묘학이 어찌 명운 사숙을 사숙으로 생각지 않겠습니까? 소승의 진심이오니 믿어주십시오."

"그런데 어찌하여 방장께서는 이 늙은이를 발가락 사이의 때만도 여기지 않으시오?"

"······?"

묘학이 그게 무슨 말이냐는 듯 명운 대선사를 바라보았다.

"오라, 이제는 이 사숙을 노려보기까지 하시는구려."

묘학이 급히 고개를 숙였다.

"이제는 아예 얼굴도 보지 않겠다 이거요?"

정말이지 미치고 팔짝 뛸 일이다. 보면 본다고 난리고, 보지 않으면 보지 않는다고 난리니 그야말로 어떻게 해야 할지 알 길이 없었다.

"사숙님, 소승에게 잘못이 있으면 꾸짖어주십시오."

"그래요. 그럼 그렇게 합시다. 들어오시게."

소림사 묘학 방장이 급히 문이 있는 곳으로 고개를 돌렸다.

드르륵!

문이 열리며 진가운이 방장실 안으로 들어왔다.

"헉!"

묘학의 눈이 튀어나올 듯 부릅떠졌다. 묘학 역시 진가운을 기억하고 있었다.

순간.

명운 대선사의 일갈이 묘학 방장의 귀에 천둥처럼 들려왔다.

"이놈 묘학~! 내 이미 여기 있는 시주에게 모든 말을 들었다. 이미 산동악가가 비류성에게 무너지고 지금 하북팽가마저 위기에 처해 있다 하던데 어찌 너는 내게 한마디도 전하지 않았느냐? 이 고얀 놈!"

"그것이 아니오라, 먼저 대책을 마련해 사숙께 아뢸 생각이었습니다."

"그래서 방법은 찾았느냐?"

"아직은……."

"그렇다면 내 의견을 말해도 되겠느냐?"

"예!"

"목소리가 작다. 알겠느냐?"

"예~!"

모기 소리만하던 묘학의 목소리가 울부짖는 사자의 목소리처럼 커졌다. 그제야 명운 대선사는 마음이 흡족한지 방에 몸을 움츠리고 서 있는 묘학을 보며 빙긋 미소를 지었다.

"그래, 그럼 내가 지금 당장 나한전의 나한들을 모두 불러 하북팽가를 향해 출발할 것이네. 허락하시겠는가?"

"무, 물론입니다, 사숙님."

"고맙네. 시주, 이제 우리들은 나가보세."

명운 대선사가 진가운과 함께 방장실을 나왔다.

*   *   *

석가장 외곽의 거대한 장원. 이곳이 중원오대세가의 하나인 하북팽가의 장원이다. 과연 중원오대세가의 하나임에 부족함이 없을 정도의 위용있는 모습이다.

예하령이 천천히 고개를 들어 장원 정문 위에 걸려 있는 현판을 바라보았다. 현판이라 하기에는 다소 긴 글이 적혀 있다.

현판을 바라보던 예하령이 현판 글귀가 마음에 들지 않는지 얼굴을 일그러뜨렸다.

'아이고 답답해.'

까막눈 천수가 답답한 듯 슬쩍 예하령을 향해 고개를 돌렸다.

"뭐라고 적혀 있는 거야?"

빡!

말이 끝나기도 전에 천수의 뒷덜미에서 불이 일었다. 있는 대로 얼굴을 찡그리며 고개를 돌리는 천수. 그런 천수를 바라보며 인상을 쓰고 있는 것은 어느새 예하령의 충복이 되어 있는 활강시 추평이다.

"반말하면 맞는다."

'망할 놈의 귀신 새끼.'

성질 같으면 당장에 추평에게 달려들어 멱살이라도 움켜쥐고 싶지만 그랬다가는 자신의 몸뚱이가 성하지 못하다는 것을 알기에 천수가 꾹 눌러 참고 구원의 눈빛으로 자신의 사부가 된 복환용을 바라보았다. 그런 천수의 모습에는 아랑곳하지 않고 넋을 놓고 하북팽가의 장원을 바라만 보는 복환용.

천수의 몸이 부르르 떨렸다.

'저런 늙은이를 사부라고…….'

천수는 사부 복환용의 도움을 포기하고 다시 인상을 쓰며 추평을 노려보았다.

"그만 하세요."

그런 두 사람을 힐끔 바라보던 예하령이 급히 추평을 막았다.

"안 된다. 반말하면 맞는다."

"그러는 추평 장로님은 왜 반말하세요?"

"그럼 내 주먹으로 나를 때리란 말이냐? 난 반말해도 안 맞는다."

"알았어요, 알았으니까 물러나세요."

잔뜩 얼굴을 일그러뜨린 채 천수를 노려보던 추평이 어쩔 수 없다는 듯 예하령의 옆으로 걸음을 옮겼다. 그렇지만 천수를 향해 주먹을 쥐고 흔들어 보이는 것이 다시 한 번 예하령에게 반말을 했다가는 뼈도 못 추리게 만들겠다는 표시다.

그런 추평에게 다시 한 번 몸짓을 해 보인 예하령이 천수를 바라보며 입을 열었다.

"무인 된 자로서 실력이 부족해 죽는 것은 부끄러운 일이 아니나 후일을 기약한다는 명분으로 뒤로 물러서는 것은 치욕이다."

"우와! 멋있다!"

"멋있긴 개뿔이나 뭐가 멋있냐? 저게 다 배부른 소리다. 이승의 개가 저승의 왕후장상보다 나은 거다."

어느새 끼어든 추평. 물론 추평 역시 임전무퇴를 가장 큰 덕목으로 알고 있지만 천수의 말에는 무조건 반대하고 보자는 생각에 덮어놓고 나선 것이다.

'망할 놈. 그게 강시가 할 소리야?'

추평을 마땅치 않다는 얼굴로 바라보던 천수가 입을 열었다.

"그래도 멋있잖아. 모름지기 강호의 영웅이라는 자는 저래야 하는 거야."

"그래? 그럼 너는 황제가 대신 죽어달라고 하면 죽을 거냐?"

"미쳤어, 대신 죽게?"

"그런데 왜 그렇게 말하냐?"

"그만 하세요."

예하령이 다시 불붙은 천수와 추평의 말싸움을 말리며 천천히 정문을 향해 다가갔다. 그사이에 벌써 사람들이 모여들어 팽가장 정문 앞에 길게 늘어서 있었다.

　사람들이 하나둘 장원 안으로 들어가고 마침내 예하령 일행의 차례가 되었다.

　들어오는 사람들의 신분을 일일이 기록하던 팽가장의 무사 한 명이 예하령과 그의 일행 다섯 명을 머리에서 발끝까지 천천히 살폈다.

　"어디서 오셨소이까?"

　천수가 무슨 말이냐는 듯 고개를 갸우뚱하며 주변을 둘러보았다.

　"허허, 여태껏 초야에 파묻혀 있다가 이제 막 강호에 나온 초출이외다."

　'뭐? 초출? 늙은이들이 그냥 산골에나 처박혀 있지 늘그막에 강호에는 왜 기어나와?'

　풍월 진인의 말에 팽가장 무사의 얼굴이 더욱 일그러졌다. 그 모습을 보아 거의 무덤으로 들어갈 늙은이가 초출이라니…… 분명히 밥이나 축내는 그저 그렇고 그런 삼류무사가 분명하다고 생각했다.

　"돌아가시오."

　무심한 한마디.

　"이 새끼가……"

　추평이 참지 못하고 주먹을 치켜든 채 팽가장 정문 옆에 앉아 있는 무사에게 다가갔다. 추평의 뒤에 있던 천수의 얼굴도 부르르 떨리는 것이 그 역시 못마땅한 기색이 역력하다.

　명색이 오대세가의 일원이라는 팽가장의 무사라는 작자가 그저 사문이나 따지고 있으니 답답한 노릇이다.

　획!

　옆에서 추평과 천수의 얼굴을 살피던 풍월 진인의 손이 움직이는가 싶더니 천수의 허리에 매어져 있는 검을 번개처럼 뽑아 들며 팽가장 무사의 목에 바짝 들이댔다.

팽가장 무사의 턱이 덜덜 떨렸다.

풍월 진인의 발검(拔劍)!

팽가장 무사는 풍월 진인의 발검을 보지도 못했다. 그런데 어느 사이에 검이 자신의 목을 노리고 있었다.

'대, 대단한 쾌검이다!'

팽가장 무사가 다시 한 번 조심스럽게 고개를 들어 풍월 진인을 바라보았다.

"소청검법이라 하네."

"소, 소청검법?"

팽가장 무사의 턱이 더욱 빠르게 아래위로 부딪치며 얼굴에서도 땀이 방울져 떨어지기 시작했다. 아무리 팽가장의 하급무사라고는 하지만 그 역시 소청검법이 어떤 무공이라는 것은 알고 있었다.

무당의 절학.

"무, 무당파의 어르신입니까?"

"젊은이, 그게 그렇게 중요한 일인가?"

한마디를 툭 뱉고는 풍월 진인이 바로 몸을 돌렸다.

"어, 어르신!"

"뭔가?"

"저희 장원을 들르신 것이 아닙니까?"

"생각이 바뀌었네."

예하령 일행이 팽가장이 있는 석가장에 도착한 지 벌써 사흘이 흘렀다.

새벽!

객잔에서 막 밖으로 나가려던 복환용이 걸음을 멈췄다.

'이상한데……'

여느 때와는 조금 달랐다. 평상시라면 하북팽가의 무사들은 장원 안 채에서 경계를 섰다. 물론 정문 등 일부의 곳에는 밖으로 나와 경계를 서지만 대부분은 장원 안쪽에서 경계를 섰다. 그것은 적의 기습 공격으로부터 자신들이 노출되지 않기 위해서다. 그런데 오늘은 팽가의 무사들이 대부분 밖으로 나와 경계를 서고 있다.

이들이 밖으로 나와 경계를 서고 있다는 것은 누군가를 조금 더 일찍 발견할 필요가 있어서일 것이다.

밖으로 나가려던 복환용이 급히 객잔 안, 자신과 천수가 묵고 있는 방으로 다시 달려들어 갔다.

드르륵!

문을 열고 방 안으로 들어갔다.

"일어나!"

복환용이 먼저 자고 있는 천수를 흔들어 깨웠다.

"뭐, 뭐야?"

천수가 깜짝 놀라 자리에서 황급히 일어났다.

"이 자식아! 옷이나 제대로 입어."

천수가 급히 고개를 숙였다. 속옷 차림으로 언제 들었는지 검을 손에 쥐고 있는 모습이 가히 가관이다.

천수가 손에 들고 있는 검을 급히 내려놓고 방 한구석에 널려 있는 옷을 집어 들었다.

"가자!"

"어디를 말입니까?"

"아무래도 이상해. 그러니까 잔말하지 말고 어서 나와!"

턱!

복환용이 천수의 팔을 잡고 급히 객잔을 나왔다.

"아이고! 팔 빠집니다, 사부님."

"빠지면 다시 맞춰줄 테니까 잔말 말고 나와."

아프다고 소리치는 천수의 팔을 붙들고 복환용이 객잔을 나와 손으로 한곳을 가리켰다. 천수의 눈이 복환용의 팔을 따라 움직였다.

"왜 저래?"

천수의 시선이 머문 곳은 팽가장이다.

천수 역시 한눈에 팽가장의 경계가 어제와는 많이 달라졌다는 것을 알아봤다.

장원 밖으로 나와 눈을 부라리고 있는 무사들. 허리에 팽가의 상징이라 할 수 있는 거대한 도를 차고 주변을 살피는 무사들의 얼굴에 긴장감이 가득하다.

휘익!

순간, 하북팽가의 경계무사들 앞으로 서너 명의 사람들이 뛰어내렸다.

"웬 놈이냐?"

말과 함께 팽가장의 무사들이 손에 들고 있는 도를 자신들의 앞에 뛰어내린 서너 명의 괴한들을 향해 휘둘렀다. 그렇지만 괴한들은 그런 팽가 무사의 도를 무시하듯 날아오르는 도를 향해 손을 마주 뻗어갔다.

소리도 없이 하북팽가의 무사들이 공중으로 떠오르더니 장원의 담에 부딪쳤다.

부르르 몸을 떠는 하북팽가 무사들의 목이 힘없이 꺾였다.

그 모습을 지켜보던 복환용의 눈에서 광채가 흘렀다.

'저, 저 새끼들이!'

천수는 괴한들이 비류성인가 뭔가 하는 놈들이라는 사실을 깨달았다. 급히 팽가장을 향해 몸을 움직이려는 천수를 복환용이 꽉 붙들었다.

"왜 이러십니까?"

천수가 이상하다는 듯 복환용에게 고개를 돌렸다. 천수를 향해 아직은 때가 아니라는 듯 고개를 가로젓는 복환용의 모습에 천수가 입을 씰룩거리며 팽가장으로 고개를 돌렸다.

어느새 나타난 하북팽가의 무사 삼십여 명이 괴한들을 향해 공격을 퍼붓기 시작했다.

휘휙!

새벽이라 그런지 허공을 가르는 팽가 무사들의 도에서 이는 바람 소리가 유별나게 시원하게 들린다.

무시무시한 기세로 도를 휘두르는 팽가의 무사들을 놀리기라도 하듯 이리저리 몸을 움직여 피하기만 하던 괴한들이 팽가의 무사들을 상대로 공격을 시작했다.

회릭!

몸이 움직이는가 싶더니 이내 괴한의 모습이 자리에서 사라졌다.

그와 함께 섬광이 번쩍이며 팽가의 무사들이 바닥에 쓰러졌다. 물론 외곽을 경계하는 자들이니 그 무공은 하북팽가에서도 하급일 것이다. 그렇지만 복환용은 입을 다물 수가 없었다.

소리!

하북팽가의 무사들을 공격하는 비류성 무사들의 몸놀림은 그야말로 전광석화다. 그런데 그 소리가 들리지 않았다.

지금은 새벽.

시간이 시간인지라 소리는 더욱 잘 전달되는 시간이다. 조금 전 하북팽가 무사들의 도가 허공을 가르는 소리가 뚜렷이 귀를 파고들었다는 사실만으로도 그것을 알 수 있다. 그렇지만 번개 같은 움직임에도 불구하고 비류성 무사들에게서는 아무런 소리가 나지 않았다.

순식간에 괴한에게 달려들던 팽가의 무사들이 바닥에 쓰러져 나뒹굴었다.

삐이익!

괴한 가운데 한 명이 손가락을 입에 물고 날카로운 소리를 냈다.

획! 획! 획!

그것이 신호음인 듯 서너 명의 괴한 주변으로 이백여 명의 괴한들이 삽시간에 몰려들었다.

모여들던 사내들이 일시에 하북팽가 장원의 담을 넘어 팽가장 안쪽으로 들어갔다.

채쟁!

귀를 찢는 듯한 날카로운 쇳소리.

처음부터 지켜보던 복환용과 천수의 귀에 처음으로 쇳소리가 들렸다. 드디어 하북팽가에 모인 중원의 고수들과 뇌황문의 본격적인 싸움이 시작된 것이다.

"지금 당장 풍월 진인을 깨워."

복환용의 한마디에 천수가 급히 객잔 안으로 들어가 예하령과 풍월 진인, 그리고 추평을 데리고 나타났다.

복환용이 슬쩍 고개를 돌렸다.

팽가장의 장원 옆으로 이십여 장에 이르는 거대한 고목이 보였다.

그 모습으로 보아 하북팽가가 이곳에 장원을 짓기 전부터 이곳에 서 있었을 만한 그야말로 천년거목이다.

"출발!"

"어디로 말입니까?"

복환용의 말에 반문하는 천수. 그런 천수를 보며 얼굴을 일그러뜨리던 복환용이 급히 손을 들어 거목을 가리켰다. 그제야 복환용의 말을 알아들은 듯 입가에 미소를 지으며 천수가 힘차게 발을 굴렀다.

쐐애액!

천수의 몸이 까마득하게 솟아올랐다. 진가운으로부터 배운 운룡대팔식 제일식, 용비구천이다. 거목의 끝 부분에 슬쩍 발을 내디딘 천수가 아래에 있는 예하령 일행을 향해 올라오라는 손짓을 해 보였다.

슈우욱!

풍월 진인을 선두로 예하령과 그 일행이 그대로 공중으로 치솟아올라 거목이 있는 곳으로 날아갔다.

팽가장 안에서는 그야말로 장관이 펼쳐지고 있었다.

너른 장원 이곳저곳에서 서로 어울려 병장기와 손발을 주고받는 모습은 싸움이 아니라 춤을 추고 있는 것 같았다.

그 와중에도 상대의 공격에 당한 무인들이 하나둘 바닥을 뒹굴고 있었다.

그 숫자를 보니 검은 무복 차림의 비류성 무사들보다는 중원 무사들이 훨씬 많았다. 그러나 산동악가를 공격했을 때보다는 비류성 무사들의 희생도 컸다. 지난번 산동악가에 대한 비류성의 공격이 완벽한 기습이었다면 지금의 싸움은 서로 상대를 준비하고 싸우는 전격전이다.

이 모든 것은 개방 덕분이다.

개방의 정보가 없었다면 중원오대세가의 하나로서 당당한 위명을 날리던 하북팽가 역시 산동악가와 마찬가지로 힘 한번 써보지 못한 채 그대로 당하고 말았을 것이다.

툭!

풍월 진인이 복환용의 어깨를 툭 치며 장원의 한곳을 가리켰다.

이십여 명.

다른 곳에서 백여 명 정도가 어울려 싸움을 벌이고 있는 것과는 달리 단지 이십여 명 정도가 어울려 있었다. 그렇지만 적은 숫자에도 불구하고 그 싸움은 다른 곳과는 비교되지 않을 정도로 치열했다. 이따금 번뜩이는 섬광으로 보아 절정에 이른 고수들의 싸움이 분명했다.

"이놈!"

얼굴 가득 텁수룩한 수염이 덮여 있는 팔 척에 이르는 거한의 입에서 천지를 진동하는 노성(怒聲)이 터지더니 여섯 자에 이르는 거도(巨刀)가 바람을 가르며 한 사내를 향해 날아들었다.

스슥!

바람 소리를 느꼈는지 아니면 팔 척 거한의 살기를 느꼈는지 검은색 무복의 사내가 발을 슬쩍 뒤로 뺐다. 그와 함께 팔 척 거한의 거도가 아슬아슬하게 사내를 스쳐 허공을 갈랐다.

쐐애액!

급히 몸을 피한 검은 무복의 사내가 이내 앞으로 발을 내디디더니 급히 손을 앞으로 쭉 뻗었다.

파라락!

검은 무복사내의 손에서 섬전과 같이 번쩍이는 빛이 일어났다.

"섬전마수(閃電魔手)!"

복환용이 자신도 모르게 고함을 치며 나무 위에서 벌떡 몸을 일으켰다. 얼마나 놀랐는지 복환용의 벌어진 입이 다물어지지를 않았다.

"……!"

복환용의 옆에 있던 풍월 진인이 그런 복환용을 보며 놀란 듯 눈을 치켜떴다.

섬전마수, 그것은 정말 뇌전을 동반한 한줄기 빛이었다.

팔 척 거한 역시 놀랐는지 급히 자신의 거도를 몸 앞으로 끌어당겨 자신을 향해 날아오는 빛줄기를 베겠다는 듯 재빨리 휘둘렀다.

샤샥!

"크흐흑!"

도를 휘두르던 팔 척 거한의 입에서 비명이 터졌다. 믿을 수 없다는 듯 부릅뜬 눈은 자신이 들고 있는 거도를 바라보고 있다.

팔 척 거한의 큰 칼 한복판에 작은 구슬 크기의 구멍이 뚫려 있었다.

툭!

이내 도신이 반으로 부러지며 그 끝이 바닥에 떨어졌다.

"이… 이… 이럴 수가……."

"흐흐흐, 팽광(彭廣). 있는 재주는 그게 다냐? 실망이군. 그래도 명색이 철혈의 가문이라 하여 은근히 기대하고 있었건만……."

"닥쳐라! 너 같은 새외(塞外)의 오랑캐 놈들에게 조롱을 당할 팽가가 아니다!"

팽가의 당대 가주 팽광이 눈을 부릅뜨며 반 토막 난 도(刀)를 검은 무복의 사내를 향해 치켜들었다.

"크흐흐흐……."

그런 팽광을 향해 비웃음을 흘리던 검은 무복의 사내가 머리에 쓰고 있던 복면을 벗어 던졌다.

"흐흐흐, 팽광 너는 나, 비류성 호법단 부단주 피타의 손에 오늘 죽는다."

팽광의 얼굴이 파르르 떨렸다. 급히 주변을 살폈다. 치열한 싸움. 그곳에서 죽어가는 제자들과 자신의 가솔들, 그리고 침입자들의 모습이 보였다.

"사람이 태어난 이상 언젠가는 죽는 법. 중원의 혼이 살아 있는 한 철혈의 가문은 영원히 사라지지 않는다."

팽광이 입술을 지그시 깨물었다.

팽광도 이미 알고 있었다. 자신은 피타의 적수가 아니라는 것을. 그렇지만 팽광에게도 한 가지 계획이 있었다.

'혼자 죽지는 않는다.'

팽광에게는 한 가지 무공이 아직 남아 있었다. 그것으로 눈앞에 있는 자를 이길 수는 없을지 몰라도 적어도 양패구상(兩覇俱傷)할 수 있을 것이라는 확신이 있었다.

혼원벽력도(混元霹靂刀)!

팽가의 가주에게만 전해진다는 하북팽가의 최강무공.

중원 무인들은 하북팽가의 무공 중 가장 강한 무공을 건곤연환탈백도(乾坤連環奪魄刀)라고 알고 있지만 실지로 하북팽가 최강의 무공은 혼원벽력도다. 그러나 이 무공에는 한 가지 단점이 있었다.

한번 펼치면 다시는 무공을 펼칠 수 없다는 것이다. 몸에 있는 내공은 물론 선천진기까지 모두 끌어올리는 무공인지라 다시는 내공을 모을 수 없는 하북팽가 최후의 무공이다.

잠시 비류성 호법단 부단주 피타를 바라보던 팽광이 도를 가슴에 안은 채 조금씩 내공을 끌어올렸다.

파란 무연이 팽광의 몸을 감싸는가 싶더니 이내 밝은 빛을 내며 타오르기 시작했다.

불꽃.

그것은 팽광의 선천진기다.

어느새 인 불꽃이 팽광의 주변으로 피어오르던 파란 무연을 태우며 점점 커졌다.

팽광의 선천진기가 내공을 태우며 점점 더 자라고 있는 것이다.

화라라락!

이내 팽광의 주변으로 모든 것을 태워 버릴 듯한 거대한 불꽃이 이글거렸다.

피타의 얼굴에 처음으로 긴장의 빛이 흘렀다.

주루룩!

얼굴을 타고 땀방울이 굴러 떨어졌다. 하나 그것도 잠시, 피타가 이내 입술을 지그시 깨물더니 축 늘어뜨렸던 두 손을 들어 올려 가슴 앞에 합장을 하듯 모았다.

이글거리는 불꽃을 일으키는 팽광과는 달리 피타의 몸에서는 아무런 변화가 보이지 않았다.

순간!

팽광의 주변에서 이글거리던 불꽃이 일순간 피타의 합장한 손으로 빨려 들어갔다.

"이, 이런……."

당황했는지 팽광의 입에서 한 소리가 흘렀다.

팽광이 불꽃을 빼앗길 수 없다는 듯 더욱 이를 악물었다.

선천진기를 빼앗기는 것은 곧 죽음. 팽광이 더욱 이를 악물고 빨려 들어가는 기운을 막았다.

팽광의 주변에서 더욱 큰 불길이 솟으며 피타에게 빨려 들어가던 불길이 잠시 멈췄다.

"흐흐흐흐……."

피타의 입에서 조롱의 웃음이 터졌다.

획!

피타의 손이 서서히 머리 위로 올라갔다.

"타앗!"

"합!"

그와 함께 하북팽가의 가주 팽광과 피타의 입에서 동시에 천지를 울리는 대성(大聲)이 터져 나왔다.

슈슉!

파라락!

팽광과 피타가 서로를 마주 보며 맹렬히 부딪쳐 갔다.

팽광의 거도가 하늘과 땅을 한번에 가르며 비류성 호법단 부단주 피타에게 날아들었다.

피타의 손이 자신을 향해 날아오는 거도를 손으로 쳐내며 팽광의 왼 가슴에 자신의 손바닥을 들이밀었다.

쿠구구궁!

거대한 산악이 무너져 내리는 굉음과 함께 팽광의 몸이 하늘 높이 솟구쳐 오르더니 줄 끊어진 연처럼 장원 안쪽으로 멀리 날아갔다.

"너희들 다 죽었어!"

이제껏 장원 내에서 벌어지는 싸움을 구경만 하던 추평이 자리에서 벌떡 일어나더니 장원을 향해 몸을 날렸다.

"우하하하! 고얀 놈들, 하북팽가는 나 추평 어르신이 지킨다!"

"아니! 하북팽가는 나 강호영웅 천수가 지킨다!"

추평과 천수가 호쾌한 한마디와 함께 앞으로 뛰어나가는 것과 동시에 예하령을 비롯한 일행이 일제히 장원 안으로 몸을 날렸다.

바닥에 쓰러진 하북팽가 가주 팽광을 향해 조금씩 다가가던 피타가 걸음을 멈추고 정면에 내려선 사내를 노려보았다.

삼십이 갓 넘었을 법한 애송이 한 녀석과 사십대 중반이 넘은 듯 보이는 사내가 자신을 보며 빙긋 미소를 짓고 있었다.

"웬 놈들이냐?"

"천수다."

"너 말고 저놈!"

피타가 손을 들어 천수의 옆에 있는 추평을 가리켰다. 처음부터 피타는 천수에게 관심이 없었다.

천수의 얼굴에서 경련이 일었다.

'망할 자식. 장차 강호의 위대한 영웅이 될 나, 천수를 무시해!'

천수가 허리에 매었던 검을 풀어 손에 들었다.

저벅!

검을 들고 한 발 앞으로 나서는 천수의 어깨를 추평이 슬쩍 붙잡았다.

"뭐야? 이거 안 놔! 저 자식이 이 강호의 대영웅이 되실 천수를 무시하잖아!"

"시끄럽다. 저놈이 분명 나라고 말했다."

"그래서?"

"그러니까 내가 싸운다."

"그런 법이⋯⋯."

천수가 급히 입을 다물고 앞을 바라보았다. 어느새 다가갔는지 추평이 입가에 잔뜩 미소를 지은 채 피타를 향해 한 걸음 앞으로 걸어가고 있었다.

"네놈은 누구냐?"

"네놈?"

"그래 네놈! 왜, 기분 나쁘냐? 너는 반말해도 되고 나는 안 된다는 법이라도 있냐?"

"흐흐흐! 간이 배 밖으로 튀어나온 놈이구나. 노부는 비류성 호법단 부단주 피타라고 한다. 이제 네놈의 신분을 밝혀라."

"싫다."

"뭐?"

"싫다고."

"왜?"

"이 새끼야, 천하제일방 개방의 대장로 추평 어르신이 싫다고 말하면 그런 줄 알 것이지 뭔 말이 많아."

피타의 입가에 비웃음이 번졌다.

"흐흐흐. 추평, 개방의 장로라고 하지만 머리에 든 것은 별로 없는 놈이로구나."

"······!"

놀란 얼굴로 피타를 바라보는 추평.

"어라? 네놈이 어떻게 내 이름을······?"

휘익!

추평의 말이 끝나기도 전에 피타의 모습이 자리에서 사라졌다.

'굉장하다.'

뒤쪽에서 구경하듯 바라보던 천수가 입을 헤벌쭉 벌리고 두 사람을 바라보았다. 눈에 보이지도 않을 정도의 빠른 움직임. 머리는 분명 바보가 되었건만 추평의 몸놀림은 이전에 보았던 추평과는 비교가 되지 않을 정도로 빨랐다.

'괜히 나섰더라면······.'

천수가 몸을 한차례 부르르 떨고는 두 사람이 싸움을 벌이는 곳으로 눈을 돌렸다.

"이 새끼야~"

추평이 급히 몸을 반 바퀴 돌리더니 멀거니 서 있는 천수의 팔을 잡아 복환용이 있는 곳으로 힘껏 집어 던졌다.

"어··· 어··· 어······!"

천수의 당황스러운 목소리와 함께 몸뚱이가 오 장을 날아가며 바닥에 떨어졌다.

쿵!

"저게!"

몸을 일으켜 추평에게 달려들던 천수가 급히 발을 멈췄다. 조금 전 자신이 서 있던 자리에 어느새 날아든 피타가 주먹을 움켜쥔 채 두리번거리고 있었다.

"너, 나 때문에 안 죽었다. 내가 생명의 은인이다."

천수에게 한마디를 건넨 추평이 급히 발을 움직이며 조금 전 천수가 있던 자리에서 두리번거리는 피타를 향해 몸을 날렸다.

슈숙!

"이, 이놈이……."

피타의 눈이 살짝 커졌다. 추평이 이렇게 재빨리 공격을 퍼부을 것이라고는 예상치 못했다. 피타가 급히 오른손을 들어 올려 자신의 가슴으로 날아드는 추평의 주먹을 막았다.

펑!

주먹끼리 부딪쳤음에도 마치 벽력탄이 터지는 듯한 폭음이 울렸다.

주르르륵!

추평과 피타가 동시에 뒷걸음질을 치며 뒤쪽으로 밀려났다.

피타가 급히 얼굴을 들고 전방에 있는 추평을 바라보았다.

"삼… 삼 보(三步)!"

피타의 눈이 커졌다.

자신은 칠 보(七步)를 물러섰는데 상대는 불과 삼 보를 물러선 채 자신을 죽일 듯 노려보고 있었다.

'대단하다.'

피타가 급히 몸속에 남아 있는 내공을 더욱 끌어올렸다.

'크흐흑!'

가슴이 뜨끔거리며 고통이 밀려왔다.

'젠장, 내상이로군.'

단 한 번의 겨룸에 비류성 호법단에서 우호법 파라를 제외하고는 최고수라는 자신이 내상(內傷)을 입다니, 피타로서는 믿을 수 없는 일이었다.

피타가 밀려드는 고통을 참기 위해 입술을 꽉 깨물었다.

덕분에 밖으로 튀어나오려는 신음 소리는 막을 수 있었다.

'파라 호법님에 못지않은 자다.'

인정할 수 없지만 사실이다. 피타가 더욱 몸속에 있는 내공을 짜내 듯 있는 대로 끌어올렸다. 피타의 얼굴이 더욱 벌겋게 달아오르며 양 볼을 타고 땀방울이 빗줄기처럼 흘러내렸다.

피타의 몸이 바람 든 풍선처럼 점점 부풀어 올랐다.

'이 한번의 대결로 놈을 죽인다. 그렇지 않으면 비류성 호법단이 위험하다.'

언제나 장난기 가득하던 추평 역시 피타의 모습이 심상치 않다는 것을 본능적으로 느꼈는지 잔뜩 긴장한 얼굴로 피타를 바라보았다.

"차앗!"

추평의 신형이 바람을 가르며 피타를 향해 달려갔다.

"합!"

피타가 그런 추평의 움직임을 기다리기라도 했다는 듯 양손을 앞으로 쭉 뻗었다.

쐐애액!

손에서 뿜어진 강기가 허공을 가르며 달려오는 추평의 몸뚱이로 쏟아졌다.

쿠구궁!

추평의 몸뚱이로 쏟아져 나가던 강기가 허공에서 폭발하며 도저히 마주 볼 수 없는 섬광을 일으켰다.

순간적으로 당황한 추평이 깜빡하고 두 눈을 감았다.

"이겼다!"

피타의 입가에 환한 미소가 번졌다. 추평이 눈을 깜빡이는 그 순간을 이용해 피타가 전력으로 추평을 향해 마주 달려갔다.

'아무것도 안 보인다. 제기랄.'

당황한 모습이 역력하다. 그도 그럴 것이 눈앞에 무엇이 보여야 대처를 하겠는데 추평은 섬광 때문에 아무것도 볼 수가 없었다.

쐐애액!

바람을 가르는 소리가 추평의 귓가에 들리기 시작했다.

"소리다!"

추평이 무엇인가를 알아낸 듯 몸을 움직거리더니 그대로 두 눈을 꼭 감았다. 아직 몸속에 남아 있는 무사의 본능이 추평의 눈을 감게 만들었다.

쐐애액!

점차 바람 소리가 커지며 두 귀에 뚜렷이 들려왔다. 당황해 잔뜩 긴장하고 있던 추평의 입가에도 조금 전 피타가 보였던 환한 미소가 번졌다.

"푸하하하! 들린다."

호탕한 광소와 함께 추평이 급히 손을 들어 올렸다.

"나쁜 놈. 넌 죽었어."

추평의 수도에서 날카로운 강기가 흘러나왔다.

수강(手罡)!

수강이 뿜어져 나오는 수도(手刀)로 추평이 춤을 추기 시작했다.

휘리릭!

공중으로 몸을 슬쩍 띄어 올린 추평이 공중에서 몸을 크게 선회시키며 허공을 향해 흘러내리는 폭포를 가르듯 그대로 손을 아래로 쳐냈다.

개방의 절학인 취팔선권이 펼쳐진 것이다.

사각!

"크흐흑!"

추평의 귀로 한마디의 신음 소리가 들렸다.

천수의 눈에 누구의 손인지 모를 손 하나가 바닥에 떨어지는 것이 보였다. 그와 함께 작은 신음 소리가 천수의 귀를 파고들었다.

"하합!"

천수가 급히 검을 머리 위로 치켜들고 운룡대팔식 가운데 가장 빠른 신법인 노룡출수(怒龍出岫)를 펼치며 섬광이 뿜어져 나오는 곳으로 달려들었다.

천수는 지금까지 기회를 노리고 있었다. 처음으로 강호에 자신의 모습을 드러낼 수 있는 기회를 추평에게 빼앗길 수는 없다고 생각했다.

쇄애액!

바람을 가르며 날아든 천수의 눈에 절단된 손목을 움켜쥔 채 비틀거리는 신형이 언뜻 보였다.

'놈이다.'

천수가 이를 악물며 검을 치켜들었다.

쩌저정!

얼음이 갈라지는 소리와 함께 천수의 검에서 새파란 기운이 가득하게 일었다.

"차앗!"

천수의 기합과 동시에 머리 위로 치켜들었던 검이 벼락이 떨어지듯 피타의 목덜미로 떨어져 내렸다.

사악!

검에 무엇인가 닿는 느낌이 드는 것과 동시에 천수가 두 눈을 질끈 감았다.

툭!

몸을 숙이고 있던 사내의 목이 잘리며 그대로 바닥에 떨어졌다.

천수가 급히 눈을 들어 땅바닥을 바라보았다. 바닥을 뒹구는 피타의 목. 천수의 입가에 미소가 번졌다.

"우웨엑!"

하지만 그것도 잠시, 이내 얼굴이 일그러지더니 천수의 입 밖으로 어제 먹은 음식물이 모습을 드러냈다.

사람의 목. 그것은 확실히 천수가 그동안 무수히 잘라왔던 소나 돼지의 머리와는 달랐다. 아무리 마음을 진정시키려고 해도 진정이 되지 않았다.

"너 이 새끼!"

추평의 노성(怒聲) 한마디에 천수는 정신이 번쩍 들었다.

'그래, 독하지 않으면 사내가 아니다.'

천수가 입술을 지그시 깨물고 심호흡을 하자 울렁거리던 속이 조금씩 안정을 되찾았다.

천수가 천천히 고개를 돌렸다. 자기를 죽일 듯 노려보는 추평.

"뭐야?"

"네가 뭔데 그 자식을 죽이냐? 그 자식은 추평 거다."

"그래서?"

"그 자식 도로 살려내라."

"어떻게?"

"그걸 내가 어떻게 아냐? 좌우간 살려내라."

'미친놈.'

천수가 추평을 한번 힐끔 보고는 급히 팽가의 가솔로 보이는 거대한 사내들과 흑의무복을 입은 십여 명이 아직도 싸움을 벌이고 있는 곳으로 몸을 움직였다.

"안 돼! 그놈들은 내 거다."

이번에는 결코 자신의 먹이를 천수에게 빼앗길 수 없다고 생각한 추평이 천수보다 먼저 싸움의 한복판으로 뛰어들었다.

주먹으로 비류성 무사의 몸통을 갈기는 것과 동시에 왼발을 들어 올려 다른 놈의 허리를 갈겼다.

"크흑!"

추평의 손과 발에 맞은 두 명의 비류성 무사들이 신음을 토하며 비틀거렸다.

순간, 추평의 뒤를 따르는 천수의 검이 허공을 갈랐다.

쫘아악!

피를 내뿜으며 바닥에 고꾸라지는 비류성의 졸개.

자신과 싸움을 벌이던 비류성의 무사들이 바닥에 쓰러지자 팽가의 무사들이 다른 곳에서 싸움을 벌이는 자신의 동료를 돕기 위해 달려들었다.

팽팽한 균형을 유지하던 이십여 명의 싸움이 일시에 하북팽가의 우세로 기울었다.

그동안 팽가의 무사들을 상대로 여유를 부리던 비류성의 무사들이 일제히 수세에 몰리며 계속 뒤로 물러섰다.

그들의 싸움을 지켜보던 천수가 흡족한 표정을 지었다. 그와는 반대로 추평의 얼굴은 잔뜩 일그러졌다. 이번에도 천수가 자신이 다 마련해 둔 밥상인 비류성 졸개의 목을 가로챘기 때문이다.

'나쁜 새끼.'

잠시 서 있던 추평이 팽가장의 안채를 향해 달려갔다.

"같이 가자!"

추평의 뒤를 따라 천수가 함께 몸을 날렸다.

채재쟁— 챙!

안채에서는 여전히 팽가장의 가솔들과 중원의 무사들이 한 덩어리가 되어 뇌황문의 졸개들과 치열하게 싸움을 벌이고 있었다.

쓰러지는 사람 대부분은 여전히 중원 무사들이었지만 인원의 우세를 살려 팽팽한 균형을 유지하고 있는 것이다.

"너희들 다 죽었어!"

추평이 급히 전장의 한복판으로 몸을 날렸다.

싸움판에 뛰어든 추평이 바닥에 떨어진 검 한 자루를 집어 들었다.

회리릭!

힘을 주고 검을 휘두르자 검이 유연하게 휘어지며 뱀의 몸처럼 꿈틀거렸다.

추평의 얼굴에 실망이 가득했다. 개뼈다귀 대신에 검으로 비류성의 나쁜 놈들을 때려죽일 생각이었는데 이런 검으로는 불가능했다.

'무슨 검이 이렇게 말랑말랑한 거야?'

아쉬운 듯 검을 들고 있던 추평이 검에 내력을 슬쩍 집어넣었다. 낭창거리며 흔들리던 연검이 독 오른 뱀의 머리처럼 빳빳이 일어섰다.

"제길, 개뼈다귀면 더 좋았을 텐데······."

추평이 급히 기를 조금 집어넣은 검을 거꾸로 잡았다.

검극을 손으로 잡은 채 검병을 앞으로 내민 이상한 모습. 그렇지만 추평은 그것이 마음에 드는지 빙긋 웃음을 지어 보였다.

휘익!

연검의 검병이 원을 그리며 추평을 둘러싸고 있는 비류성 무사들을 향해 날아갔다.

퍼버벅!

추평을 둘러싸고 있던 십여 명의 비류성 무사들이 일제히 머리를 감싸 쥐며 뒤로 물러나더니 팽가장 장원 바닥에 널브러졌다.

주루룩!

검병에 맞은 비류성 무사들의 머리에 작은 구멍이 뚫려 있고 그곳에서 끊임없이 피가 쏟아져 나왔다.

"푸헤헤헤. 개뼈다귀만은 못하지만 그래도 쓸 만하다."

천진난만한 웃음과 함께 추평이 먹이를 찾아 이곳저곳을 움직이며 손발을 움직였다.

타구봉법.

지금 추평이 연검으로 펼치고 있는 것은 개방의 절기 타구봉법이다. 그렇지만 몽둥이가 아닌 연검으로 펼치는 타구봉법을 개방의 절기로 생각하는 사람은 아무도 없었다.

개뼈다귀가 아닌 연검이라는 사실이 조금은 마음에 들지 않았지만 그래도 모처럼 사문의 절기를 마음껏 펼칠 수 있다는 것이 마냥 좋은 듯 추평의 입은 길게 벌어졌다.

'너희들 잘 걸렸어.'

추평의 손이 마음껏 춤을 추기 시작했다. 그동안 진가운과 풍월 진인, 그리고 복환용에게 눌려서 답답한 세월을 보낸 것을 보상이라도 받으려는 듯 추평의 손은 정신없이 움직였다.

회리릭!

추평의 손이 움직이는 것과 함께 연검이 뻗어나갈 때마다 영락없이 비류성의 무사들은 머리통을 감싸 쥔 채 팽가장 바닥을 뒹굴었다.

추평이 모처럼 사문의 절기를 펼치고 있는 동안 한쪽에서는 천수가 눈부신 활약을 보이고 있었다.

"우하하하! 오랑캐 놈들이 중원을 넘보다니 나 강호영웅 천수가 결코 네놈들을 용서하지 않을 것이다!"

휘익!

천수의 검이 번쩍거릴 때마다 목이나 허리가 잘린 비류성 무사들의 시체가 바닥을 나뒹굴었다.

조금 전 호법단 부단주 피타의 목을 베고 어쩔 줄 몰라 하던 천수의 모습은 이미 사라진 지 오래였다.

타고난 살성의 기질을 가진 천수는 어느새 눈까지 벌겋게 상기되어 있는 것이 사람의 몸을 베는 재미에 흠뻑 빠진 듯 보였다.

"저, 저, 저런!"

뒤늦게 달려와 천수를 바라보던 복환용이 놀란 듯 입을 벌렸다.

스슥!

광소를 터뜨리는 천수의 뒤를 노리고 달려드는 비류성의 무사.

"천수 이놈아~!"

슈우욱!

복환용의 고함과 거의 동시에 급히 몸을 공중으로 까마득하게 솟구쳐 올린 천수가 검을 뻗은 채 자신을 뒤에서 공격하던 무사의 머리 위로 거꾸로 떨어져 내렸다.

진가운을 그토록 애먹였던 운룡무궁(雲龍無窮)을 천수가 멋지게 펼친 것이다.

"고얀 놈! 합~"

천수의 검에서 새파란 검기가 번지며 비류성의 무사를 그대로 반으로 갈랐다.

쏴아아!

반으로 갈라진 비류성 무사의 몸에서 피가 분수처럼 뿜어져 나왔다.

"이크!"

천수가 깜짝 놀라며 뿜어지는 피를 피해서 뒤로 물러났다.

휘리릭!

그대로 몸을 돌려 다른 먹이를 노려보는 천수. 천수의 눈은 이미 붉게 상기되어 있었다.

"흐흐흐. 너희들 오늘 다 죽었어. 합!"

새로운 먹이를 찾은 듯 천수가 급히 오른쪽으로 달려갔다. 하북팽가의 제자들과 한바탕 싸움을 벌이던 비류성의 무사들이 깜짝 놀라 일제히 뒤로 물러났다.

순식간에 비류성의 무사들과 하북팽가의 제자들이 반으로 갈라졌다. 순간, 때를 기다렸다는 듯 천수가 검을 휘두르며 비류성의 무사들에게 달려들었다.

슈슈슉!

검기를 뿌리며 무자비하게 비류성 무사들을 노리고 날아드는 천수의 검. 비류성 무사들이 일순 당황한 표정을 지으며 검을 든 손을 뻗었다.

샤샤샥!

"크아악~!"

무심코 천수의 검을 막아서던 비류성 무사들이 일제히 비명을 토하며 비틀거렸다. 천수의 검에 깨끗이 절단된 채 바닥을 뒹굴고 있는 그들의 손은 아직도 검을 움켜쥐고 있었다.

"죽어!"

천수가 고함과 함께 검을 좌에서 우로 길게 베었다.

투두둑!

허리에서 피를 뿜으며 그대로 바닥에 무너져 내리는 비류성 무사들.

"푸하하하!"

천수의 광소(狂笑)가 팽가장을 울렸다.

그 소리가 얼마나 컸던지 하북팽가 장원에서 전투를 벌이던 비류성과 팽가, 그리고 팽가를 구하기 위해 팽가장에 모여든 중원의 무사들이 일제히 싸움을 멈추고 고개를 돌렸다.

"오랑캐 놈들이 분수도 모르고 감히 중원을 넘보는 것은 나 천수가 결코 용서하지 못한다! 이놈들~!"

천수가 일순 싸움을 멈추고 있는 비류성 무사들을 향해 득달같이 달려들었다.

"커헉!"

또다시 세 명의 비류성 무사들이 변변한 반항 한번 해보지 못하고 천수의 단순 무식한 일검에 목이 날아갔다.

살귀(殺鬼)!

중원에 새로운 살귀 한 명이 등장한 것이다.

그렇지만 기존에 흉흉한 소문을 내던 그런 살귀들과는 달랐다. 정의의 살귀. 어찌 살인이 정당화될까마는 그래도 중원의 무림이 생각하기에는 정의라 여기는 한 명의 위대한 살귀가 강호에 처음으로 모습을 드러내는 순간이었다.

'아니?'

제자, 천수의 무시무시한 모습을 인상 쓰며 지켜보던 복환용의 눈이 조금 커졌다.

천수를 향해 세 명의 비류성 무사들이 달려들고 있었다. 그렇지만 그들은 지금까지 보았던 평범한 비류성의 무사들이 아니었다.

몸 주변으로 푸르스름한 빛무리가 번지고 있었다. 아직 완전하지는 않지만 그것은 분명 호신강기였다. 그 정도의 호신강기라면 천수와 견주어도 뒤지지 않을 듯 보이는 자들이다. 더구나 그들은 천수와는 달리 세 명이다. 그 사실을 아는지 모르는지 천수는 여전히 전방만을 지켜보고 있었다.

"천수야~!"

복환용이 고함을 지르며 급히 천수에게 달려갔다.

천수가 사부 복환용의 고함을 듣고 슬쩍 몸을 돌렸다.

"헉!"

천수의 눈이 튀어나올 듯 부릅떠졌다.

슈슉!

자신의 얼굴을 향해 주먹이 날아오고 있었다. 그는 급히 검을 들어올렸다.

"합!"

기합 소리를 지르며 날아오는 주먹을 향해 힘껏 검을 휘둘렀다.

카강!

검과 주먹이 부딪치며 불꽃이 튀어 올랐다. 불꽃에 놀란 천수가 황급히 뒷걸음질을 쳤다.

회익!

그 순간을 노리고 다른 주먹이 천수의 좌측 옆구리로 파고들었다. 천수가 황급히 다시 검을 좌측 옆구리를 향해 휘둘렀다.

"……!"

순간적으로 천수의 입이 살짝 벌어졌다. 검으로 옆구리로 파고드는 주먹을 막으려는 순간 우측에서 다른 주먹이 날아들었다.

'치사한 새끼들. 힘이 달리니까 떼거지로 덤비는구나.'

당장이라도 놈들의 모가지를 댕강 자르고 싶었지만 일단 지금은 자신의 몸을 보호하는 것이 급했다. 그러나 양쪽으로 주먹이 날아들고 있으니 그야말로 난감하기 짝이 없었다.

"쓰벌, 어쩔 수 없다."

턱!

천수가 급히 발로 땅을 차며 공중으로 뛰어올랐다. 정면으로 승부를 내다가는 어느 한 주먹에 자신의 몸이 피떡이 되고 말 거라는 사실을 본능으로 알 수 있었다.

슈우웅!

천수의 몸이 까마득하게 공중으로 솟구쳐 올랐다.

"용비구천!"

중원의 무사들 가운데 한 명이 천수의 신법을 보더니 외마디를 질렀다.

"뭐, 뭐야? 그, 그럼 저게 곤륜파의 절학 운룡대팔식이란 말이야?"

중원의 무사들이 놀란 듯 까마득하게 치솟아오른 천수의 모습에 넋을 잃었다. 언제 몸을 날렸는지 비류성의 세 무사들 역시 천수를 쫓아 공중으로 몸을 솟구치고 있었다. 그러나 천수의 신법을 따라잡기는 힘든 듯 한참을 올라가던 세 명의 비류성 무사들의 몸이 일순 주춤거리더니 떨어지기 시작했다.

중원의 무인들은 이를 당연하다고 생각했다. 신법으로 곤륜파의 운룡대팔식을 따를 만한 것은 없기 때문이다. 그렇지만 무사들의 눈은 이내 부릅떠졌다.

바닥으로 떨어지던 비류성 세 무사들의 몸이 다시 공중으로 치솟았다. 떨어지던 몸이 다시 솟아오르다니… 상식적으로 도저히 이해할 수 없는 일이지만 그 모습이 눈앞에서 펼쳐지고 있었다.

"저, 저건 뭐야?"

밑에 있는 무사들이 그렇게 놀라고 있는 사이 벌써 세 명의 무사들은 천수를 따라잡고 있었다.

'제길! 뭐, 천하제일의 신법이라고? 이 망할 자식이 천수한테 사기를 쳐!'

천수의 얼굴에 경련이 일었다.

자신이 익힌 신법이 천하제일의 경공이라며 날이면 날마다 자신을 들볶았던 진가운을 생각하니 화가 머리끝까지 치솟았다.

'이런 죽일 자식! 너 죽었어!'

진가운에게 복수를 다짐하며 천수가 검을 머리 위로 번쩍 치켜들었다. 진가운에 대한 복수는 나중이고 지금은 자신에게 달려든 세 녀석을 처치하는 것이 우선이다.

획!

천수의 왼쪽 가슴을 노리고 손바닥 하나가 다가왔다.

"타앗!"

천수가 기합을 지르며 검을 휘둘렀다.

복환용의 제자가 되기는 했지만 아직까지 변변한 검법을 익힌 적이 없는 천수다. 그저 칠십 년의 내공을 이용해 검기를 일으켜 소, 돼지 머리 자르듯 적들의 목이나 몸뚱이를 자르는 것이 현재 천수가 알고 있는 검법의 전부다.

단순하지만 중후한 검. 이것이 천수의 검이다.

카가강!

"크흑!"

천수의 검에 부딪친 비류성 무사의 입에서 신음이 터졌다. 역시 천수를 쫓아 이곳까지 올라오면서 내공을 많이 소모한 때문인지 천수의 묵직한 검을 감당하기가 벅찼다.

쐐애액!

다행히 손이 잘려 나가지는 않았지만 일순 중심을 잃은 비류성 무사의 몸뚱이가 바닥으로 떨어졌다.

"자식이 까불고 있어."

천수의 입가에 다시 미소가 번졌다. 그렇지만 천수가 미처 깨닫지 못한 것이 있다. 적은 한 명이 아니라 세 명이라는 사실……. 검을 휘두르느라 약간 주춤거리는 틈을 노리고 남은 두 명이 천수를 향해 양손을 뻗었다.

번쩍!

섬전마수다.

천수가 놀란 얼굴로 날아오는 손바닥들을 바라보았다. 어떻게 해서

든 검을 회수해 이들의 손을 막아야 했지만 조금 전 한 녀석을 향해 전력으로 검을 휘두른지라 몸으로 검을 끌어들일 시간이 없었다.

슈슈슉!

그사이 눈이 부실 정도로 광채를 뿜으며 네 개의 손바닥이 자신을 향해 날아왔다.

"제길, 억울하기는 하지만 그래도 한순간 강호영웅답게 멋지게 싸웠으니 죽어도 후회는 없다."

"망할 놈! 뒈지기는 누가 뒈져!"

'어라?'

천수가 눈을 휘둥그레 뜨고 고개를 돌렸다. 어느새 날아왔는지 자신의 머리 위에서 사부 복환용이 빙긋 미소를 짓고 있었다.

"사부님, 지금 웃음이 나오십니까?"

천수의 고함에 복환용이 얼굴을 씰룩이더니 천수의 목덜미를 한 손으로 잡은 채 공중으로 더욱더 높이 몸을 치솟아 올렸다.

쿠르릉!

천수를 공격하던 두 무사가 서로 엇갈리며 허공을 갈랐다.

"옵!"

한 손으로 천수의 목덜미를 잡고 있던 복환용이 천수의 몸을 손에서 내려놓고는 기합과 함께 주먹을 내뻗었다.

퍼벅!

복환용의 주먹이 정확히 두 무사의 기해혈에 박혔다.

기해혈을 다친 두 무사의 몸이 급속히 땅으로 추락해 갔다.

"천수야!"

서서히 땅으로 향하던 천수가 고개를 들었다. 머리 위에 있는 사부 복환용이 무엇인가를 손으로 가리켰다. 복환용의 손을 따라 천수가 고개를 돌렸다. 빠른 속도로 떨어져 내리는 두 개의 신형.

천수가 알겠다는 듯 고개를 끄덕이더니 신룡선무 초식을 펼쳐 몸을 한 바퀴 돌리며 떨어지는 비류성 무사들에게 다가갔다.

"하합! 돈우척살검(豚牛刺殺劍)~"

파앗!

검날이 번쩍이는 것과 함께 하늘에서 떨어지던 물체가 두 개에서 네 개로 늘었다.

척! 척!

사부 복환용과 제자 천수가 가볍게 바닥에 내려섰다.

"……."

일순 적막이 흘렀다.

추평과 천수, 그리고 뒤늦게 뛰어든 복환용.

세 사람의 신위에 팽가장에 모인 무인들은 넋이 나갔다.

"어라? 저놈들 도망간다! 추평, 절대로 안 놓친다!"

귀를 찢는 듯한 추평의 고함에 사람들의 시선이 일제히 돌아갔다.

팽가장 담을 넘어 도망가는 비류성 호법단 잔당의 뒤를 추평이 맹렬히 뒤따르고 있었다. 그제야 정신이 든 듯 무인들이 일제히 비류성 잔당을 향해 몸을 날렸다.

"나도……."

천수 역시 그들의 뒤를 쫓으려는 순간, 복환용이 슬쩍 천수의 옷소매를 끌어당겼다.

"왜 이러십니까?"

"저런 조무래기들의 처리에는 강호영웅이 나서지 않는 법이야."

"그렇습니까?"

"그래."

천수가 일리가 있다며 고개를 끄덕였다. 자기도 닭을 잡을 때 소 잡는 도끼를 꺼내지는 않는다. 물론 가끔 취해서 안주를 마련하고자 할 때는 예외지만 말이다.

"그런데 조금 전에 뭐라고 떠들었느냐?"

"……"

영문을 모르겠다는 듯 바라보는 천수가 답답했는지 복환용의 목소리가 올라갔다.

"이놈아, 조금 전 하늘에서 떨어지면서 뭐라고 떠들었잖아?"

"아~ 돈우척살검이요?"

"뭐, 돈우척살검?"

"하하하! 그렇습니다. 이 땅에 있는 소, 돼지만도 못한 인간 쓰레기들의 목을 베는 강호영웅 천수의 검법. 돈우척살검입니다."

"풋!"

천수의 작명 솜씨에 복환용은 웃음이 터졌다. 그렇지만 가만히 생각하니 참으로 일리있는 검법이라는 생각이 들었다.

잠시 웃음을 토하던 복환용이 천수의 어깨를 툭 쳤다.

"가자!"

"벌써요?"

"이 미련한 놈아! 영웅은 이렇게 말없이 사라져야 멋이 있는 거야."

"오호~"

천수가 이내 알겠다는 듯 고개를 끄덕이고는 복환용과 함께 발을 내디뎠다. 그런 두 사제를 바라보며 빙긋 미소를 짓던 예하령과 풍월 진인 역시 발길을 돌렸다.

"잠깐 멈추시오!"

예하령 일행이 천천히 고개를 돌렸다.

사십대 중반 정도로 보이는 팔 척 거한.

팽광.

하북팽가의 가주 팽광이었다.

예하령 일행을 향해 팽광이 천천히 허리를 숙이며 포권을 했다.

'이거 어떻게 하는 거야?'

느닷없는 팽광의 포권에 천수가 슬쩍 고개를 돌렸다. 팽광을 마주한 예하령을 비롯한 일행이 팽광을 향해 마주 허리를 숙이고 있었다. 천수가 황급히 일행과 마찬가지로 팽광을 향해 허리를 숙였다.

"감사합니다. 이것은 팽광의 목숨을 구해주신 데 대한 감사의 인사입니다."

"허허, 별말씀을……. 이 늙은이가 일찍이 하북팽가의 위명을 듣고 있던 차에 우연히 이곳을 지나다가 작은 공이라도 세우게 되었을 뿐이외다. 그럼 이만."

풍월 진인이 몸을 돌리더니 일행을 향해 슬쩍 눈짓을 하며 천천히 팽가장의 대문이 있는 곳으로 걸어갔다.

"허허, 이렇게 그냥 가시면 아니 됩니다. 하북팽가가 비록 그 위명이 허망하오나 귀한 객(客)을 이렇게 돌려보낼 수는 없습니다. 오늘 하루 이곳에 머무시기를 청합니다."

"맞다, 밥 먹고 가야 한다. 나 배고프다."

풍월 진인이 미처 대답도 하기 전에 추평이 팽가장 안으로 들어오며 팽광 옆으로 걸어갔다.

제25장

또 다른 파천광선검

또 다른 파천광신검

쿠구구궁!

천둥소리와 함께 팽가장 한복판에 있는 팔각정 아래에서 팽가 가주 팽광이 마련한 연회에 참석하던 사람들이 깜짝 놀라 고개를 돌렸다.

어디서 시작된 먼지인지 팽가장의 정문 틈사이로 뿌연 먼지가 비를 잔뜩 머금은 구름이 몰려오듯 팔각정을 향했다.

넋이 나간 표정으로 잠시 팽가장 정문을 바라보던 복환용이 입술을 파르르 떨며 고개를 돌렸다.

후루루룩!

밖에서 무슨 일이 일어났는지는 관심도 없다는 듯 앞에 놓인 그릇을 한 손에 집어 든 채 정신없이 움직이는 추평의 손놀림에 복환용의 일그러진 눈초리가 하늘을 향해 치솟았다.

어느새 공중으로 치켜진 복환용의 손. 그러나 이미 앞에 놓인 음식에 정신을 빼앗긴 추평은 그런 복환용의 모습에는 아랑곳하지 않고 계속해서 후루룩거리는 소리와 함께 게걸스럽게 음식을 입속으로 집어넣고 있었다.

"이런 식충이 같은 자식!"

복환용의 입에서 고함이 터지는 것과 동시에 복환용의 손이 여전히 음식만을 먹고 있는 추평의 뒷머리를 향해 날아들었다.

추평이 손을 멈추고 고개를 돌렸다.

그 역시 무엇인가 이상하다는 생각이 들었다. 추평의 뒷머리로 날아들던 주먹의 목표는 추평이 고개를 돌림에 따라 얼굴로 그 목적지가 변경된 것이다.

추평의 눈이 점점 커졌다. 어떻게든 자신의 얼굴을 향해 날아드는 무뢰배의 주먹은 피해야 하지만 그러기에는 이미 너무 늦었다.

'제기랄, 장님은 되지 말아야지.'

추평이 온몸에 잔뜩 힘을 주고 두 눈을 질끈 감는 것과 함께 그의 얼굴에서 불꽃이 튀었다.

"아이고!"

추평이 비명을 토하며 감았던 눈을 번쩍 떴다. 자신을 바라보며 놀란 듯 입을 벌리고 멀거니 서 있는 복환용의 모습을 본 추평이 벌떡 일어나 손을 번쩍 들어 올리며 소리를 버럭 내질렀다.

"음식 먹을 때는 개도 안 건드린다!"

그제야 정신이 든 듯 복환용이 얼굴을 붉히며 추평을 노려보았다. 사실 이번 공격으로 충격을 받은 것은 맞은 추평이 아니라 때린 복환용이다. 물론 부상을 입을 정도는 아니지만 복환용은 자신의 주먹질에 추평이 앞에 차려진 음식상 위에 그대로 널브러질 것으로 생각했다.

그렇지만 추평은 아무렇지도 않은 모습으로 자리에서 벌떡 일어나 자신을 향해 고래고래 소리를 지르고 있었다.

'대단하다. 이 정도면 나와 겨루어도 부족함이 없겠어?'

잠시 감탄에 젖어 있던 복환용의 얼굴이 시뻘겋게 달아올랐다. 추평이 여전히 자신을 향해 사방에 침을 튀겨가며 소리를 지르고 있었기 때문이다.

"망할 놈! 이놈아, 개는 밥 처먹고 집이라도 지키지. 지금 팽가장 앞에서 무슨 일이 벌어져도 크게 벌어진 모양인데 네가 사람이면 그곳에 먼저 관심을 가져야 할 것 아냐?"

'뭐야? 그럼 내가 개만도 못하단 소리야?'

잠시 복환용의 말을 음미하는 사이 추평의 뒤통수에 다시 충격이 가해졌다.

"왜 이러냐?"

"이런 찢어 죽일 자식을 보았나? 이놈아! 당장 밖으로 달려나가지 못해!"

"왜?"

"망할 놈아! 귀 먹었어? 지금 팽가장 밖에서 난리가 났다니까? 밥을 얻어 처먹었으면 밥값을 해야지."

추평이 이해가 간다는 듯 고개를 끄덕였다.

"알았다. 추평 밥값 한다. 기다려라."

추평이 팔각정을 벗어나 먼지가 스며들어 오는 팽가장 정문을 향해 걸어나갔다.

"뭐 하고 자빠졌어? 너희들은 안 나가?"

복환용이 아직 멍한 얼굴로 팔각정에 남아 있는 사람들을 향해 버럭 소리를 지름과 동시에 예하령과 풍월 진인을 제외한 팽가장을 돕기 위해 달려온 강호 무인이 추평을 따라 급히 달려나갔다. 예하령과 풍월 진인, 그리고 복환용도 이내 그들의 뒤를 따라 팽가장 밖으로 걸어나갔다.

밖으로 나간 복환용과 풍월 진인을 비롯한 예하령 일행이 급히 걸음을 멈추고 한곳을 바라보았다.

자욱한 먼지를 일으키며 일단의 무리들이 진을 치고 한 사람을 향해 일제히 검을 휘두르며 달려들었다.

쐐애앵!

사십여 자루의 검이 휘둘러짐과 함께 귀를 찢는 듯한 소리가 예하령 일행의 귀를 파고들었다.

"극마천쇄진(極魔天碎陣)을 펼쳐라!"

검객들의 우두머리인 듯 보이는 자의 한마디 명령과 함께 검을 휘두르며 달려들던 검객들이 급히 자신의 검을 거두고 뒤로 물러났다.

그런 사십여 명을 바라보며 빙긋 미소를 짓고 있는 사내. 그 사내의 모습에 예하령의 얼굴이 부르르 떨렸다.

"지, 진가운!"

사내들의 포위망에 갇혀 있는 사람은 무치와 함께 소림을 방문하고 돌아온 진가운이었다. 사십여 명의 서슬 퍼런 검이 자신을 노리고 있다는 사실도 잊은 듯 진가운의 입가에는 옅은 미소가 번지고 있었다.

"이런 나쁜 새끼들!"

추평이 소리를 지르며 성큼 포위망을 펼치고 있는 사십여 명의 검객들을 향해 한 걸음 내디뎠다.

"추평! 멈추거라."

검객들을 향해 다가가던 추평이 걸음을 멈췄다. 자신을 향해 웬 노승 한 명이 빙긋 미소를 짓고 있었다.

명운 대선사. 소림 나한전의 십팔나한을 대동하고 무치, 진가운과 함께 팽가장을 구하려고 달려왔던 명운 대선사다. 그리고 보니 사십여 명의 검객을 멀리서 둘러싸고 있는 열여덟 명의 스님들이 보였다.

"어르신!"

이미 강시로 변한 추평이 깜짝 놀라며 급히 명운 대선사를 향해 허리를 숙였다.

"망할 녀석 같으니라고! 이 늙은이에게는 죽어도 허리를 굽히지 않던 놈이……."

명운 대선사가 슬쩍 고개를 돌렸다.

"허허, 그동안 고생이 많았네."

"알면 됐어."

명운 대선사를 향해 퉁명스럽게 한마디를 내뱉은 풍월 진인이 예하령, 복환용과 함께 명운 대선사에게 다가왔다. 명운 대선사가 복환용을 뚫어져라 바라보다가 풍월 진인에게 고개를 돌렸다.

"복 대협일세."

"아미타불. 소승 명운이라 합니다."

"복환용입니다."

"지금 그게 문제 아니다. 잘못하면 진가운 죽는다."

복환용과 명운 대선사가 서로 인사를 나누는 중에 추평이 다시 고함을 지르며 검객들을 향해 한 발을 내디뎠다.

"추평! 멈추거라."

추평의 입술이 파르르 떨렸다. 성질 같으면 당장에 눈앞에 있는 놈들에게 달려들고 싶었지만 명운 대선사의 말을 거역할 수는 없었다. 괜히 명운 대선사의 명을 거역했다가는 그가 이 세상에서 가장 무서워하고 존경하는 그의 사형 개방 방주, 구타신개에게 치도곤을 당할 것이 분명했다.

"무기를 들어라. 비류성 우호법 파라, 무기를 들지 않은 놈을 공격할 생각은 없다."

예하령을 비롯한 사람들이 일제히 고개를 돌렸다.

검은 무복을 걸치고 수염을 길게 늘어뜨린 비류성 우호법 파라가 검을 든 채 진가운을 가리키고 있었다.

"나의 무기는 이것이오."

진가운이 천천히 양 주먹을 가슴 앞으로 들어 올렸다. 진가운을 가리키고 있는 파라의 검이 부르르 떨렸다. 진가운의 행동, 그것은 자신에 대한, 아니, 자신을 비롯한 비류성에 대한 조롱임이 분명했다.

"너의 결정을 후회하게 될 것이다."

"그건 그때 가서 해도 늦지 않지."

여전히 느물거리는 진가운의 태도에 파라의 얼굴이 붉게 달아올랐다. 얼굴뿐만 아니라 가슴의 기복도 조금 전보다 커진 것으로 보아 화가 나도 보통 난 것이 아니다.

"쳐라!"

파라의 명과 함께 진가운을 노려보던 파라의 수하들이 번개처럼 검을 휘두르며 진가운을 향해 몸을 날렸다. 검이 움직이는 것과 함께 바람이 일며 잠시 가라앉았던 먼지가 뿌옇게 피어올랐다.

검객들이 검을 휘두르는 것과 함께 진가운이 급히 몸을 한 바퀴 돌렸다.

'여덟 곳.'

진가운의 눈에 자신의 몸뚱이를 향해 화살처럼 날아드는 여덟 자루의 검이 눈에 들어왔다. 분명 사십여 명이 일제히 몸을 움직였지만 진가운을 향해 날아오는 검은 사십여 자루가 아니라 여덟 자루였다.

"합!"

진가운이 기합과 함께 먼저 자신의 정면과 우측으로 날아드는 네 자루의 검을 향해 주먹을 뻗었다. 기세 좋게 날아오던 네 자루의 검이 진가운의 주먹과 부딪치며 방향을 틀었다.

씨익!

진가운이 슬쩍 미소를 지으며 몸을 반 바퀴 돌렸다.

그와 함께 다시 네 자루의 검이 시야에 들어왔다. 진가운이 급히 양손을 들어 정면을 파고드는 두 자루의 검을 향해 손바닥을 뻗었다.

두 자루의 검이 손가락 사이에 끼는 순간 진가운이 슬쩍 몸을 공중으로 뛰어오르며 우측을 향해 양 발을 모으더니 앞으로 쭉 뻗었다.

채쟁!

날카로운 쇳소리와 함께 진가운의 발에 걸어차인 마지막 두 자루의 검이 공중으로 솟구쳤다.

휘릭!

손가락에 검 두 자루를 낀 채 진가운이 처음 자신이 바라보던 곳을 향해 몸을 돌렸다.

뚜둑!

진가운의 팔뚝에 힘줄이 드러나며 진가운의 손가락에 끼어 있던 검두 자루의 검신이 그대로 반으로 부러지며 바닥에 떨어졌다.

휘릭!

그러나 그것은 공격의 시작에 불과했다. 어느새 제자리로 몸을 돌린 진가운을 향해 다시 검들이 날아들었다.

진가운이 급히 한 발을 앞으로 내딛더니 몸을 틀며 검을 피했다. 그것을 시작으로 진가운을 공격해 들어오는 검과 이를 피하는 진가운의 몸 동작이 이어졌다. 그저 피하기만 할 뿐 진가운은 일체의 반격을 가하지 않았다.

'한 사람 한 사람의 무공은 일류고수에 불과하지만 힘을 합치니 만만치 않은 기세다. 정면 충돌은 힘들다.'

진가운은 계속 몸을 움직여 검을 피하며 파라의 수하 검객들을 하나하나 살펴 나갔다. 비록 진을 펼친 덕분에 위력이 대단하기는 했지만 파라의 수하들이 펼치는 극마천쇄진에도 약점은 있었다.

몸을 피하기만 하던 진가운이 고개를 끄덕였다.

'그렇군. 이들이 비록 함께 무공을 펼치고는 있지만 이들의 무공 실력은 모두 다르다. 그렇다면…….'

진가운이 고개를 돌려 사십여 명의 사내들 가운데 대여섯 명을 노려보았다. 그들 역시 일류고수임에 분명하지만 동료들에 비해 무공이 조금은 처지는 자들이다.

슈슈슉!

또다시 들려오는 바람 소리. 하나 이번 공격에 대한 진가운의 반응은 그동안과는 달랐다. 몸을 요리조리 피하기만 하는 대신 자신을 향해 날아드는 검을 정면으로 바라보며 달려나갔다.

"……!"

당황한 표정의 검객.

진가운이 발을 튕기며 솟구쳐 검을 발밑으로 흘려보내고는 검객의 어깨를 향해 그대로 발을 뻗었다.

콰지직!

어깨뼈가 부러지는 소리와 함께 검객의 몸이 출렁하며 흔들렸다.

"읍!"

작은 기합과 함께 진가운의 주먹이 어깨뼈가 부러져 얼굴을 일그러뜨리고 있는 사내의 복부에 박혔다.

"크흑!"

신음과 함께 사내가 그대로 바닥에 주저앉았다.

타닥!

전면의 사내를 고꾸라뜨린 진가운이 재빨리 한 사내를 향해 달려갔다. 조금 전 자신이 보아두었던 다섯 명의 검객 가운데 한 명이다.

진가운의 공격이 뜻밖이었는지 검객의 얼굴이 파랗게 질려 있다. 미소를 지으며 다가선 진가운이 당황한 검객을 향해 손바닥을 활짝 펼치고는 그대로 가슴을 밀었다.

주르륵!

사내가 그대로 삼 장을 밀려 나갔다. 이내 신형을 바로잡은 사내가 고개를 치켜들고 진가운을 노려보았다. 조금 전보다 더 파리해진 얼굴, 입가에서 가느다란 핏줄기가 흘러나온 것이 내상이 분명하다.

휘릭!

용무를 마쳤다는 듯 몸을 그대로 돌린 진가운의 몸뚱이가 그대로 하늘 높이 치솟았다. 진가운이 본격적으로 곤륜파의 절학인 운룡대팔식을 펼치기 시작한 것이다.

"쫓아라!"

파라의 명과 함께 검객들이 일제히 진가운을 쫓아 몸을 숏구쳐 올렸다.

'됐어.'

진가운이 숏구치던 몸을 멈춤과 동시에 급히 땅을 향해 내려왔다.

진가운을 따라 공중으로 뛰어올랐던 사십여 검객이 진가운을 따라 지상으로 몸을 돌렸다.

터더덕!

바닥으로 내려서는 검객들. 진가운은 그들 중 가장 먼저 지상에 내려선 네 명의 검객을 향해 몸을 움직였다.

마치 빛이 사라지듯 갑자기 사라진 진가운의 몸.

진가운을 지켜보던 예하령을 비롯한 사람들의 눈이 휘둥그레졌다. 진가운의 몸놀림에서 그들은 한 가지의 전설을 생각했다. 신법의 최고봉으로 알려진 이형환위. 진가운의 몸놀림은 분명 이형환위의 수법이었다.

쿠구구궁!

진가운을 발견하지도 못한 채 가장 먼저 땅에 내려선 네 검객의 몸이 땅에 처박혔다.

동료의 부상에 눈이 시뻘겋게 변한 검객들이 진가운을 향해 달려들었다. 진가운이 급히 오른손과 왼손을 머리와 배에 붙이며 재빨리 원을 그렸다.

휘익!

진가운의 주먹이 움직이며 제법 강렬한 권풍(拳風)이 일었다.

"하아앗!"

본격적인 격전 이후 가장 큰 기합 소리와 함께 복부와 머리 앞에서 바람을 일으키며 회전하던 두 주먹이 앞으로 튀어나왔다. 주먹이 펼쳐지며 손바닥이 모습을 드러냄과 동시에 한줄기 돌풍이 진가운을 향해 달려들던 파라의 수하 검객들을 휘감았다.

구파일방 비무행에 기록된 개방의 무공, 옥룡팔장(玉龍八掌) 가운데 하나인 출룡풍파(出龍風波)다.

"크아악!"

장풍에 휘말린 검객들 십여 명의 몸뚱이가 그대로 하늘 높이 치솟았다가 바닥에 박혔다. 바닥에 떨어진 무사들의 몸뚱이가 잠시 꿈틀거리더니 움직임을 멈췄다.

진가운에게 다가들던 나머지 검객들이 일제히 걸음을 멈췄다.

"무엇 하느냐! 어서 진을 가다듬어라!"

진가운이 슬쩍 고개를 돌려 자신의 수하들을 독려하는 파라를 바라보았다.

타닥!

진가운이 바닥을 박차며 파라를 향해 달려들었다. 무고한 부상자들을 더 만들기보다는 이들의 우두머리인 파라를 사로잡으려 한 것이다. 파라의 수하들이 진가운의 전면을 막아섰다.

진가운이 급히 몸을 회전시키며 양손을 좌우로 활짝 펼쳤다.

그의 몸을 축으로 거대한 폭풍이 막아서는 파라의 수하들을 집어삼켰다. 파라의 수하 검객들의 몸이 소용돌이에 빠져드는 나룻배처럼 진가운에게 조금씩 빨려 들어갔다.

사십여 명의 검객들 외곽에서 감시의 눈길을 보내던 소림사 십팔나한이 무엇인가를 깨달은 듯 급히 바닥에 가부좌를 틀고 앉아 운기를 시작했다.

옥룡팔장 최후의 초식인 용소무한(龍嘯無限)이다.

풍차처럼 돌아가던 진가운의 몸이 조금씩 공중으로 떠올랐다. 그와 함께 이십여 명에 이르는 파라의 수하 검객들의 몸 역시 진가운을 따라 조금씩 하늘로 솟구쳐 올랐다.

멀찍이 떨어져 운기를 하는 십팔나한의 얼굴에 굵은 땀방울이 흘렀다. 만약 이들이 아무런 준비를 하지 않았다면 십팔나한 역시 진가운을 따라 몸이 공중으로 떠오르고 말았을 것이다.

슈슈슈슝!

점점 빠르게 치솟는 진가운과 끌려 올라가는 이십여 명의 검객들.

콰지지직!

그렇게 한없이 치솟던 진가운의 몸에서 빛줄기가 사방으로 퍼져 나갔다. 그와 함께 검객들을 휘감으며 몰아치던 돌풍이 빛줄기를 따라 사방으로 뻗어나갔다.

"크아아악!"

귀를 찢는 비명과 함께 이십여 명의 검객들이 끈 떨어진 연처럼 사방으로 비산하며 흩어졌다.

저벅!

이십여 명을 사방으로 간단히 날려 버린 진가운이 아직까지 남아 있는 비류성 우호법 파라를 향해 천천히 다가갔다.

자신을 향해 다가오는 진가운을 바라보던 우호법 파라의 몸이 떨리는가 싶더니 이내 파라가 입고 있는 도복이 점점 부풀어 오르기 시작했다.

척!

파라에게 오 장까지 접근한 진가운이 걸음을 멈췄다.

쐐애액!

진가운이 걸음을 멈춤과 동시에 파라가 검을 앞으로 쭉 내뻗고 그에게 달려들었다.

검을 잡은 파라의 손이 좌우로 움직이는 것과 함께 파라의 검이 일곱 개의 검영을 남기며 진가운의 몸으로 파고들었다. 갑자기 일곱 개로 늘어난 검영에 놀랐는지 진가운이 몸을 흠칫거리며 뒤로 물러섰다. 그와 함께 파라의 입가에 슬쩍 미소가 번졌다.

'흐흐흐, 아무리 무공이 뛰어나도 아직 풋내기에 불과했어.'

파라는 자신의 검이 진가운의 손목을 그대로 베리라는 것을 믿어 의심치 않았다. 진가운의 손목을 먼저 베어낸 후 사지를 하나하나 자르고 마지막으로 목을 땅에 떨굴 생각을 하니 가슴으로부터 알 수 없는 희열이 밀려왔다.

"죽어!"

외마디와 함께 파라가 그대로 속도를 더해 진가운에게 달려들었다. 진가운 주변에 휘몰아치던 일곱 개의 검영(劍影)이 일제히 진가운의 손목을 향해 한꺼번에 날아들었다. 그렇지만 진가운의 얼굴은 평온하기 그지없다. 당장에 손목이 잘려 나갈 정도로 파라의 검이 지적에 이르렀지만 진가운의 얼굴에는 한 치의 동요도 나타나지 않았다.

스륵!

미동조차 보이지 않던 진가운의 양손이 가슴과 머리 앞에서 일제히 원을 그렸다.

채재쟁!

쇳소리와 함께 누군가가 비틀거리며 뒤로 물러났다.

주르륵!

검을 타고 한줄기 선혈이 흘러내렸다.

"가운!"

예하령이 놀라 소리치며 진가운을 걱정 가득한 눈으로 뚫어져라 바라보았다. 처음과 마찬가지로 평온하기 그지없는 얼굴. 예하령이 이상하다는 듯 고개를 파라를 향해 돌렸다. 파라의 검에서는 아직도 선혈이 조금씩 흘러내리고 있었다.

'이상하다.'

이해할 수가 없었다. 파라의 검에서 선혈이 흘러내리고 있는 것으로 보아 진가운이 부상을 입은 것이 분명하건만 진가운의 모습에서는 전혀 그런 낌새를 차릴 수가 없었다.

'호, 혹시?'

예하령의 시선이 파라의 검을 따라 천천히 올라갔다.

주르륵!

검을 잡은 파라의 옷소매 사이에서 핏물이 계속 새어 나오며 검신을 따라 흘러내리고 있었다.

잔뜩 일그러진 파라의 얼굴. 두 발을 굳건히 땅에 박은 채 한 치의 흔들림 없는 파라였지만 그의 눈동자가 조금씩 흔들리고 있었다.

"크흑!"

파라의 입에서 처음으로 신음이 흘러나왔다. 그와 함께 입술 끝을 타고 선혈이 흘러내렸다.

"꿇어!"

진가운의 한마디에 파라가 정신을 차린 듯 고개를 치켜들었다. 자신을 바라보며 은은한 미소를 짓고 있는 진가운을 본 파라가 입술을 씰룩거리며 뒤로 한 걸음 물러났다.

"아직 항복할 생각은 없는 모양이군."

"……."

파라의 얼굴이 시뻘겋게 달아올랐다. 진가운의 한마디는 조롱이 분명했다.

"크크크, 천하의 비류성 우호법 파라가 누군가에게 조롱을 받으리라고는 생각도 못했다."

"그야 임자를 못 만나서 그렇지."

여전한 진가운의 비아냥거림에 파라의 눈이 시뻘겋게 변했다. 시뻘겋게 충혈된 파라의 눈이 이글이글 타올랐다.

툭!

파라가 들고 있던 검을 바닥에 던졌다.

검객이 검을 버리는 것은 두 가지뿐이다. 항복 또는 죽음. 파라는 지금 죽음을 생각하고 있었다. 진가운의 얼굴이 이내 굳어졌다. 진가운 역시 파라가 검을 버린 뜻을 알고 있었다. 그것이 항복을 의미하는 것이었으면 하는 마음이 간절했지만 그것은 자신의 염원에 불과하다는 것을 알고 있었다.

파라의 두 손이 서로를 마주 보며 천천히 다가섰다. 그와 함께 파라의 몸이 바람이라도 들어가는지 서서히 부풀어 오르기 시작하더니 이내 금방이라도 터질 듯 팽팽해졌다.

척!

파라의 두 손이 자석이 달라붙듯 그렇게 달라붙더니 그곳에서 조그만 빛이 서서히 흘러나왔다.

'검이다!'

진가운이 놀란 듯 입을 슬쩍 벌렸다. 마주한 파라의 손에서 흘러나온 빛이 모이며 한 자루의 검의 형상으로 뭉쳐졌다.

"이… 이럴 수가?"

자기도 모르게 흘러나오는 한마디. 파라의 모습은 진가운에게 있어서 충격이었다. 물론 지금까지 겨룬 많은 사람들 가운데 파라와 같이 기를 빛처럼 모아 밖으로 뿜어내는 고수는 여럿 있었다. 그러나 진가운이 놀란 이유는 따로 있었다. 파라가 밖으로 흘러나온 기를 뭉쳐 검의 형상을 그려냈기 때문이다.

진가운의 머리 속으로 한 가지 무공이 떠올랐다.

파천광선검. 남들은 비류은하참이라 부르는 사문의 지랄 맞은 무공. 물론 그 검의 크기에 있어서는 파천광선검에 비할 바 아니게 초라하다. 또한 파라의 검은 손에서 흘러나오고 자신의 사문 무공 파천광선검은 머리 위에서 흘러나오는 차이가 있다. 그렇지만 기를 모아 하나의 검을 형성하고 그것으로 상대방을 공격하는 것이라는 사실은 파천의 지금 무공이나 자신의 파천광선검이나 다를 바 없었다.

추추추추추!

진가운이 잠시 생각에 잠긴 사이 파라의 기가 뭉쳐진 검이 그와 하나가 되어 진가운에게 서서히 다가왔다.

진가운은 눈을 질끈 감으며 두 손을 단전에 모았다. 두 손이 단전에 닿는 것과 동시에 황금색 기운이 진가운의 몸을 뒤덮었다.

슈팟!

파라의 검이 진가운과 부딪치며 불꽃이 치솟았다. 바라보기만 해도 당장에 눈이 멀 것 같은 엄청난 섬광이 부딪친 두 사람 주변에서 쏟아졌다.

"의수단전공(意守丹田功)!"

명운 대선사와 함께 온 십팔나한 가운데 한 명의 입에서 놀란 듯한 목소리가 터져 나왔다.

콰과광!

섬광이 잦아지는 것과 함께 귀를 찢는 듯한 굉음이 퍼지며 한줄기 돌풍이 파라와 진가운을 중심으로 휘몰아쳤다.

주변에 있던 명운 대선사와 풍월 진인, 그리고 복환용의 몸이 흔들릴 정도의 강력한 바람.

잠시 넋이 나갔던 사람들의 고개가 일시에 진가운과 파라에게 돌아갔다.

혼이 나간 듯 물끄러미 한곳을 응시하는 진가운. 이미 옷은 넝마가 되어 이곳저곳이 찢겨져 나갔건만 진가운은 그것을 아는지 모르는지 아쉬움 가득한 얼굴로 오직 한곳을 바라보고 있었다. 진가운의 시선이 머무는 곳, 그곳에는 파라가 땅에 몸을 누인 채 조용히 눈을 감고 있었다.

'죽이지 않으려 일부러 구파일방 비무행에 기록된 소림의 절학 의수단전공을 펼쳤건만……'

잠시 그렇게 묵묵히 서 있던 진가운의 몸이 휘청거렸다.

"진가운!"

예하령이 급히 달려가 휘청거리는 진가운의 몸을 두 손으로 부축해 세웠다. 힘없이 예하령을 바라보던 진가운이 천천히 눈을 감았다.

"엄살 피우지 말고 일어나."

진가운이 천천히 눈을 떴다. 한심하다는 얼굴로 자신을 바라보는 복환용의 모습에 저절로 얼굴이 이지러졌다.

"여기가 어딥니까?"

"저승은 아니니까 걱정하지 마. 저승이면 네놈이 내 얼굴을 어떻게 봐!"

'무슨 소리지?'

진가운이 이해하지 못하겠다는 표정을 지으며 눈을 깜박거렸다.

"이놈아! 평생 사람 살리는 좋은 일을 한 나는 극락에서 편히 쉴 것이고 평생 저 새끼 언제 뒈지나 하면서 노려보던 네놈은 지옥 불구덩이 속에서 아우성칠 테니 죽으면 너랑 나랑은 만날 일이 없다 이 말이야."

'망할 늙은이, 말을 해도 꼭.'

복환용을 한 차례 노려본 진가운이 조심스럽게 몸을 일으켰다. 다행히 몸에 이상은 없었는지 일어서면서 커다란 불편은 느껴지지 않았다.

"그 사람은?"

"그 사람?"

이해하지 못하겠다는 얼굴로 잠시 고개를 갸웃거리던 복환용은 곧 고개를 끄덕였다.

"아~ 그놈? 뒈졌어. 그런데 왜?"

'그렇지, 죽었지.'

아쉬운 마음과 함께 자신에게 마지막 공격을 퍼붓던 비류성 우호법 파라의 모습이 뇌리를 스쳤다. 파라의 무공은 자신이 익힌 파천광선검이 아니었다. 그러나 그것은 분명 파천광선검과 비슷한 모습이었다. 혹 살아 있다면 자신의 사문 무공인 파천광선검의 비밀을 푸는데 어느 정도 도움이 되지 않았을까 하는 생각이 드니 아쉬운 마음이 더욱 밀려왔다.

'죽었……!'

그렇게 힘겹게 몸을 일으키고 있던 진가운이 갑자기 자리에서 벌떡 일어났다.

후닥닥!

진가운이 급히 문을 열고 밖으로 달려나갔다. 예하령을 비롯한 풍월진인과 명운 대선사 등이 걱정스러운 얼굴로 밖에 서 있었다.

"괜찮아?"

"왜, 죽었으면 좋겠냐?"

진가운의 한마디에 예하령의 이마에 지렁이 같은 힘줄이 돋았다.

"그래, 콱 고꾸라졌으면 좋겠다!"

"그나저나 파라 그 늙은이 시체는 어디에 있어?"

"파라?"

"그래, 그 비류성 늙은이."

예하령이 알겠다는 듯 고개를 한 번 끄덕이고 손을 들어 한곳을 가리켰다. 주변에 있는 화려한 집들과는 달리 조금은 초라해 보이는 허름한 건물.

진가운이 급히 예하령이 가리킨 허름한 건물로 달려갔다.

끼이익!

등골이 오싹할 정도의 괴이한 소리와 함께 문을 열고 들어간 진가운의 눈에 가마니를 덮은 물체 하나가 들어왔다.

진가운이 천천히 가마니를 손으로 들추자 비류성 우호법 파라의 시신이 눈에 들어왔다. 잠을 자듯 평온한 얼굴.

진가운은 그런 파라의 시신을 머리부터 발끝까지 찬찬히 살피다 조심스럽게 파라의 옷을 벗겼다. 그리고 다시 머리부터 발끝까지 하나하나 살펴 나갔다. 어디 외상 한곳 없는 깨끗한 시신이다.

"도둑놈 물건 살피듯 쪼그리고 앉아서 뭐 하는 짓이냐?"

획!

진가운이 급히 고개를 돌렸다. 복환용이 빙긋 미소를 지으며 진가운을 바라보고 있었다.

"영감, 남의 일에 신경 쓰지 마!"

퉁명스럽게 한마디를 내뱉은 진가운이 다시 파라의 시신을 살폈다. 그렇지만 아무리 살피고 살펴도 여전히 시신에는 아무런 이상한 점이 없었다.

'외상은 없다. 그렇다면……'

진가운이 다시 고개를 돌려 복환용을 바라보았다.

"영감! 이 늙은이가 왜 죽었는지 알아?"

"이놈아! 살 만큼 살았으니 뒈진 게지."

'저 미친 늙은이에게 물어본 내가 죽일 놈이다.'

사실 복환용의 대답은 당연한 것인지도 모른다. 무엇보다 사인에 관해서는 천하제일인 자신이 밝히지 못한 파라의 죽음을 복환용이 알지도 모른다고 생각한 것이 잘못이다.

"그나저나 그것은 왜 물어?"

"알 것 없잖아. 명이 다해 뒈졌다면서."

"한심한 놈. 그따위로 말하니 내가 말해 줄 수가 있나?"

획!

진가운이 급히 고개를 돌렸다. 조금 전 복환용이 한 말을 해석하면 복환용은 파라의 사인을 알고 있는 듯했다.

"영감! 알아, 몰라?"

"그걸 왜 물어?"

"……."

진가운이 입을 다물었다. 그것을 복환용에게 말해 줄 수는 없었다.

"추전호 그 늙은이하고 관계있는 일이냐?"

"……!"

진가운의 입이 벌어졌다.

복환용의 입에서 흘러나온 추전호는 다름 아닌 자신의 사부였다. 물론 복환용이 자신의 사부 추전호를 알고 있는 것은 당연하다. 손님을 끌기 위해 추전호의 제자라는 사실을 목이 아프게 외치고 다닌 것은 다른 사람이 아닌 바로 진가운 자신이었다.

그러나 복환용의 한마디는 단순히 자신이 추전호의 제자라는 것을 말하는 것이 아니었다. 그는 자신의 사문 무공에 대한 비밀을 어느 정도 알고 있는 것 같았다. 아니, 사문 무공의 비밀은 모르더라도 추전호가 죽음의 원인을 밝히는 일에 지대한 관심을 갖고 있다는 것을 알고 있는 것은 분명했다.

"당신이 사부를 알아?"

"……."

복환용이 대답 대신 고개를 끄덕였다.

"어떻게?"

"부탁을 받은 것이 있으니까."

"부탁? 무슨 부탁?"

"제자새끼 뒈지지 않게 해달라는 부탁."

"제자?"

"그래, 제자."

진가운이 손을 들어 자신을 가리켰다. 그러자 복환용이 고개를 끄덕였다.

"왜? 사부가……?"

"그건 나도 몰라. 좌우간 추 늙은이가 자기 제자새끼가 무슨 일로 뒈질지도 모르니 절대로 뒈지지 않게 해달라고 질질 짜며 부탁하더군."

"그래서?"

"그래서 본 어르신이 네놈의 장의점 옆에 의원을 낸 게야."

진가운이 다시 고개를 갸웃거렸다. 지금 한 말에 의하면 복환용은 진가운을 따라 연강소로에 의원을 차린 것이다. 그렇지만 진가운이 가운장의점을 차리기 전에 이미 환용의원은 연강소로에 자리하고 있었다.

"늙은이, 거짓말하지 마. 가운장의점보다 환용의원이 먼저 있었어."

"주인이 다르지."

"뭐?"

"원래 주인인 복환용 그 늙은이는 본 어르신이 준 돈으로 다른 곳으로 이사를 갔다 이 말이야."

"무슨 말이야? 나야 늙은이 얼굴을 모른다고 하지만 다른 장의사들은 복환용의 얼굴을 다 알고 있는데……?"

복환용이 한심하다는 듯 진가운을 바라보았다.

'뭐야? 저 늙은이가 왜 저러는 거야?'

말없이 서로를 바라보는 두 사람.

"이놈아! 내가 예하령 그 아이의 얼굴을 감쪽같이 바꾸어놓은 것 못

봤어?'

'뭐야, 그렇다면 지금의 모습이 가짜다 이 말이야?'

그제야 진가운은 모든 것을 알 수 있었다. 지금 눈앞에 있는 늙은이는 옛날부터 연강소로에 살던 의원 복환용이 아니었다.

"한심한 놈! 이런 미련한 놈을 왜 뒈지지 않게 해달라고 했는지 알다가도 모르겠네. 그나저나 저 늙은이가 왜 뒈졌는지 알고 싶은 이유가 뭐야? 파천광선검인가 지랄광선검인가와 관련이 있는 일이야?"

"……!"

진가운의 얼굴이 파랗게 질렸다. 복환용이 사문 무공까지 알고 있을 줄은 몰랐다. 아무 말 없이 복환용을 바라보던 진가운이 입술을 달싹거렸다.

무슨 이야기를 하는지 진가운의 이야기를 들으며 복환용이 계속 고개를 끄덕이더니 조심스럽게 죽은 파라의 시신 옆으로 다가갔다.

턱!

파라의 손목을 잡은 채 지그시 눈을 감는 복환용.

'미친 늙은이. 죽은 사람의 맥을 짚어서 어쩌겠다는 거야?'

그런 진가운의 생각을 아는지 모르는지 복환용은 한참 동안 죽은 파라의 맥을 짚었다. 그러기를 얼마, 복환용이 천천히 고개를 끄덕이며 파라의 손목에서 손가락을 떼어냈다.

"그렇군. 확실히 특이한 죽음이야."

'뭐야? 알아낸 거야?'

진가운이 눈을 동그랗게 뜨고 복환용의 얼굴을 살폈다. 말없이 파라를 살피던 복환용이 품에서 무엇인가를 꺼내 들었다.

길이 두 치 정도의 작은 칼.

단도라 부르기에도 무리가 있을 정도의 작은 칼을 손에 집어 든 복환용이 조심스럽게 파라의 손으로 칼을 가져갔다.

스윽!

파라의 손을 단도로 살짝 그은 복환용이 조심스럽게 파라의 손을 살폈다. 그리고는 빙긋 미소를 짓더니 단도를 파라의 단전이 있는 곳으로 가져갔다.

단전 부위를 살짝 단도로 그은 복환용의 관찰이 이어졌다. 지루할 정도의 오랜 시간이 흘렀지만 복환용은 파라의 시신에서 눈을 떼지 않았다.

"기허(氣虛)에 의한 죽음이야."

'기허?'

진가운이 고개를 갸웃거렸다. 기허라는 말은 처음 들었다. 죽음의 원인에 관한 모든 것이 기록되어 있다는 사인록에도 기허라는 것은 적혀 있지 않았다.

그렇게 파라의 시신을 살피던 복환용이 천천히 고개를 돌려 진가운을 향했다.

"분명 이놈의 죽음과 같단 말이지?"

진가운이 말없이 고개를 끄덕였다. 그와 함께 복환용의 입가에 환한 미소가 번졌다.

"추전호 그 늙은이의 말을 듣고 혹시 하고 있었는데 정확하군. 역시 나는 천하제일명의가 분명해. 우껠껠껠!"

미친 듯 웃음을 터뜨리며 복환용이 밖으로 걸어나갔다. 진가운도 밖으로 나가기 위해 몸을 일으켰다.

빠악!

경쾌한 소리와 함께 진가운의 이마에서 불꽃이 튀겼다.

"왜 때려! 영감 미쳤어!"

"이 썩어 문드러질 놈아, 네놈은 먼저 이 늙은이의 염을 해야 할 것 아냐!"

호통과 함께 복환용은 문을 나서고 있었다.

진가운이 다시 방 안에 들어왔다.

복환용과 명운 대선사가 방 안에서 진가운을 기다리고 있었다.

"앉으시게."

명운 대선사의 말에 진가운이 두 사람 앞으로 다가와 앉았다.

"복 의원에게서 말은 들었네."

진가운이 얼굴을 일그러뜨리며 복환용을 바라보았다. 사문의 무공 비밀을 발설한 복환용의 모습이 곱게 보이지 않았다.

"그렇게 보지 마. 네놈을 치료하기 위해서는 명운 대사의 도움이 필요했어."

"……?"

복환용이 슬쩍 자신의 앞에 놓인 작은 함 하나를 손으로 가리켰다.

"대환단이야."

진가운이 알겠다는 듯 고개를 끄덕였다. 소림 제일의 영약인 대환단을 얻기 위해서는 어쩔 수 없었을 것이라는 생각이 들었다.

"기허란 몸속의 기가 모두 밖으로 빠져나가 사망하는 것을 말한다. 기허가 일어나는 이유는 간단해. 그것은 기가 일시에 폭발하듯 생성되어 나오기 때문이다. 일반적으로 흘러나온 기는 경락을 따라 흘러가지만 일시에 상상할 수도 없는 기가 흘러나오게 되면 경락과 혈도가 그

힘을 감당하지 못하고 터지게 되는 것이지. 일반인들에 비교하면 풍과 같은 것이다. 갑자기 분노하거나 흥분하는 경우 그것을 혈관이 감당치 못하고 일시적으로 막히거나 터져서 손발을 움직이지 못하게 하는 풍이 기허와 비슷하지. 그러나 풍은 혈액에 의해 일어나는 반면 기허는 기에 의해서 일어나는 것이다."

말을 잠시 중단한 복환용이 슬쩍 고개를 돌려 명운 대선사와 앞에 있는 진가운의 얼굴을 살폈다. 알겠다는 듯 고개를 끄덕이는 명운 대선사와는 달리 진가운의 얼굴에는 짜증이 가득했다.

솔직히 진가운은 복환용의 기에 대한 강의에는 흥미가 없다. 진가운이 관심을 갖는 것은 오직 한 가지, 복환용이 자신을 치료할 수 있느냐는 것이다. 그런데 복환용은 그 이야기는 한마디도 하지 않고 쓸데없는 소리만을 계속 지껄였다. 만약 평상시라면 당장 복환용에게 소리를 질렀을 진가운이다. 그러나 지금은 그렇게 할 수가 없었다. 그것은 복환용만이 진가운을 치료할 수 있는 유일한 사람이기 때문이다.

못마땅한 얼굴로 진가운을 노려본 복환용의 주절거림이 다시 이어졌다.

"일반적인 무인들도 기허는 흔히 일어나는 것이다."

'뭐?'

따분한 얼굴로 고개를 숙인 채 얼굴을 찡그리고 있던 진가운이 고개를 바짝 치켜들었다. 기허가 일반 무림인들에게 흔히 일어나는 현상이라니 이해가 되지 않았다.

진가운의 반응에 복환용이 기분이 좋은 듯 슬쩍 미소 지었다.

"하나 너, 아니, 파천광선검을 펼칠 때 일어나는 기허는 일반적으로 흔히 볼 수 있는 기허와는 다르다. 일반적인 기허는 내공을 과도하게 일으켜 경락과 혈도가 터져 내공이 산산이 흩어지는 경우이므로 내공만 상실될 뿐 생명에는 지장이 없는 것이 보통이다. 그러나 네 녀석의 기허는 그런 내공이 사라지는 것은 물론 본원진기마저 사라지는 것이다. 즉, 파천광선검은 수련에 의해 생성되는 내공과 몸속의 본원진기도 함께 사용하는 무공이다. 물론 아무 때나 본원진기가 흘러나오는 것은 아니다. 대포를 발사할 때 심지에 불을 붙여야 하는 것처럼 본원진기를 흘러나오게 하는 심지가 있다. 그것이 살기다."

"살기?"

"그래, 살기. 사람 죽일 때 자연스럽게 흘러나오는 살기. 그래서 비무 때는 멀쩡하다가 실전에서 사람을 죽이게 되면 네놈의 목숨도 사라지게 되는 것이다. 다행히 만년교룡의 내단과 천년설도를 복용함으로써 너의 경락과 혈도가 어느 정도 튼튼해져서 일반적인 무공을 사용할 때 일어나는 살기에 따른 본원진기의 흐름에는 견딜 수가 있게 되었지만 파천광선검을 사용할 때 필요한 엄청난 본원진기의 흐름에는 기가 모이는 단전이 견디지 못하는 것이다."

복환용의 주절거림은 계속 이어졌다.

인내에도 한계가 있는 법이다. 이어지는 복환용의 주절거림에 진가운은 은근히 부아가 치밀었다.

잠자코 듣고 있던 진가운이 자리에서 벌떡 일어났다.

"알았어, 알았으니까 파천광선검을 사용해도 죽지 않는 방법만 말해 봐!"

진가운의 갑작스러운 고함에 여태껏 입에서 침을 튀기며 열변을 토하던 복환용이 입을 다물고 놀란 눈으로 슬쩍 진가운을 바라보았다.

"그러니까 본원진기……."

잠시 주춤하던 복환용의 입이 다시 움직였다. 여전히 쓸데없는 주절 거림. 일어서서 복환용을 노려보는 진가운의 얼굴이 바르르 떨렸다.

"됐어, 됐으니까 쓸데없는 소리 하지 말고 치료할 방법이나 말해 보라고."

"망할 자식."

진가운을 노려보며 마지막인 듯 한마디를 내뱉는 복환용.

"……."

"……."

복환용과 진가운 사이에 한참 동안 침묵이 흘렀다. 그렇게 얼마의 시간이 지난 후 마침내 복환용이 어쩔 수 없다는 듯 한숨을 내쉬더니 진가운에게 자리에 앉으라는 듯 손짓을 했다.

마지못해 자리에 앉는 진가운을 한번 노려보던 복환용이 입을 씰룩 거리더니 말을 이었다.

"방법은 두 가지야."

"두 가지?"

의외였다.

사문의 무공 파천광선검의 저주를 풀 수 있는 방법이 두 가지나 된 다는 사실이.

"첫째는 파천광선검으로 사람을 죽이고자 할 때에도 살기를 일으키지 않는 절대의 무심, 그것을 깨닫는 것이다. 둘째는 내가 너의 몸을 바꾸어주는 것이다."

"몸을 바꿔? 어떻게?"

호기심이 동했는지 진가운이 복환용이 앉아 있는 곳으로 무릎걸음 으로 다가가며 얼굴을 가까이 들이댔다.

그런 진가운의 모습이 불편했는지 복환용이 슬쩍 뒤로 물러났다.

"이놈아, 어떻게는 뭐가 어떻게야. 신의인 노부가 네놈의 뱃속을 만년한철보다 더 강하게 바꾸어놓는 거지."

"……?"

의아한 표정을 지으며 고개를 갸웃거리는 진가운. 사실 복환용의 말은 이해할 수가 없는 소리다. 뱃속을 만년한철보다 더 강하게 바꾸다니. 몸뚱이야 외공을 익혀 단련시킨다고 하지만 뱃속을 무슨 수로 단련시킨단 말인가?

"뱃속을 어떻게 단련시켜?"

"망할 놈. 이놈아, 네 배를 칼로 가른 다음에 그곳에 노부가 만든 영약을 사용해 단전과 혈도 몇 곳을 단련시키면 돼."

"뭐? 배를 갈라?"

진가운의 눈이 화등잔만하게 커졌다.

"걱정 마. 아직 해보지는 않았지만 잘될 게야."

갈수록 태산이다. 배를 가른다는 사실만으로도 눈이 뒤집힐 지경인데 복환용의 말을 들어보니 아직 한번도 해보지 않은 일이 분명하다.

'망할 늙은이! 아주 사람 하나 잡으려고 작정을 했구나!'

복환용을 잠시 노려보던 진가운이 고개를 가로저었다. 절대로 복환용에게 자신의 배를 맡길 수는 없다고 생각했다.

'그렇다면……'

잠시 생각하던 진가운이 복환용의 옆에 앉아 있는 명운 대선사를 바라보았다.

"대선사님, 저는 절대의 무심을 깨닫는 방법을 택할까 합니다."

이미 진가운이 그 방법을 택할 것을 알고 있었다는 듯 명운 대선사와 복환용의 입가에 동시에 미소가 번졌다.

"허허허, 그러신가? 그거 아주 좋은 생각일세. 노부의 평생 소원이 바로 그것이었네. 하나 노부는 자질이 부족해 백 년 수련을 했으나 아직도 그것을 깨닫지 못하고 있네. 자네야 노부보다 그 지혜가 백배는 더할 것이니 언제고 그것을 깨달을 수 있으리라 믿네."

'뭐? 백 년 수련을 했는데 아직도 깨닫지 못했어?'

진가운의 얼굴이 일그러졌다. 지금부터 백 년이면 자신의 나이 백스물한 살. 그야말로 머지않아 땅속에 들어갈 나이다. 그때에 깨달음을 얻어 영세제일인이 되어봤자 무슨 소용인가? 거기다 깨달음을 얻을 수 있다는 보장도 없지 않은가.

슬쩍 고개를 돌려 명운 대선사의 옆에 앉아 있는 복환용을 바라보았다. 재미있다는 표정을 지으며 입가에 미소를 짓고 있는 복환용.

'저 인간을 어떻게 믿어.'

한참 동안 자리에 앉아 생각에 잠겨 있던 진가운이 입술을 지그시 깨물었다.

'그래, 죽기 아니면 살기다.'

제26장

여기가 소림사 맞아?

여기가 소림사 맞아?

여기가 소림사 맞아?

'어라? 여기는……'

진가운이 놀란 듯 주변을 두리번거렸다. 팽가장에서 일행과 헤어진 복환용은 진가운만을 데리고 이곳까지 왔다. 처음 일행과 헤어질 때만 해도, 아니, 오늘 오후까지만 해도 진가운은 복환용이 자신을 어디로 데리고 가는지 알 수 없었다.

그런데 지금 이곳은 진가운도 익히 알고 있는 곳이다.

멀리 통나무집 한 채가 보인다. 그와 함께 진가운의 머리 속에 한 사람의 영상이 스치고 지나갔다.

전려진.

어렸을 적 진가운의 유일한 친구였던 여인. 진가운의 눈에 보이는 통나무집은 분명 사냥꾼 아버지와 함께 전려진이 살았던 그 통나무집이다.

"진아야!"

복환용의 입에서 고함이 터졌다. 그와 거의 동시에 문이 열리며 한 사람이 밖으로 튀어나왔다. 안력을 돋우지 않아 누구인지 정확히 알 수는 없지만 삼단같이 길게 늘어진 머리카락으로 보아 남자는 아니다.

'그렇다면……'

전방을 바라보던 진가운의 입가에 조금씩 미소가 번졌다.

자신과 복환용이 있는 곳을 향해 발이 보이지 않도록 달려오는 여인. 그녀는 전려진이 분명했다. 전려진을 마지막으로 본 지 거의 일 년이 되어가지만 전려진의 모습에는 조금도 변화가 없었다. 손에 든 몽둥이.

몽둥이를 본 진가운이 몸을 움직거렸다.

그깟 몽둥이가 무엇이 무서울까마는 전려진이 들고 있는 몽둥이는 진가운에게 여느 평범한 나무 몽둥이가 아니었다.

그렇게 진가운이 몸이 굳은 채 전려진을 바라보고 있는 사이 어느새 복환용의 앞까지 도착한 전려진이 걸음을 멈췄다.

"네놈은 누구냐?"

굳은 얼굴로 몽둥이를 양손으로 움켜쥔 채 전방에 서 있는 복환용을 바라보는 전려진.

"려진아!"

복환용을 노려보던 전려진이 그제야 얼굴을 돌렸다.

흠칫.

진가운을 알아본 전려진의 몸이 순간적으로 움찔거렸다. 하나 그것도 잠시, 몽둥이를 머리 위로 치켜든 전려진이 얼굴을 일그러뜨리더니 진가운을 향해 득달같이 달려들었다.

"너, 이 자식! 일 년 만에 나타나서 장난을 쳐?"

휘익!

여인의 움직임이라고는 믿어지지 않는 재빠른 움직임에 진가운이 급히 뒷걸음질을 치며 물러났다.

쐐애앵—

몽둥이가 바람을 가르는 소리가 진가운의 귀를 파고들었다.

'저걸 맞았다면……'

생각만 해도 끔찍한지 진가운이 몸을 부르르 떨었다.

"어쭈, 피했다 이거지? 너 죽었어."

전려진이 다시 몽둥이를 들고 진가운에게 달려들었다.

"어허, 이 할아비는 보이지도 않느냐?"

'할아비?'

복환용의 말에 진가운의 발이 굳었다. 그와 함께 전려진이 내려친 몽둥이가 진가운의 정수리 위로 정확하게 떨어졌다.

빠악!

"아이고!"

비명과 함께 진가운이 양손으로 머리를 움켜쥔 채 바닥을 데굴데굴 굴렀다. 그런 진가운에게는 신경도 쓰지 않고 전려진이 급히 몸을 돌렸다.

"하, 할아버지!"

전려진이 들고 있던 몽둥이를 바닥에 팽개치고 복환용을 향해 비호처럼 달려들더니 와락 끌어안았다.

'저 늙은이는 누구야?'

머리를 잡고 땅바닥을 구르던 진가운이 의아한 표정을 지으며 전려진과 복환용을 바라보았다. 분명 복환용이 있어야 하건만 복환용은 보이지 않았다.

전려진이 끌어안고 있는 노인은 수염이 가슴 밑까지 길게 늘어진 그야말로 신선도인이다.

"당신 누구야?"

"이런 망할 놈! 내가 누구긴 누구야? 천하제일명의인 화타의 부랄 친구이자 편작과는 동문수학을 한 사람으로서 추하라는 분이 계신데 내가 그분의 이십칠대 제자인 복환신의(卜煥神醫) 어르신이지."

"이 늙은이야. 그건 금산장에 들어가기 위해 가짜로 꾸민 이름 아니야. 얼른 그 껍데기 벗……."

빡!

진가운의 말이 끝나기도 전에 머리에서 불똥이 일었다. 골이 흔들릴 정도의 엄청난 충격 때문인지 진가운의 눈에서 눈물이 찔끔 솟았다.

획!

진가운이 급히 고개를 들었다.

그의 소꿉친구인 전려진이 양손을 허리에 찰싹 붙인 채 진가운을 노려보고 있었다.

"려진아."

잠시 진가운을 노려보던 전려진이 진가운의 부름에 대답도 하지 않고 몸을 돌렸다.

"……!"

전려진을 바라보던 진가운의 눈이 커졌다. 어느새 주워 들었는지 전려진이 조금 전 바닥에 내려놓았던 나무 몽둥이를 들고 눈에 불꽃을 일으키며 진가운에게 다가오고 있었다.

후닥닥!

진가운이 급히 자리에서 일어나 뒷걸음질을 쳤다.

"려, 려, 려진아. 왜, 왜, 왜 그래? 저 늙은이는……."

"닥쳐!"

획!

전려진이 악을 쓰며 진가운의 머리를 향해 몽둥이를 휘두르며 달려들었다. 진가운이 급히 몸을 뒤로 뺐다.

"이게 정말!"

얼굴까지 붉어진 전려진이 입을 앙다문 채 재차 몽둥이를 휘둘렀다. 정말이지 진가운으로서는 황당하기 그지없는 일이다. 전려진이 왜 이렇게 악을 쓰며 자신에게 공격을 퍼붓는지 알 수가 없었다.

"허허! 진아야, 그러다 잘못해서 가운이 저 녀석 머리통이라도 깨지면 할아버지께서 고생하시지 않겠니."

진가운의 고개가 방금 소리가 들린 곳으로 돌아갔다.

"아저씨!"

언제 나타났는지 초로의 사내 한 명이 진가운 앞에 서 있었다. 더운 날씨임에도 불구하고 자신의 직업이 사냥꾼이라는 것을 확인시켜 주기 위해서인지 호랑이 가죽으로 보이는 반팔 털옷을 걸친 전려진의 아버지 전충(田聰)이 진가운을 보며 빙긋 미소를 짓고 있었다.

전충의 한마디에 전려진이 멈칫거리더니 움직임을 멈췄다. 그렇지만 전려진의 눈에는 아직도 살기가 가득했다.

"너 아버지 때문에 살아난 줄 알아."

회릭!

한기가 풀풀 날리는 한마디와 함께 전려진이 몸을 돌리더니 폴짝거리며 복환용에게 달려갔다.

'뭐야? 그럼 지금 모습이 저 늙은이의 본모습이란 말이야?'

진가운이 여전히 얼떨떨한 표정으로 자신을 보며 미소를 짓고 있는 전총을 바라보았다

"이놈아! 어서 안으로 들어와."

"알았어, 영감!"

빡!

대답과 동시에 진가운의 머리에서 다시 불똥이 튀었다. 자신의 몽둥이 한 방에 축 늘어진 진가운을 마치 사냥꾼에게 잡힌 멧돼지 끌듯 전려진이 뒷덜미를 움켜잡고 질질 끌며 통나무집으로 천천히 걸어갔다.

"적어!"

어느새 본래의 모습을 감추고 다시 귀머거리 명의 복환용의 모습을 한 신선노인이 진가운 앞에 종이 한 장을 내밀었다.

"뭐야?"

픽!

말이 끝나기가 무섭게 진가운의 뒤통수에 전려진의 손바닥이 떨어졌다.

"너 할아버지한테 또 한 번 반말하면 그때는 죽는다."

진가운을 노려보던 전려진이 자신의 앞에 있는 나무 몽둥이를 슬쩍 움켜쥐는 시늉을 보였다.

'젠장, 왜 하필이면 저 망할 놈의 늙은이가 려진이의 외할아버지야.'

복환용으로 변장한 신선노인은 전려진의 외조부다.

복환신의(卜幻神醫) 소명진(蘇明鎭).

이것이 진가운이 여태껏 복환용으로 알고 있었던 노인의 명호와 이름이다. 복환신의. 이것은 진가운 일행이 금산장을 치기 전에 내부를 살피고 금산장주 주금천을 치료하기 전에 복환용, 아니, 소명진이 변장했을 때 사용하던 명호다. 물론 환(煥)의 글자가 다르지만 말이다.

복환신의 소명진은 실제로 천하제일명의인 화타의 부랄 친구이자 편작과는 동문수학을 한 사람으로서 추하라는 분이 계신데 그분의 이십칠대 제자라고 한다. 물론 이것은 소명진의 주장이니 확인할 방법은 없지만 말이다.

전려진을 힐끔 바라본 진가운이 앞에 있는 종이를 자신의 앞으로 끌어당겼다.

"뭘 적으란 말입니까?"

"성질머리하고는. 이놈아, 지금부터 본 어르신께서 네놈이 적을 것을 불러줄 것이니 귓구멍 뚫고 잘 들어."

진가운이 조심스럽게 붓 하나를 들고 벼루에 있는 먹을 듬뿍 찍어 종이로 가져왔다.

"나 진가운은 복환신의 소명진 어르신이 치료함에 있어 혹 불상사가 발생하여 평생 불구가 되거나 정말이지 재수가 없어서 생명을 잃는다 해도 그 책임을 일체 소명진 어르신께 묻지 않겠습니다."

"……!"

붓을 들고 소명진이 부르는 대로 열심히 적어가던 진가운의 손이 멈췄다.

'뭐야? 죽어도 책임 못 진다는 소리잖아!'

"이놈아! 글씨 몰라? 부르는 대로 적지 않고 뭐 하는 게야?"

"영감, 내가 미쳤어!"

획!

진가운의 한마디와 함께 진가운의 뒤쪽에서 바람 가르는 소리가 들렸다. 진가운이 급히 고개를 숙였다. 진가운의 뒤통수를 때리지 못한 전려진의 손이 진가운의 머리 위로 날아갔다.

"이게 정말!"

밥이나 다름없는 진가운이 자신의 손을 피했다는 사실에 열이 났는지 아니면 진가운이 그의 외조부에게 반말을 해서 화가 났는지 전려진이 씩씩거리며 방바닥에 있는 나무 몽둥이를 들고 자리에서 벌떡 일어났다.

"진아야."

"할아버지!"

"어허, 냉큼 밖으로 나가 있거라."

소명진의 말에 전려진이 진가운을 한번 노려보고는 나무 몽둥이를 들고 밖으로 나갔다.

전려진을 밖으로 내보낸 소명진이 슬쩍 고개를 돌려 진가운을 바라보았다.

"그래, 그렇게는 못하겠다 이 말이렷다."

"당연하지. 그따위 말도 안 되는 조건이 어디 있어?"

"그래? 그럼 할 수 없지. 가봐!"

"알았어."

진가운이 자리에서 벌떡 일어났다. 처음부터 이 돌팔이 늙은이를 믿고 이곳까지 따라온 것이 잘못이었다.

"비류성 놈들에게 평생 쫓기며 살려면 마음대로 해. 뒈지면 네놈이 뒈지지 내가 죽는다던."

막 밖으로 나가려던 진가운이 걸음을 멈췄다. 소명진의 말은 사실이다. 비류성 놈들이 노리는 것은 자신이지 지금 방바닥에 앉아 있는 소명진이라는 늙은이가 아니었다. 그리고 이곳을 따라올 때 죽기 아니면 살기라는 각오로 따라온 것도 자신이었다.

"제길."

몸을 돌린 진가운이 방바닥에 주저앉더니 붓을 다시 움켜쥐고 종이에 글을 써 내려갔다.

뒈지는 것도 팔자다. 죽어도 소명진 늙은이를 원망하지 않는다.

글귀는 다르지만 내용은 조금 전 소명진이 불러준 것과 동일했다.

진가운에게서 종이를 받아 든 소명진이 글을 한번 훑었다.

"버릇은 없지만 내용은 비슷하니 받아주마."

휙!

혼잣말을 중얼거리던 소명진이 진가운에게 번개처럼 다가왔다. 소명진의 모습에 진가운이 흠칫하며 뒤로 물러나는 것과 함께 소명진의 손가락 하나가 진가운의 몸을 살짝 눌렀다.

스륵!

소명진의 손이 진가운의 몸뚱이에 닿는 것과 동시에 진가운이 그대로 방바닥에 몸을 붙이며 쓰러졌다.

달이 중천에 떠오른 칠흑 같은 밤.

진가운이 누워 있는 방에서는 복환신의가 부지런히 움직이고 있었다. 그가 부지런히 살피고 있는 것은 어느새 방 안을 가득 채운 약재들이다. 수백 가지에 이르는 약재들이 조금씩 방 안을 채우고 있었다. 종이에 적혀 있는 약재와 하나하나 대조해 나갔다. 그렇게 한참 동안 약재를 살피던 그의 얼굴에 언뜻 미소가 번졌다.

"이제 대환단과 백웅담만 있으면 되는구먼."

복환신의가 조심스럽게 품으로 손을 집어넣더니 자그마한 나무함 하나를 꺼냈다. 그것은 바로 명운 대선사로부터 받은 소림사의 영약인 대환단이었다.

"명운 대선사가 건넨 것이니 틀림없겠지."

복환신의가 붓을 들어 종이로 가져갔다.

그가 들고 있는 종이에는 백여 종이 넘는 약재의 이름이 적혀 있다. 그곳 약재에는 일일이 붓으로 그은 것으로 보이는 사선이 그어져 있다. 복환신의가 붓을 가져간 곳은 종이에 대환단(大還丹)이라 적혀 있는 곳이다.

붓으로 대환단이라 적힌 곳을 길게 그어 지웠다. 이제 종이에 그 이름이 남아 있는 것은 백웅담(白熊膽)이라 적힌 한 가지뿐이다.

"전 서방."

"예, 장인어른."

이미 오래전부터 밖에서 기다리고 있었던 듯 복환신의의 부름과 동시에 전려진의 아버지 전총이 조그만 대접 하나를 들고 안으로 들어왔다.

턱!

방 안에 들어오자마자 전총이 대접을 복환신의 소명진에게 내밀었다.

"수고했네. 자네는 어서 그 물건을 가지고 오게."

"예, 장인어른."

잠시 밖으로 나갔던 전총이 다시 방 안으로 들어왔다. 들고 온 커다란 상자를 바닥에 조심스럽게 내려놓았다.

"물건은 틀림없는가?"

"물론입니다, 장인어른. 상자를 뜯을 테니 한번 보시겠습니까?"

"아닐세. 원래 영약은 개봉과 동시에 그 효력이 조금씩 사라지는 법일세."

말을 마친 복환신의가 급히 방 한쪽에 누워 있는 진가운에게 다가갔다.

쓰윽!

복환신의가 손에 든 것은 날이 시퍼런 소도다.

도신의 길이가 두 치가 넘을까 말까 한 장난감 같은 작은 칼. 그렇지만 그 도신만은 예사롭지가 않았다. 어두운 방 안에서도 시퍼런 날이 번쩍거릴 정도로 잘 벼리어져 있다.

복환신의가 시퍼런 도신을 한동안 바라보는 사이 복환신의의 사위 전총의 진가운에게 다가가 상의를 벗겼다.

시퍼런 도신이 진가운의 복부를 향해 천천히 다가갔다.

파르르르.

몸에 닿을락말락한 시퍼런 도신이 조금씩 떨렸다. 아니, 도를 잡고 있는 복환신의의 손에서 미세한 떨림이 일었다.

"휴우~"

한참 동안 단도를 들고 진가운의 복부 한복판을 바라보던 복환신의 소명진이 한숨을 토하며 들고 있던 칼을 진가운의 배에서 거두어

들였다.

"장인어른, 여기."

복환신의 소명진이 고개를 돌렸다. 어느새 준비했는지 전총이 주병 하나를 조심스럽게 내밀었다. 술병을 바라보는 복환신의의 입가에 슬쩍 미소가 번졌다.

술병을 받아 든 복환신의가 술병의 주둥이를 입으로 가져갔다.

목젖이 꿈틀거리는 것으로 보아 술병 안에 있던 술은 그의 몸속으로 들어가고 있는 것이 분명하다.

턱!

"크아! 좋다. 역시 손을 떠는 것을 막는 데는 탁주 한 병이 최고란 말이야."

술병을 바닥에 내려놓은 복환신의는 빙긋 미소를 지으며 단도를 다시 들고 진가운의 배로 움직였다.

스윽!

단도가 움직이자 진가운의 배에서 조금씩 피가 흘러나왔다. 단도가 닿은 곳은 정확히 진가운의 단전이 있는 곳이다. 그가 급히 나머지 한 손을 움직여 진가운의 배 한곳을 찌르듯 건드렸다. 그와 동시에 조금씩 뿜어져 나오던 출혈이 멈췄다.

"좋아, 이제 강호사상 유래없는 내장불괴(內臟不壞)의 괴인 한 명을 만들어보자고. 전 서방."

"예, 장인어른."

전총이 급히 복환신의에게 다가왔다.

"자네는 이 망할 놈에게 계속해서 내력을 집어넣어 주게."

"알겠습니다, 장인어른."

전충이 벌어진 진가운의 단전에 손을 대었다.

진가운을 사위에게 맡긴 복환신의가 천천히 손을 들어 올렸다. 그와 함께 조금 전 사위 전충이 들고 왔던 약사발이 공중으로 붕 떠오르더니 복환신의 앞으로 날아왔다. 약사발을 잠시 바라보던 복환신의가 조심스럽게 옆에 있는 나무함의 뚜껑을 열었다.

뚜껑이 열리는 것과 동시에 방 안에 은은한 향이 번졌다.

획!

나무함에서 조그만 환약 하나가 튀어 오르더니 복환신의의 눈앞에 있는 약사발 속으로 들어갔다.

씨익!

복환신의의 입가에 다시 미소가 번졌다. 이제 남아 있는 상자에 들어 있는 백웅담만 섞게 되면 강호 유사 이래 전무후무한 절대고수 한 명이 탄생하는 것이다.

잠시 나무 상자를 바라보던 복환신의 소명진의 손이 슬쩍 움직였다.

쩌저적!

그의 손이 움직이는 것과 함께 백웅담이 담긴 상자가 갈라졌다.

획!

작은 물체 하나가 복환신의 앞에 놓인 약사발을 향해 움직였다.

"……!"

은은한 미소가 감돌던 그의 얼굴이 슬쩍 일그러졌다.

획!

상자에서 조금 전 나왔던 것과 동일한 물체가 다시 튀어나왔다.

획! 획! 획!

그것이 전부가 아니다.

상자에서는 계속해서 처음 튀어나왔던 물건과 동일한 것이 튀어나
왔다.

부르르르.

복환신의의 몸이 조금씩 흔들렸다. 그와 함께 일그러진 얼굴이 점점
붉게 물들었다.

"전 서방, 상자 안에 든 것이 백웅담이 맞는 거야?"

"당연하지요, 장인어른."

"그런데 왜 이렇게 많아?"

"그야 웅담이 백 개니까 그런 것 아닙니까?"

"뭐? 백 개? 왜?"

"그야 백(百)웅담이니까 그렇지요."

"뭐야? 그럼 지금 상자 안에 있는 것이 곰 쓸개가 백 개란 말이야?"

"당연합지요. 뭔 약을 만드시는데 웅담이 백 개나 필요하십니까? 제
가 그것 채우느라고 일 년도 넘게 중원에 있는 산이란 산은 모조리 헤
매고 다녔습니다."

"그럼 북해에 다녀오느라고 일 년간 모습을 보이지 않은 게 아니란
말인가?"

"장인어른, 북해라니요? 곰을 잡으러 왜 북해에 갑니까?"

획!

복환신의가 급히 전총에게 다가갔다.

"그깟 곰 쓸개는 왜 백 개나 구해?"

"왜라니요? 장인어른께서 구하라 하지 않았습니까?"

"뭐? 내가 언제?"

"……?"

잠시 복환신의를 어이없다는 얼굴로 바라보던 전총이 한 손을 품으로 가져가 조그만 종이 하나를 꺼내 복환신의에게 건넸다.

휘리릭!

급히 종이를 펼친 복환신의의 얼굴이 일그러졌다.

백웅담(百熊膽).

전총이 내민 쪽지에는 분명 웅담 백 개라 적혀 있었다. 그렇지만 자신의 종이에 적힌 백웅담은 그것이 아니었다.

백웅담(白熊膽).

일백 백(百)과 흰 백(白)의 차이는 단순히 한 획 차이가 아니었다. 자신이 원하는 것은 백곰의 쓸개였다. 그런데 단순한 오기(誤記)로 인해 그것이 웅담 백 개로 변해 버린 것이다.

"장인어른, 이제 어떡하지요?"

잠시 고민하던 복환신의 소명진이 급히 진가운에게 다가갔다.

획!

품에서 기다란 실이 매달린 바늘 하나를 꺼낸 그는 황급히 열려진 진가운의 배를 꿰맸다.

"장인어른, 지금 뭐 하십니까?"

"그럼 이대로 배가 갈라진 채로 놔두잔 말인가?"

"그게 아니라 이 녀석에게 뭐라 설명해야 할 방법이 있어야……."

"내 다 알아서 할 것이니 자네는 그저 입이나 꽉 다물고 있게. 알겠나?"

"예, 장인어른."

대답은 그렇게 했지만 배를 꿰매는 장인 복환신의 소명진을 바라보는 전총의 눈에는 걱정이 가득했다.

그사이 어느새 진가운의 배를 다 꿰맨 복환신의는 손가락으로 진가운의 혈도를 슬쩍 짚었다.

"크흑!"

괴로운 신음 소리와 함께 여태껏 잠자듯 누워 있던 진가운이 조심스럽게 눈을 떴다.

눈을 뜨자마자 살이 찢어지는 듯한 고통이 밀려왔다. 입에서 신음을 한 차례 터뜨린 진가운이 드러누운 채 조심스럽게 고개를 돌렸다.

말없이 침통한 얼굴로 고개를 떨구고 있는 두 사람.

'뭐야? 뭐가 잘못된 거야?'

복환신의와 전총의 모습에서 진가운은 무언가 잘못되었다는 것을 단박에 알아챘다.

"크흑!"

몸을 일으키려던 진가운이 신음을 토하며 얼굴을 일그러뜨렸다. 진가운이 급히 고개를 숙였다.

"……!"

자신의 배 한복판에 나 있는 보기 흉한 흔적.

진가운이 아픔을 참으며 이를 악물고 몸을 일으켰다.

"아저씨? 어떻게 된 겁니까?"

"……."

진가운의 물음에 전총은 침묵으로 일관했다. 괜히 입을 열었다가 무슨 날벼락을 당할지 알 수 없는 노릇이다. 어차피 이번 일은 장인인 복환신의가 벌인 일이다. 전총이 조심스럽게 장인 복환신의를 향해 고개를 돌렸다.

"영감! 어떻게 된 거야?"

"실패다."

"뭐?"

"실패라고."

복환신의의 말에 진가운이 아픔도 잊고 자리에서 벌떡 일어섰다. 실패라니, 이 무슨 무책임한 말인가? 배에 난 상처로 보아 분명 무슨 짓을 한 것이 분명하다. 그런데 실패라니…….

"영감! 자신이 없으면 나서지를 말았어……."

빠각!

진가운이 말을 끝내기도 전에 복환신의의 주먹이 진가운의 턱을 파고들었다.

"크흑!"

진가운이 신음과 함께 뒤로 밀려났다.

휙!

진가운이 급히 고개를 들어 복환신의를 노려보았다. 방귀 뀐 놈이 성질낸다고 이 무슨 경우없는 짓이란 말인가?

"이놈아! 이게 다 네놈 탓이야. 네놈의 체질이 특이해 도저히 치료할 수가 없었어. 이제 어떡할 거야?"

"……?"

어처구니가 없다. 어떡할 거냐고 물을 사람은 복환신의가 아니라 자신이 아닌가? 그런데 이 망할 놈의 늙은이는 자신에게 그것을 묻고 있었다.

진가운의 어이없는 표정에 일단 기선을 제압했다고 생각했는지 복환신의의 입가에 스치듯 미소가 지나갔다.

'크크크, 일단 위기는 넘겼다.'

잠시 숨을 고르며 진가운을 바라보던 복환신의의 입이 다시 열렸다.

"네놈 때문에 노부는 평생 피땀 흘려 모은 영초들을 모조리 날렸어. 명운 대선사에게 빌다시피 해서 구한 대환단도 날렸어. 너 어떻게 책임질 거야? 내 인생 어떻게 책임질 거냐고?"

"······."

"왜 대답이 없어? 너 때문에 인생 망친 이 늙은이를 책임져야 할 것 아냐?"

복환신의의 콩 볶듯 따다거리는 소리에 진가운은 한마디도 할 틈이 없었다.

"그래, 내가 참는다."

'참아? 뭘?'

여전히 어리벙벙한 진가운.

"이놈아, 내 성질 같으면 네놈에게 은자로 배상하라고 말하고 싶지만 네놈 인생이 불쌍해서 더 이상은 따지지 않겠다 이 말이야."

"······."

"일어나!"

"왜?"

"왜는 이 썩을 놈아! 어르신이 일어나라면 발딱 일어날 것이지 뭔 잔말이 그렇게 많아! 당장 못 일어나?"

복환신의가 재빨리 진가운의 귀를 잡아 밖으로 끌었다.

"아! 아아~!"

복환신의에게 귀가 잡힌 진가운이 아픈 듯 고함을 지르며 억지로 자리에서 일어나 밖으로 끌려 나갔다. 진가운을 끌고 가던 복환신의가 사위인 전총을 바라보며 슬쩍 미소 지었다.

진가운과 복환신의가 다시 모습을 드러낸 곳은 하남성 등봉현 숭산 입구다. 부지런히 숭산을 오르는 두 사람.

복환신의의 입가에는 미소가 가득했지만 그의 옆에서 끌려가듯 걸어가는 진가운의 얼굴은 잔뜩 찡그린 것이 먹구름이 가득하다. 그도 그럴 것이 지금 진가운은 정상이 아니었다. 아직 복환신의가 칼을 댄 배 한복판이 얼얼해 걸음을 한 걸음 내디딜 때마다 고통이 머리끝까지 전달되고 있다.

걷기도 이러하거늘 복환신의는 무슨 급한 일이 있는지 자신의 사위인 전총의 집을 나선 후 지금까지 한숨도 쉬지 않고 계속해서 경공을 펼치며 달려왔다.

강서성에서 이곳 하남성 숭산까지 달려온 시간이 불과 하룻밤이다. 이 정도 속도면 가히 비조라 할 것이다.

숭산에 도착해서야 복환신의는 달리기를 멈추고 천천히 걷기 시작했다.

"이놈아, 젊은 놈이 왜 그렇게 힘이 없어?"

획!

복환신의의 한마디에 진가운이 급히 고개를 돌리고 노려보았다.

"영감, 내가 지금 정상이야?"

진가운의 한마디에 복환신의가 몸을 움찔거렸다. 그제야 진가운의 몸 상태가 생각난 모양이다.

"쯧쯧쯧."

한심하다는 듯 진가운을 보며 혀를 차는 복환신의.

"이놈아, 그러면 그렇다고 말을 해야지. 네놈이 말을 하지 않으니 내 너의 몸이 어떤지 알 게 뭐야."

"뭐? 알 게 뭐야? 영감! 내 배를 이렇게 만든 게 누군데 그딴 소리를 하고 지랄이야?"

"뭐? 지랄? 이런 찢어 죽일 놈을 보았나. 이놈아! 그게 내 잘못이야? 네놈이 더럽게 이상한 체질을 지니고 태어났으니 그런 거지."

"의원이면 당연히 환자 체질을 먼저 파악해야 하는 거 아냐?"

진가운의 반격을 예상치 못했는지 복환신의의 얼굴이 순식간에 이지러지더니 점점 벌겋게 달아올랐다.

성질 같으면 당장에 일을 이렇게 꼬이도록 한 사위 전총에게 달려가 멱살잡이라도 한바탕하고 싶었지만 그것도 자신의 글이 잘못되어 벌어진 일이라 그럴 수도 없는 입장이다.

분을 삭이려는 듯 한참 동안 걸음을 멈춘 채 한숨을 들이쉬고 내쉬기를 반복하던 복환신의가 입을 굳게 다물고 숭산을 올랐다.

지금 두 사람이 찾아가는 곳은 물론 소림사다.

처음 복환신의가 느닷없이 자신을 끌고 전려진의 통나무집을 벗어나 달려갈 때만 해도 진가운은 복환신의가 어디로 향하는지 알지 못했다. 이곳 하남성 등봉현에 도착한 뒤에야 진가운은 복환신의가 자신을 소림으로 데려가고 있다는 것을 알 수 있었다.

물론 이유는 모른다. 복환신의가 그에 대해서는 한마디도 하지 않았기 때문이다.

　방향을 알아볼 수도 없는 칠흑 같은 어둠 속에서도 복환신의는 능숙하게 소림을 향해 걸음을 움직이고 있다.

　"영감, 그나저나 소림사는 왜 가는 거야?"

　탁!

　진가운의 질문과 동시에 복환신의의 주먹이 진가운의 머리에 박혀 들어왔다.

　"……!"

　갑작스러운 주먹질에 영문을 알 수 없다는 듯 눈을 치뜨고 바라보는 진가운을 향해 복환신의가 모처럼 미소를 짓고 있다.

　"영감! 왜……."

　"이놈아, 내가 네놈을 고칠 수 없으니 마지막 방법이라도 써봐야 할 것 아냐."

　"마지막 방법?"

　이해하지 못하겠다는 듯 고개를 갸웃거리는 진가운을 한심하다는 듯 바라보던 복환신의의 입이 다시 열렸다.

　"이런 정신 나간 놈을 보았나. 몸을 고칠 수 없으니 마음을 고칠 수밖에."

　"아하~!"

　진가운이 그제야 알겠다는 듯 고개를 끄덕였다. 잠시 고개를 끄덕이던 진가운이 갑자기 고갯짓을 멈추고 놀란 듯 두 눈을 똥그랗게 뜨고는 복환신의를 바라보았다.

　절대무심의 깨달음을 얻기 위해 소림사로 들어간다는 것은 자신이 소림의 승려가 된다는 말이었기 때문이다.

머리를 빡빡 깎고 목탁 하나를 든 채 두드리는 자신의 모습이 뇌리에 박혔다. 그와 함께 진가운의 얼굴이 파랗게 질렸다. 물론 절대무심의 깨달음을 얻는다면 파천광선검을 펼쳐도 자신은 죽지 않을 것이다. 그리고 어쩌면 비류성의 은하대제를 일검에 베고 진정한 영세제일인이될지도 모른다. 그렇지만 날마다 목탁을 두드리며 어울리지도 않는 염불이나 외우면서 살아가는 영세제일인이 무슨 소용이란 말인가? 자신이 그런 영세제일인이 되기 위해 지금까지 이렇게 고생한 것은 결코아니다. 뭇사람의 부러운 시선을 받으며 화려한 생활을 즐기기 위해영세제일인이 되고자 했다.

천하절색의 미인들을 주변에 두고 그를 부러워하는 뭇 사내들의 부러운 시선을 즐기기 위해 영세제일인이 되려고 했다. 그런데 머리 빡빡 깎은 쓸쓸한 사찰의 영세제일인이라니······.

한참 동안 생각에 골몰하던 진가운이 확하며 급히 몸을 돌렸다.

턱!

어깨를 잡는 듯한 느낌에 진가운이 고개를 돌렸다.

자신을 보며 웃음을 짓고 있는 복환신의.

"영감, 나 그냥 돌아갈래. 파천광선검이든 지랄광선검이든 그런 것필요 없어. 난 그냥 장의사로 살아갈래. 지금 생각하니 나는 장의사가천직이야."

"누구 마음대로?"

"······?"

"네 마음대로?"

"당연하지. 황제도 제 싫으면 그만인 법이야. 그리고 송충이는 솔잎을 먹어야 돼."

진가운이 당연하다는 얼굴로 고개를 끄덕이고는 산 아래를 향해 걸음을 내디뎠다.

"가운아!"

산을 다시 내려가는 진가운의 귀로 자신을 부르는 복환신의의 목소리가 들렸다.

'싫어. 난 그냥 이름없는 장의사로 잘 먹고 잘살 거야.'

잠시 몸을 주춤거리던 진가운이 다시 산 아래를 향해 발을 움직였다.

"흐음… 소림사 제자가 안 되고도 깨우침을 얻을 수 있다고 들었는데……."

복환신의의 들릴 듯 말 듯한 한마디에 산을 내려가던 진가운이 몸을 돌렸다. 멀리 소림사를 향해 천천히 걸음을 옮기고 있는 복환신의.

"영감~!"

진가운이 복환신의를 향해 달려갔다. 배에서 전해지는 아픔도 잊은 듯 진가운의 발은 보이지도 않았다.

뎅!

새벽 예불을 알리는 은은한 종소리가 소림사를 향해 다가가는 진가운과 복환신의의 귀로 파고들었다. 종소리를 음미하듯 발걸음을 늦춘 복환신의가 슬쩍 고개를 돌려 옆에서 함께 움직이고 있는 진가운을 바라보고는 옅은 미소를 지었다.

"마하 반야 바라……."

'이게 뭔 소리야?'

소림사를 향해 올라가던 진가운이 걸음을 잠시 멈추고 귀를 쫑긋 세웠다.

"마하 반야 바라……."

또다시 들려오는 나직한 소리. 진가운이 알겠다는 듯 고개를 끄덕였다. 새벽 예불을 알리는 종소리에 따라 새벽 예불을 하는 소림사 제자들의 독경 소리였다.

"시끄러워!"

귀를 찢는 듯한 엄청난 고성. 복환신의와 진가운이 얼굴을 찡그리며 양손으로 귀를 막고 멍한 얼굴로 소림사가 있는 곳을 바라보았다. 소림사 산문이 눈에 들어왔다.

'추평이다.'

진가운은 방금 목소리의 주인공이 추평이라는 사실을 바로 알아챘다. 세상에서 이렇게 큰 소리를 지를 수 있는 사람은 진가운이 아는 한 추평밖에는 없었다.

"입 다물라고 했지!"

또다시 들리는 추평의 고함.

"저 목소리만 큰 녀석이 무슨 사고 치기 전에 얼른 가자."

복환신의가 급히 소림사 산문을 향해 달음박질을 쳤다. 진가운 역시 복환신의를 바짝 뒤쫓았다.

'아침부터 왜 악을 쓰고 난리야.'

소림사를 향해 달려가는 진가운의 머리 속에 있는 의문이다. 추평이 비록 생각이 많은 것은 아니지만 그래도 이유없이 소리를 지르는 사람은 아니다. 더구나 소리가 들리는 곳은 소림사. 소림사라면 추평의 친구인 무치의 사부와 명운 대선사가 있는 곳이다. 그런 소림사에서 추평이 악을 쓰고 있다는 사실이 언뜻 이해가 되지 않았다.

산문을 들어선 복환신의와 진가운이 향한 곳은 예하령과 추평을 비롯한 일행이 머무르고 있을 곳으로 예상되는 지객당이었다.

턱!

지객당 앞에 도착한 진가운과 복환신의가 걸음을 멈춘 채 한곳을 뚫어져라 바라보았다.

두 사람이 팽팽한 대치를 보이고 있다. 그리고 두 사람 주변으로 수십 명의 승려들이 포위하듯 둘러싸고 있다.

대치한 채 서로를 바라보고 있는 두 사람. 그들은 뜻밖에도 무치와 추평이었다.

추평을 바라보며 합장을 하고 있는 무치와 그런 무치를 죽일 듯 노려보는 추평이 진가운의 눈에 들어왔다.

"그래, 염불을 하든지 굿을 하든지 그건 맘대로 해. 그렇지만 사람이 자야 할 것 아냐? 너야 이곳 소림사에서 평생을 살았으니까 상관없겠지만 나는 평범한 사람이야. 그것도 거지야."

"그래서요?"

"그래서는 무슨 얼어죽을 그래서야? 너 거지의 유일한 행복이 뭔지 알아?"

"……?"

"그건 아무 때나 자고 먹을 수 있다는 거야. 시간의 압박에 구애받지 않고 누구의 시선도 의식하지 않고 내 마음대로 자고 내 마음대로 먹고 마음껏 자유로운 것, 그게 거지야. 알아? 그러니 나는 지금 잠을 자야 한다 이 말이야."

"주무십시오. 소승이 언제 추 장로님께 주무시지 말라고 했습니까?"

"어떻게 자? 꼭두새벽부터 이렇게 시끄럽게 떠드는데 내가 어떻게

자? 부탁인데 소리 내지 않고 예불인가 뭔가를 하면 안 돼?"

"안 됩니다. 어떻게 독경 없이 예불을 드리란 말씀입니까?"

똑! 똑! 똑! 똑!

무치의 말이 끝남과 동시에 어디선가 목탁 소리가 다시 들려왔다. 목탁 소리와 함께 잠시 안정을 찾아가던 추평의 얼굴이 다시 일그러졌다.

"마하 반야 바라……."

이어지는 염불 소리. 그와 함께 일그러진 추평의 얼굴이 점점 벌겋게 상기되기 시작했다.

"이것들이 정말……."

무치와 추평 사이에 팽팽한 긴장감이 흘렀다. 곧 폭발이라도 일으킬 듯한 팽팽한 긴장감 속에 추평의 입이 조금씩 벌어졌다.

"우아아~!"

추평의 입에서 짐승의 울부짖음 같은 고성이 터졌다.

'이건 또 뭔 소리야?'

갑작스러운 고함에 진가운과 복환신의는 얼굴을 일그러뜨리며 추평을 바라보았다.

'그나저나 예하령과 풍월 진인 등은 어디로 간 거야?'

이상한 일이었다.

추평과 함께 있어야 할 예하령과 그 일행이 한 명도 보이지 않았다.

진가운이 잠시 의아해하는 사이 추평의 고함이 다시 진가운의 귀를 파고들었다.

"얼~ 씨구씨구 들어간다. 절~ 씨구씨구 들어간다. 작년에 왔던……."

이어지는 추평의 노래에 진가운의 입에 슬쩍 미소가 번졌다. 예전 관을 만들기 싫어하던 추평이 무치와 풍월 진인의 염불과 진언을 부러워하며 불러 젖혔던 노래가 생각났다.

"추 장로님!"

"작년에 왔던 개방 제자 죽지도 않고……."

무치의 부름에는 아랑곳하지 않고 추평은 계속해서 노래를 불렀다.

빠아악!

열심히 노래를 부르던 추평이 비틀거리며 뒤로 물러났다.

"어떤 새끼……."

퍽!

간신히 몸을 바로잡고 고함을 지르던 추평이 다시 비틀거리며 뒤로 물러서더니 털썩하고 바닥에 주저앉았다.

무치는 물론 두 사람을 둘러싸고 있던 소림사의 지객당 제자의 눈이 일시에 추평의 앞에 나타난 한 사람에게 쏠렸다.

"이놈! 왜 소란을 떨고 난리야!"

추평의 얼굴이 일그러졌다. 언제 나타났는지 풍월 진인이 바닥에 쓰러진 추평을 눈을 부라리며 노려보고 있었다.

"왜 때려요?"

"이놈이 그래도!"

풍월 진인이 손을 번쩍 치켜들었다. 추평이 몸을 흠칫거렸다. 추평의 실력이라면 사실 풍월 진인에 뒤지지 않는다. 그렇지만 풍월 진인은 추평이 하늘처럼 생각하는 자신의 사형 구타신개를 어린애 다루듯하는 어른이기 때문에 추평도 풍월 진인에게는 어쩔 수 없었다.

"앞으로 또다시 이런 소란을 부렸다가는 아주 다리 몽둥이를 부러뜨릴 것이다. 알겠느냐?"

"……."

풍월 진인의 말에도 추평은 대답을 하지 않았다.

"마하 반야 바라……."

때마침 들려오는 불경 소리에 추평의 얼굴이 다시 일그러졌다.

척!

한참을 바닥에 주저앉아 있던 추평이 몸을 일으켰다.

"시끄럽다."

"……!"

풍월 진인의 얼굴이 굳었다. 그와 동시에 진가운의 옆에 있던 복환 신의의 얼굴도 동시에 굳었다.

저벅!

추평이 염불이 들려오는 방향으로 한 발을 내디뎠다. 그와 함께 풍월 진인의 손이 가슴으로 서서히 올라갔다.

'이게 어떻게 된 거야?'

"가운아, 이것으로 얼른 추평의 귀를 막거라."

전음 소리에 진가운이 고개를 돌렸다. 복환신의가 얇은 종이 뭉친 것을 진가운에게 조심스럽게 내밀었다.

"……."

"어서 이것으로 추평의 귀를 막으라는데도. 추평, 그놈은 사람이 아니다. 강시다. 강시에게 독경 소리가 얼마나 큰 고통인지는 너도 짐작할 것이다."

"……!"

진가운이 급히 복환신의가 건넨 종이 뭉치를 들고 추평에게 달려갔다.

획!

바람 소리에 놀란 듯 추평이 급히 고개를 돌렸다.

그 틈을 이용해 진가운이 종이 뭉치를 추평의 귀로 가져갔다.

스륵!

추평이 몸을 틀며 자신을 향해 날아오는 그림자를 향해 주먹을 뻗었
다.

쿠욱!

진가운의 손이 추평의 귀에 닿는 것과 함께 추평의 주먹이 진가운의
가슴에 떨어졌다.

"크흑!"

진가운이 신음과 함께 날아오던 방향으로 튕겨져 나갔다.

쿵!

바닥에 나가떨어진 진가운을 향해 추평이 한 발을 앞으로 내디뎠다.

"그만 하세요."

척!

진가운을 향해 다가가던 추평이 걸음을 멈추고 고개를 들었다.

"아가씨!"

"추평 아저씨, 그만 하고 바닥을 보세요."

어느새 나타난 예하령의 말에 추평이 눈을 동그랗게 뜨고 바닥을 바
라보았다.

"가, 가운아!"

"제길, 더럽게도 빨리 알아보네."

바닥에 쓰러져 있던 진가운이 투덜거리며 천천히 바닥에서 일어났다.

"어허, 어디 다친 곳은 없는가?"

예하령과 함께 나타난 명운 대선사가 천천히 진가운에게 다가와 입을 열었다.

"가세."

"어딜?"

"가보면 아네. 어서 가세."

명운 대선사는 진가운과 함께 숲길을 걸었다. 벌써 한 시진 가까이 걷고 있지만 이 길이 얼마나 긴지 아직도 그 끝이 보이지 않는다.

'제길, 경공으로 가면 되는데……'

진가운이 슬쩍 명운 대선사를 바라보았다. 여전히 뒷짐을 진 채 아침 산책을 하듯 천천히 숲길을 걷고 있는 명운 대선사. 그렇게 일 다경을 더 걸었지만 여전히 숲길은 그 끝이 보이지 않았다.

"스님! 경공……."

"안 되네."

단 한 마디로 진가운의 말을 잘라 버리는 명운 대선사. 진가운이 얼굴을 일그러뜨리고 명운 대선사의 뒤통수를 바라보았다.

"이곳에서는 함부로 무공을 펼치지 못하네."

"……"

진가운이 의아한 표정으로 명운 대선사를 바라보았다. 그런 진가운이 보이기라도 하는지 명운 대선사가 고개 한번 돌리지 않고 빙긋 미소를 지은 채 계속 앞으로 걸어갔다.

'제길, 절대무심 한번 익히기 더럽게 힘드네. 그래, 절대무심을 익힐 때까지 성질 좋은 내가 참는다.'

진가운이 입을 꾹 다물고 명운 대선사의 뒤를 따랐다. 그러기를 반 시진. 마침내 숲길이 사라지며 전방에 넓은 공터가 모습을 드러냈다.

"우와~!"

공터 앞에 도착한 진가운의 입이 저절로 벌어졌다.

공터의 전방에 소림사 대웅전 정도의 어마어마한 건물이 위용을 자랑하며 서 있었다. 화려하게 치장한 모습이 오히려 소림사 대웅전보다 더 멋있는 건물이다.

'이건 뭐냐?'

호기심이 동한 진가운이 천천히 고개를 들어 정문 위에 큼직하게 걸린 현판을 바라보았다.

양심당(養心堂).

'양심당? 저게 뭐야?'

진가운이 고개를 갸웃거렸다.

"허허허. 글자 하나가 잘못되어 그렇게 고치라고 했거늘 아직도 고치지 않고 있구먼. 심(心)을 노(老)로 고치면 편할 것을……."

진가운이 다시 한 번 입술을 달싹거렸다.

"뭐, 심을 노로 고쳐. 그렇다면……."

진가운이 알겠다는 듯 고개를 끄덕였다.

양로당(養老堂)!

진가운은 마침내 이 건물이 무엇인지를 알 수 있었다.

소림사 노승들이 여생을 보내는 곳이다.

"스님! 그렇다면 저곳에 혹 스님보다 윗분도 계십니까?"

"당연한 일일세."

명운 대선사의 말에 진가운이 알겠다는 듯 고개를 끄덕였다.

사실 진가운은 이곳 소림사에서 이상한 것이 하나 있었다. 그것은 소림에서 만난 스님들이 하나같이 비교적 젊은 스님들이라는 사실이었다. 소림에서 진가운이 만난 최고 연장자는 지금 자신의 옆에 있는 명운 대선사다.

진가운이 슬쩍 고개를 돌려 명운 대선사를 찬찬히 바라보았다.

속세의 나이로 보면 일백이 조금 넘은 듯 보인다. 물론 속세에서는 그야말로 장수한 복받은 늙은이다. 그렇지만 진가운은 그것이 이상했다.

소림의 고승이라면 이미 그 내공으로만 보아도 상상을 초월할 것이다. 지난번 명운 대선사와의 내공 겨루기에서 자신이 약간 밀린 것만으로도 그것은 확실하다. 그렇다면 당연히 그 수명도 범인(凡人)들과는 다르다. 적어도 일백 세를 넘기는 것이 그리 어려운 일은 아니다. 그런데 소림사에서는 그런 노승들이 명운 대선사 이외에는 보이지 않았다.

'그렇군, 이곳에서 늙은이들이 떼거지로 모여 사는구나.'

"자, 안으로 드세. 그나저나 자네 혹 금분세수라고 아는가?"

금분세수(金盆洗手)!

강호의 인물이 강호와의 연을 끊고 본래의 자연인으로 돌아가는 것을 말한다. 진가운 역시 아직 하지는 않았지만 그에 대해서는 알고 있었다.

"물론 알고 있습니다."

"소림의 금분세수는 이것일세. 이곳 양심당의 대문을 들어서는 것. 사실 안에 계신 분들은 더 이상 소림사의 승려가 아닐세. 물론 대부분은 무공이 없는 학승들일세. 그렇지만 몇몇 분은 고수들일세."

'그런 거였군. 구경이나 한번 하지.'

진가운이 가벼운 마음으로 양심당의 대문 안으로 몸을 들여놓았다.

단순히 대문이라고 생각했건만 그것이 아니었다.

양심당 대문은 기다란 복도로 연결되어 있었다. 복도 양옆으로 놓인 방은 활짝 열려져 있었다. 각각의 방 한복판에는 커다란 불상이 방방마다 모셔져 있었다. 그렇지만 이곳에서 예불을 드리는 노승의 모습은 볼 수가 없었다. 나름대로 선(禪)에 깊이 빠져들던 근엄한 고승들의 모습을 기대한 진가운으로서는 맥이 빠졌다.

그렇게 걸어가기를 얼마, 넓은 공터가 다시 진가운의 앞에 나타났다.

양심당 안채로 들어선 것이다.

"이게 뭐야?"

진가운이 놀란 듯 눈을 동그랗게 뜨고 안을 바라보았다.

'완전 개판이군.'

그랬다.

나름대로 소림사의 고승대덕(高僧大德)들이 모여 있는 곳이라는 명운 대선사의 말에 한편으로 잔뜩 긴장하고 있었는데 양심당 안채의 모습은 그야말로 실망 그 자체였다.

고승들이 선과 불경 공부에 일로정진하는 모습을 나름대로 생각했다. 그렇지만 양심당 안은 그야말로 시장 바닥이다.

승복을 입은 채 주막인 듯 보이는 곳에서 질펀한 음담을 하며 낄낄거리는 사람이 없나, 두 사람이 멱살을 잡고 드잡이를 하는 늙은이들이 없나. 그야말로 소림이라는 장엄한 이름과는 전혀 어울리지 않는 모습들이 진가운의 눈에 들어왔다.

"왜, 놀랐는가?"

'당연하지. 늙은이 같으면 안 그렇겠어?

진가운이 고개를 끄덕였다.

"내 말하지 않았나? 이곳에 계신 분들은 더 이상 소림의 승려가 아니라고 말일세."

명운 대선사가 고개를 이리저리 돌리더니 한쪽으로 진가운을 데리고 들어갔다.

네 명의 노인!

입고 있는 것이 승복인 것으로 보아 전에는 승려였을 것 같은 노인 네 명이 열심히 작은 나무판 같은 것을 손바닥에 붙이고는 남이 볼세라 흘깃흘깃 보며 이따금 다른 사람들의 눈치를 살피고 있었다.

'뭐 하는 거야?

진가운이 궁금한 듯 노인에게 다가갔다.

노인의 손바닥을 바라보던 진가운의 얼굴이 순식간에 일그러졌다.

골패(骨牌)!

네 명의 늙은이들이 쪼그리고 앉아서 하고 있는 짓은 노름꾼들이 흔히 하는 골패였다.

자신의 패를 한번 훑은 후 다른 세 명의 노인들을 바라보는 더벅머리노인의 입가에 미소가 번졌다.

"은자 한 냥."

자신의 앞에 있는 은자 꾸러미에서 한 냥을 집어 던지는 노인네의 목소리에 힘이 가득하다. 그것으로 보아 좋은 패인 것이 분명했다.

"죽었어."

"나도 죽었어."

두 명의 노인이 곧 들고 있던 패를 엎었다.

마지막 남은 한 명의 노인이 급히 고개를 돌리더니 손을 부르르 떨었다. 머리카락도 없는 독두(禿頭:대머리)인 주제에 손으로 있지도 않은 머리카락을 쓸어 넘기는 노인.

"저, 미안한데 은자가 떨어졌거든……."

"그럼 볼 필요도 없는 거야. 설마 노름판에서 외상을 하겠다는 것은 아니겠지?"

"딱 한 번만, 이번에 딱 한 번만 봐주시게. 내 다음에 묘학, 그 녀석이 내게 들르면 은자 좀 뺏었다가 이자까지 쳐서 갚아주겠네."

'묘학? 어디서 많이 들어본 이름인데…….'

잠시 생각하던 진가운의 눈이 동그래졌다.

묘학!

묘학이라면 바로 소림의 방장이 아닌가? 그런 묘학 방장을 지나가던 개똥이 부르듯 부르는 이 독두노인의 정체가 궁금했다.

그러거나 말거나 제일 처음 은자 한 냥을 걸었던 더벅머리노인이 판위에 있는 은자를 쓸 듯 손을 움직였다.

턱!

은자가 떨어진 독두노인이 쓸어가려는 더벅머리노인의 손을 잡았다.

"한번만 봐주시게. 응? 우리의 팔십 년 우정이 그깟 은자 한 냥 때문에 망가질 수는 없지 않은가?"

"일없어. 우정은 우정이고 골패는 골패야."

"야, 이 치사한 놈아!"

독두노인이 자리에서 벌떡 일어서며 더벅머리노인을 노려보았다. 얼굴이 검게 보일 정도로 시뻘겋게 달아오른 것이 골패로 돈깨나 잃은 모습이다.

"뭐야? 이 망할 놈의 대머리 새끼가?"

더벅머리노인도 더 이상 참지 못하고 자리에서 벌떡 일어섰다. 그런 더벅머리노인을 보는 대머리노인의 얼굴이 더욱 시뻘겋게 달아올랐다.

"뭐, 대머리? 이 자식아, 잘 보면 머리카락 몇 가닥 남아 있어!"

"그래, 몇 가닥 남아 있어서 좋겠다. 매일 공짜로 술이나 얻어 처먹을 생각이나 하니 머리가 벗겨지지."

"뭐야? 이 자식아, 네가 언제 술 한잔 사준 적 있어?"

"뭐야?"

곧 주먹질이라도 날아갈 듯한 험악한 기세에도 불구하고 나머지 두 노인은 불 구경하듯 바라보고 있다. 아니, 빨리 주먹질을 시작하라는 듯 눈이 동그래져 있다.

'정말이지 완전 개판이군.'

한심한 듯 노인들을 바라보던 진가운이 웃옷의 호주머니에 슬쩍 손을 집어넣고 살폈다.

'딸그락' 하며 은자 한 냥이 만져졌다.

진가운이 은자 한 냥을 꺼내 대머리노인에게 내밀었다.

"……."

대머리노인이 이게 뭐냐는 얼굴로 진가운을 바라보았다.

"제가 드릴게요."

진가운의 한마디에 모닥불처럼 붉게 타올랐던 대머리노인의 달구어진 얼굴이 다시 원래의 모습으로 돌아왔다.

획!

빼앗듯 은자 한 냥을 받아 든 대머리노인이 반장을 하며 진가운을 향해 슬쩍 허리를 숙였다.

"아미타불! 성불(成佛)하실 거외다."

땡그랑.

불호와 함께 대머리노인이 은자 한 냥을 골패판 위에 던졌다.

철퍼덕!

이내 언제 싸웠느냐는 듯 두 노인이 자리에 앉았다.

턱!

더벅머리노인이 먼저 자신의 패를 판에 놓았다.

"우와~!"

옆에서 싸움 구경을 못해 아쉽다는 표정을 짓던 두 노인의 눈이 터질 듯 커지며 입에서 감탄 소리가 나왔다.

"됐지?"

더벅머리노인이 왜 한 냥을 아깝게 버렸냐는 표정으로 대머리노인을 향해 빙긋 미소를 짓더니 판 위로 손을 가져갔다.

"그놈의 급한 성격머리하고는……."

대머리노인이 더벅머리노인의 손을 붙잡더니 자신의 패를 판 위에 뒤집었다.

"우와~!"

갑자기 구경꾼으로 전락한 두 명의 노인이 믿을 수 없다는 표정을 지었다. 그와 함께 대머리노인이 판 위에 있는 은자를 모두 쓸어 담았다.

찌리릿!

더벅머리노인이 진가운을 죽일 듯 노려보았다. 하긴 진가운만 아니었으면 판돈이 모두 자신의 호주머니로 들어갔을 텐데 그것이 모두 대머리노인에게 들어갔으니…….

진가운이 급히 시선을 대머리노인에게 돌렸다.

더벅머리노인과는 다르게 대머리노인의 입가에는 부처님의 미소와 같은 밝은 미소가 번지고 있었다.

"어르신, 이제 한 냥을 돌려주십시오."

"왜?"

눈을 동그랗게 뜬 채 영문을 모르겠다는 듯 진가운을 바라보는 대머리노인.

"왜라니요? 돈을 따셨으니 제가 드린 은자 한 냥은 당연히 돌려주어야 하지 않습니까?"

"미쳤어? 내가 왜 돌려줘?"

"……."

어이가 없었다. 자기 덕분에 이십 냥은 될 법한 돈을 따놓고도 원금을 돌려주지 않다니 이게 도대체 어느 나라 법도인지 진가운으로서는 알 수가 없었다.

"이놈아! 네가 준다고 그랬지, 언제 빌려준다고 그랬어? 사내새끼가 줬으면 그만이지 왜 돌려달라고 지랄이야, 지랄이. 에라, 이 똥물에 삶아 죽일 놈아, 쓸데없는 소리 하지 말고 술이나 사!"

"뭐요?"

"이런 벼락에 맞아 뒈질 놈을 보았나? 이놈아, 어린 놈이 어르신들을 뵈었으면 대접을 해야 할 것 아냐?"

대머리노인이 악을 쓰면서 자리에서 일어났다. 진가운 역시 대머리노인을 따라 자리에서 일어났다. 아무리 노인이라고 해도 참을 수가 없었다.

"뭐야? 한판 해보겠다 이 말이야?"

"못할 것도 없지."

"뭐야? 이런 마빡에 피도 안 마른 놈이."

"나이 먹었으면 나이 값을 해야지, 이 노인네야!"

"너 죽고 싶어?"

"……."

"따라와!"

"좋아!"

대머리노인과 진가운이 씩씩거리며 양심당 공터로 걸어나왔다.

함께 골패를 하던 두 노인은 물론 진가운과 함께 이곳에 들어온 명운 대선사 역시 궁금하다는 얼굴로 진가운과 대머리노인을 따라 마당으로 걸어갔다.

우르르르.

삽시간에 주변에 있던 양심당 노인네들이 대머리노인과 진가운을 빙 둘러쌌다.

'오냐, 늙은이.'

진가운이 입술을 꽉 깨물고 서서히 무극무위심공(無極無爲心功)을 운용해 몸에 있는 내력을 끌어올렸다. 진가운의 모습에 대머리노인은 물론이고 주변을 둘러쌌던 사람들 역시 놀란 표정을 지었다.

그렇지만 그것도 잠시 대머리노인이 빙긋 미소를 짓더니 합장을 하며 진가운을 노려보았다.

대머리노인의 주변으로 조금씩 바람이 일며 소용돌이치기 시작했다.

내공을 끌어올림에 따라 진가운의 무복이 조금씩 부풀어 올랐다. 진가운이 얼굴을 잔뜩 일그러뜨리고 있음에 비해 대머리노인의 입가에는 여전히 미소가 번지고 있다.

"그만두지 못할까!"

뇌성벽력(雷聲霹靂)!

엄청난 고성이 진가운의 귀로 파고들었다. 단순한 일갈에 내력을 끌어 모으던 진가운의 몸이 휘청거렸다. 진가운뿐만 아니라 진가운을 보며 미소를 짓고 있던 대머리노인 역시 몸을 휘청거렸다.

일순 무극무위심공을 거둔 진가운이 소리가 들린 곳을 향해 고개를 돌렸다.

노인!

노인 하나가 힘겹게 발을 움직이며 자신과 대머리노인이 있는 곳을 향해 걸음을 내디뎠다.

저렇게 힘없는 늙은이의 입에서 어떻게 조금 전과 같은 대성이 터져 나올 수 있는지 모를 일이다.

두 사람을 중심으로 주변에 모여 있던 노인네들이 일제히 새로 나타난 노인을 향해 허리를 숙였다.

빡!

노인의 손이 어느새 대머리노인의 머리에 떨어졌다.

"크흑!"

가벼운 신음과 함께 대머리노인이 손으로 자신의 머리를 감쌌다.

"이놈 명천(明天)! 어디서 주먹질이야, 주먹질이. 사제인 명운 보기에 부끄럽지도 않느냐?"

'뭐? 사제?'

진가운이 놀란 얼굴로 조금 떨어져서 자신을 보고 있는 명운을 바라보았다.

"허허허, 맞네. 그 대머리 어르신이 본승의 대사형인 명천 사형일세. 그리고 더벅머리 어르신은 학승(學僧), 명혼이라 하시네."

어이가 없었다.

명운 대선사의 사형, 그것도 대사형이라는 노인네가 이런 인간이라니.

"하지만 사백님!"

"이놈이 그래도!"

노인네의 손이 번쩍 올라갔다. 그와 함께 명천이 놀란 듯 몸을 움츠렸다. 그런데 사숙이라니? 그렇다면 이 노인네가 백 년 전 비류성의 침입 시 소림의 주력이었던 료(了)자배의 인물이란 말인가. 아무리 적게 잡아도 세수 백삼십이 넘은 노인.

노인네의 손이 올라가자 명천이 급히 몸을 웅크렸다.

"따라와! 그리고 명운도 따라오고."

노인네가 손을 거두더니 몸을 돌렸다. 명운 대선사와 그의 대사형 명천, 두 노승도 노인의 뒤를 따랐다.

"진 시주, 모여 있는 노인들께 잘 대접하시게."

명운 대선사가 고개를 돌리더니 빙긋 미소를 지었다.

"에이 퉤!"

양심당을 나서는 진가운이 그대로 땅바닥에 침을 뱉었다. 그런 진가운이 우스운지 명운 대선사가 진가운을 힐끔 쳐다보며 미소 지었다.

"대사님! 그렇게 웃지 마십시오. 자그마치 은자 오천 냥입니다. 제가 그 돈 모으느라고……."

"시신깨나 닦았지."

진가운의 얼굴이 일그러졌다. 이럴 때 왜 하필이면 그런 말을 하는지 명운이 얄미워 견딜 수가 없었다.

그나저나 무슨 늙은이들이 그렇게 많이 먹는지 모르겠다. 평생 한 끼도 먹어보지 못한 사람인지 아니면 배고파 죽은 아귀(餓鬼)의 화신들인지 좌우간 노인들의 식성에 진가운은 질려 버렸다.

식탐이라면 혀를 내두를 추평도 그들 노인들에 비하면 달빛 아래 반딧불이다.

일인당 소 한 마리, 탁주 서너 말을 먹고도 아쉬운 표정을 짓는 노인네들. 분명 얼마 전까지만 해도 소림의 승려가 분명했을 터인데 어떻게 그렇게 고기와 술을 좋아하는지…….

순간 술집 주인이라 자처하는 노인네의 얼굴이 진가운의 뇌리에 떠올랐다.

술집 주인.

그 늙은이는 놀랍게도 명천과 자신에게 악을 쓰던 그 묘자배 늙은이였다.

료환(了幻)!

그 늙은이의 법명이다. 진가운이 한번도 들어보지 못한 것으로 보아 소림에서도 별 볼일 없었던 늙은이가 분명한데 그저 나이가 많다고 사기를 치니 어이가 없을 뿐이다.

'뭐? 잔돈이 없어? 그러면 돈을 받질 말아야지. 술값은 구백 냥인데 오천 냥짜리 전표를 꿀꺽해!'

"에라, 이 녹림 산적보다 더한 늙은이야!"

조금 전 료환의 짓거리를 생각하니 얼굴이 또다시 후끈 달아올랐다.

"뭐라고요? 잔돈이 없어서 그냥 다 받아야겠다고요?"

"그렇네."

"그런 법이 어디 있습니까?"

"여기 있네. 어서 그 전표를 내놓으시게."

"기다리십시오. 내 나가서 잔돈으로 바꿔올 테니……."

턱!

료환이 진가운의 어깨를 손으로 덥석 움켜잡았다.

'이 노인네가 진짜!'

진가운이 몸에 힘을 주고 힘껏 뿌리쳤다. 그렇지만 그것은 진가운이 그렇게 느꼈을 뿐이다. 료환의 손은 진가운의 몸을 잡은 채 꿈쩍도 하지 않았다. 조금씩 몸에 내공을 실었지만 마찬가지였다.

"이곳에서 외상은 없네."

"외상이 아니라 잔돈으로 바꿔온다지 않습니까?"

"그 시간이 아무리 짧다고 하더라도 외상은 외상일세. 나 료환 태어나서 그 누구에게도 외상은 줘본 적이 없네. 그러니 그냥 다 내놓으시게."

"……?"

료환의 말에 주먹이 울었지만 별수가 없었다. 노인네가 무엇을 잘못 먹었는지 아무리 몸부림을 쳐도 손아귀에서 빠져나올 수가 없었다.

료환의 명을 받은 두 명의 노인네가 품에 있던 오천 냥짜리 금보전장의 전표를 꺼내 료환에게 건네고 나서야 진가운은 료환의 손아귀에서 벗어날 수 있었다.

"내놓으십시오."

"어허, 어찌 내 전표를 내놓으라 하시는가?"

"그게 무슨 노인네 전표입니까? 제 것을 뺏은 거지요."

"억울하며 자네도 뺏게나. 좌우간 잘 먹었네. 이만 돌아가시게."

조금 전 료환에게 당한 일을 생각하니 도저히 참을 수가 없었다.

'오냐, 내 꼭 뺏으러 오마.'

진가운이 양 주먹을 불끈 움켜쥐었다.

"허허. 그렇게 화내지 마시게. 시주는 은자로 살 수 있는 가장 좋은 것을 산 것일세."

'무슨 개소리?'

진가운이 도끼눈을 뜨고 명운 대선사를 노려보았다.

그러고 보니 눈앞에 있는 명운 대선사 역시 미덥지 못하다. 갑자기 왜 자신을 그런 사기꾼, 날강도 늙은이들에게 데려가 이런 고초를 당하게 했는지 그 저의가 의심스럽다.

"시주, 시주는 은자로 살 수 있는 가장 귀중한 것이 무어라 생각하시는가?"

"갑자기 그게 무슨 말씀이십니까?"

"허허허. 한번 생각해 보시게, 그게 무엇일까? 그것을 알아야 돈을 벌어도 벌 것이 아닌가? 그깟 은자야 쇳덩어리에 불과한데 그것을 모으는 것이 목표가 될 수는 없지 않은가?"

진가운이 잠시 생각에 잠겼다.

듣고 보니 맞는 말이다. 부자가 되려는 이유가 단순히 은자를 모으려는 것은 아니다. 은자로 무엇인가를 하기 위해서다.

'그러게······. 무엇을 하려고 했지?'

진가운이 고개를 갸웃거리며 생각에 잠겼지만 결론을 내릴 수가 없었다.

잘 먹고 잘살려고 그런다 해도 이유가 되지 못했다. 잘 먹고 잘사는데 그렇게 많은 은자가 필요하지는 않았다.

'제기랄, 내가 왜 은자를 모으려고 했던 거야?'

머리 속이 혼란스러웠다.

"아직 잘 모르고 있구먼. 은자로 무엇을 사려고 했는지. 여러 가지가 있을 것일세. 하나 그중에 가장 귀중한 것 한 가지를 알려주겠네. 그것은 사람일세. 사람 가운데서도 그 껍데기가 아니라 마음일세. 그것은 쉽게 살 수 없는 일이지. 은자만으로 사람의 마음을 산다는 것은 거의 불가능한 일일세. 그런데 그깟 은자로 그 마음을 샀다면 얼마나 좋은 일인가? 내가 마음을 산 사람을 일컬어 친구라 하네. 오늘 그 귀한 친구들을 그 흔한 은자, 그것도 단돈 오천 냥으로 샀으니 그것보다 남는 장사가 어디 있겠는가? 안 그런가?"

'그렇기는 뭐가 그래, 이 늙은이야!'

속으로 이 말이 솟아올랐지만 입 밖으로 내뱉지는 못했다. 그렇게 말하기에는 명운 대선사의 말이 그렇게 가볍지 않다는 생각이 들었다.

머리가 혼란스러운지 진가운이 머리를 좌우로 바삐 흔들었다.

명운 대선사의 말이 아직 가슴에 와 닿지는 않았지만 진가운이 오늘 분명히 깨달은 것이 하나 있다.

소림사의 노승(老僧)들이 모두 고승(高僧)은 아니라는 것. 그것 하나만은 분명한 사실이다.

"그나저나 어디로 가는 겁니까?"

"어허, 가보면 아네."

툭 한마디를 던진 명운 대선사가 양심당 안쪽을 향해 다시 바삐 움직였다.

제27장

단 한 번을 위해 평생 동안 검을 벼리다

'여기가 어디야?'

진가운은 휘둥그레진 눈으로 정신없이 좌우를 살폈다.

양심당의 안쪽. 시끌벅적한 양심당과는 달리 그곳에는 적막이 흐르고 있었다.

"여기가……."

"쉬이!"

명운 대선사가 진가운을 향해 황급히 고개를 돌리더니 손가락을 입에 댔다.

"이곳부터는 조용히 하시게."

진가운에게 한마디를 던진 명운 대선사가 조심스럽게 발걸음을 옮겼다. 영문을 모르는 진가운으로서는 명운 대선사의 말을 따를 수밖에 없었다. 명운 대선사의 뒤를 조심스럽게 따르는 진가운의 눈에 조그마한 문 하나가 다가왔다.

세심문(洗心門).

'세심문? 마음을 닦는 문? 이게 뭐야?'

다시 한 번 고개를 갸웃거리는 진가운의 어깨를 툭 한번 치고는 명운 대선사가 안으로 들어가라는 손짓을 했다.

저벅!

진가운이 한 발을 내딛는 것과 동시에 명운 대선사가 진가운에게 합장하며 허리를 숙였다.

"대사님께서는?"

"세심원(洗心園)에는 나 역시 들어갈 수가 없네. 그곳에 들어가 처음으로 뵙는 분의 입에서 말이 나오도록 하게. 그것이 자네가 절대무심을 깨닫는 증거가 될 것일세."

진가운이 이해할 수 없다는 표정을 지으며 고개를 돌려 뒤에 있는 명운 대선사를 바라보았다.

"허허허. 들어가 만나뵙게 되면 자연히 알게 될 것일세."

쿵! 쿵! 쿵!

고요하기 그지없는 세심문 안에서 들려오는 땅울림. 진가운이 조심스럽게 고개를 들었다.

진가운이 서 있는 곳 십여 장 앞에 자그마한 웅덩이가 보였다.

쿵! 쿵! 쿵!

땅울림은 그곳 자그마한 웅덩이에서 흘러나오고 있었다. 호기심이 동한 듯 진가운이 소리가 울려 나오는 웅덩이가 있는 곳으로 다가갔다.

예상과는 달리 웅덩이는 깊었다. 그곳에서 계속 들려오는 땅울림 소리에 진가운이 안력을 돋우어 안을 들여다보았다.

'저게 뭐야?'

진가운의 얼굴이 일그러졌다.

깊이를 알 수 없을 정도의 저 아래에서 한 사람이 열심히 땅바닥을 향해 주먹질을 하고 있었다.

"미친놈!"

자신도 모르게 진가운의 입에서 육두문자가 튀어나왔다.

그와 함께 웅덩이에서 바람이 일더니 정체를 알 수 없는 물체 하나가 진가운의 얼굴을 향해 다가왔다.

빡!

"아이고~!"

그의 이마에 물체가 부딪치는 것과 동시에 비명과 함께 몸이 기우뚱거리더니 바닥에 벌렁 나자빠졌다.

"제길!"

진가운이 급히 몸을 일으키며 전방을 노려보았다.

괴인. 머리카락이 바닥에 질질 끌리는 장발괴인이 진가운을 뚫어져라 노려보고 있었다. 얼굴 전체가 장발에 덮여 있지만 눈인 듯 보이는 곳에서 이글거리는 불꽃이 피어오르고 있었다.

"당신……."

진가운의 입이 열리자마자 괴인의 모습이 그 자리에서 사라졌다. 진가운의 얼굴을 향해 날아드는 물체. 진가운이 눈을 부릅뜨고 자신의 얼굴을 향해 날아드는 물체를 바라보다가 급히 자신의 주먹을 들어 올렸다.

빠각!

"크흐흐."

조금 전과 마찬가지로 진가운이 신음을 토하며 뒤로 물러났다. 손이 벌겋게 달아오른 채 얼얼한 것이 약간의 부상을 입은 듯하다.

진가운이 급히 튕기듯 자리에서 일어났다.

주먹!

진가운을 향해 괴인이 주먹을 앞으로 뻗은 채 여전히 노려보고 있었다.

"크크크, 뼈대 하나는 단단하구먼. 보아하니 아직 어린 듯한데 이곳에는 무슨 일인가?"

'……?'

"양심당 료환. 그 때려죽일 땡중 녀석이 아직 이곳에 대해 가르쳐 주지 않은 모양이구먼."

'료환? 때려죽일 땡중 녀석?'

진가운은 장발괴인의 정체가 궁금했다. 당금 소림에서 최고 배분이라면 명운 대선사다. 사실 진가운은 양심당에서 료환이라는 스님을 만나고 한참을 놀랐다. 명운 대선사의 사백이라는 신분이 믿어지지가 않았다. 그런데 그런 료환 대사를 녀석이라 부르다니…….

'이 늙은이는 누구야?'

"크크크, 궁금하신가?"

무심코 고개를 끄덕이던 진가운이 깜짝 놀란 눈으로 장발괴인을 바라보았다. 분명 자신은 한마디도 하지 않았는데 눈앞의 장발괴인은 이미 자신의 생각을 알고 있었다.

'그러고 보니 이 늙은이는 입술을 달싹거리지도 않잖아.'

"입을 열지 않아도 내가 알고자 한다면 자네가 하고 싶은 말을 언제든 알 수 있으니 굳이 입을 열어 말할 필요는 없네. 입을 열어봐야 입냄새밖에 더 나겠는가? 그저 생각만 하면 그뿐일세."

'생각만 하면 그뿐이라고?'

진가운은 그제야 이곳 세심원에 자신을 밀어 넣으며 명운 대선사가 자신에게 했던 말을 이해할 수 있었다. 눈앞의 정체 모를 장발노인은 사람의 마음을 읽는 자다. 만약 자신이 절대무심을 깨닫지 못한다면 장발노인은 진가운에게 말을 건넬 필요가 없었다. 이미 마음을 통해 알고 있는 것을 무엇 때문에 묻겠는가? 그렇지만 절대무심을 깨닫는다면 장발노인은 진가운의 생각을 알 수가 없다. 그렇다면 장발괴인은 언젠가 진가운에게 말을 걸 것이다. 그나저나 장발괴인의 능력은 정말 신묘한 것이다. 상대방의 마음을 읽고 마음으로 상대방에게 자신의 말을 전달하는 능력이라니······.

'가만, 혹, 혜광심어?'

"혜광심어는 무슨 얼어죽을 혜광심어. 그저 입을 열기 싫어서 백 년 동안 입을 다물고 있었을 뿐일세. 내 이곳을 나가기만 한다면 소림의 땡중 료환 녀석의 뺨부터 후려갈길 것이거늘 어찌 그따위 소림사의 더러운 무공을 익히겠는가?"

"료환, 그 사기꾼 늙은이를 아십니까?"

장발괴인이 놀란 듯 진가운을 바라보았다.

"크크크. 보아하니 자네도 료환 그 때려죽일 땡중에게 속은 모양이군."

진가운이 고개를 끄덕였다.

"그렇습니다. 저도 그 료환 대사에게 속아 은자 오천 냥을 빼앗겼습니다. 그나저나 조금 전 어르신의 실력을 보아하니 지금이라도 당장 나가 요승 료환을 요절내면 될 것을 왜 백 년이나 이곳에 머무시면서 땅이나 파고 계십니까?"

"이곳을 벗어날 방법이 그것뿐이니 어쩌겠는가?"

"예? 벗어나다니요?"

"자네는 아직도 모르고 있구먼. 이곳 주변에는 천변만화환상미로진(千變萬化幻像迷路陣)이 펼쳐져 있다네. 천변만화환상미로진을 뚫고 나갈 방법은 지하뿐일세. 그것도 일천 장 지하일세. 이 망할 놈의 지하가 만년한철이 섞인 암반만 아니었어도 벌써 빠져나갔을 걸세. 료환 그 죽일 땡중 놈과의 대결에서도 벌써 승자가 되었을 걸세. 크크크, 그렇지만 머지않았네 지난 백 년간 벌써 사백 장을 파 들어갔네. 이제 백오십 년만 더 파면 일천 장. 백오십 년 후 그 료환 땡중 놈의 뺨에 내 손자국을 남기고 말 것일세."

'천변만화환상미로진? 이곳 세심원에 왜 그런 진이……?'

"세심원? 누가 그러던가, 이곳이 세심원이라고?"

"그럼 이곳이 세심원이 아니란 말씀입니까?"

"아닐세. 이곳은 금마원(禁魔園)이라는 곳일세. 한번 들어오면 외부에서 진을 거두기 전에는 절대로 벗어날 수 없다는 중원절대금지."

"이런, 쳐 죽일……."

진가운의 얼굴이 시뻘겋게 달아올랐다. 절대무심을 깨우치기 위해 들어온 세심원이 알고 보니 천하의 마두(魔頭)들이나 잡아 가두는 금마원이라는 사실에 울화가 치밀었다.

'죽었어!'

진가운이 그대로 몸을 돌려 처음 들어온 금마원 입구로 걸어갔다.

휘익!

발을 차며 몸을 까마득한 허공으로 치솟아 올리며 최대한 멀리 움직였다.

척!

마침내 지상에 내려선 진가운의 얼굴이 일그러졌다. 분명 자신이 알고 있는 중원 최고의 신법 운룡대팔식을 있는 힘껏 펼쳤건만 자신의 몸은 처음에 발을 차올렸던 그곳이었다.

진가운이 연거푸 운룡대팔식을 펼쳤지만 결과는 마찬가지였다.

"이런 망할 것들을 보았나! 감히 나 진가운을 속여!"

"허허, 그곳에서 절대무심의 깨달음을 얻어 그 노인의 입을 열게 만들라고 하지 않았나. 그리하면 이곳을 벗어날 수 있으니 안심하시게. 이것이 다 시주를 보호하기 위해서니 그리 알게."

"명운 대선사! 명운 대선사~!"

명운 대선사의 전음 소리에 진가운이 악을 쓰며 불렀지만 더 이상 전음은 들려오지 않았다.

진가운이 몸을 돌렸다. 생각해 보니 이곳에 이렇게 있는 것도 나쁘지 않은 일이라고 생각했다. 어차피 절대무심의 경지에 이르지 못하면 비류성 그놈들에게 죽을 목숨이 아닌가?

쿵쿵쿵!

장발괴인을 뒤로하고 금마원 안을 향해 걸어가는 진가운의 귀로 다시 장발괴인의 땅을 파는 소리가 들렸다.

실로 무서운 집념이다. 이곳을 벗어나 소림에게 복수하겠다는 일념으로 앞으로도 백오십 년이나 걸릴 땅 파기를 계속하고 있으니 말이다.

잠시 안쪽으로 걸어 들어가던 진가운이 무슨 생각이 났는지 급히 장발괴인이 땅을 파고 있는 곳으로 돌아왔다.

"어르신, 이곳을 빠져나갈 방법이 있습니다."

"그… 그게 참말인가?"

"예."

획!

땅을 파던 장발괴인이 어느새 진가운 앞에 나타나 눈을 동그랗게 뜨고 진가운을 바라보았다.

"그래, 그 방법이 무엇인가?"

"어르신께서 제게 고함을 지르는 겁니다."

장발괴인의 얼굴이 일그러졌다. 장발괴인의 모습에 진가운이 이상하다는 듯 바라보았다.

"그건 안 되네."

"왜요?"

"내가 이곳 금마원의 천변만화환상미로진을 빠져나오기 전에 입을 열게 되면 료환 그 땡중과의 대결에서 무조건 패하게 되네. 지금까지의 백 년 노력을 헛되게 할 수는 없네. 료환 그 늙은이가 우리들을 철저히 농락하고 있구먼. 하나 기다리게. 이제 백오십 년만 있으면 우리들 모두는 이곳 금마원을 빠져나갈 수 있다네."

"우리요?"

"그래 이곳 금마원에는 두 명의 늙은이가 더 있다네. 물론 그 가운데 한 늙은이는 전혀 쓸모없는 놈이지. 자네가 있으니 이제 백오십 년이 아니라 백 년이면 되겠구먼. 그때까지만 참아보세. 알겠는가? 오늘은 첫날이니 땅 파는 일은 관두고 하룻밤 푹 쉬게."

'젠장, 땅 파기 지겨워서 이 짓 하는데 땅을 또 파.'

"허허, 땅 파는 일을 아주 잘하는 모양이구먼. 그렇다면 백 년이 아니라 팔십 년이면 될 것 같네."

진가운의 얼굴이 이내 파랗게 질렸다. 일반인이라면 평생보다 더 긴, 팔십 년을 아무렇지도 않게 말하는 장발괴인의 말에 할 말을 잃었다. 그렇게 터벅터벅 걸어가는 진가운을 흐뭇한 미소를 지으며 뚫어져라 바라보던 장발괴인이 다시 땅을 파기 위해 구멍 안으로 들어갔다.

슥삭 슥삭.

금마원 안쪽으로 들어선 진가운에게 또다시 낯선 소리가 들렸다.

'이건 또 뭔 소리야?'

천천히 고개를 돌리는 진가운의 눈으로 한 사람의 모습이 들어왔다.

땅에 나지막이 솟아오른 돌부리에 무엇인가를 대고 부지런히 손을 움직이는 노인. 노인의 행동이 이상했는지 뚫어져라 노인의 움직임을 지켜보던 진가운의 몸이 움직거렸다.

"검!"

자기도 모르게 입 밖으로 튀어나온 한마디.

노인의 손에 잡혀 돌부리를 왔다갔다 쉼 없이 움직이는 것은 한 자루 검이다. 길이 두 자가 되지 못하는 장검도 아니고 그렇다고 단검이라고 부르기에도 못한 어중간한 검 한 자루.

슥삭 슥삭.

노인은 돌부리를 움직이는 검에서 조금도 눈을 떼지 않고 있었다. 아니, 눈 하나 깜빡거리지 않았다. 안광으로 검신에 구멍이라도 내려는 듯 노인의 눈은 오직 검신에 모아진 채 그렇게 기계적으로 손을 움직였다. 그 모습이 마치 수도하는 고승의 모습처럼 그렇게 숭고하고 장엄해 보였다.

"노… 노인장!"

검을 가는 노인을 부르는 진가운의 목소리가 은근히 떨렸다.

슥삭 슥삭.

'뭐야? 저 늙은이도 복환신의처럼 귀머거리야?'

진가운의 부름에도 노인은 전혀 반응을 보이지 않았다. 그저 처음 진가운이 보았을 때처럼 그렇게 검에 눈을 고정시킨 채 묵묵히 손을 움직일 뿐이다.

'소리가 작았나?'

잠시 노인을 더 지켜보던 진가운이 조심스럽게 목소리를 가다듬었다. 왠지 평상시의 목소리로 불렀다가는 안 될 듯한 느낌이 들었기 때문이다.

"저, 노인장!"

조금은 높아진 진가운의 목소리.

노인을 부른 진가운이 잠시 시간을 갖고 노인의 반응을 기다렸다.

슥삭 슥삭.

여전한 노인의 움직임.

진가운의 얼굴이 조금 붉어졌다. 노인의 모습에서 얄밉기 그지없는 복환신의 그 망할 놈의 의원 모습이 떠올랐다.

"노인장~!"

빡!

"아이고 두야."

목젖이 훤히 드러날 정도의 고함에 마침내 노인이 반응을 일으켰는지 머리통에서 불이 일었다.

'그렇게 조용히 불렀을 때 대답해야 할 거 아냐. 어라?'

머리통을 부여잡은 채 고개를 숙이고 있던 진가운의 눈이 커졌다. 분명 검을 가는 노인네는 자신의 앞에 있었는데 불이 난 머리통은 뒤쪽이었기 때문이다.

휙!

진가운이 얼굴을 일그러뜨리며 뒤로 몸을 돌렸다.

노인 한 명이 입가에 미소를 지은 채 아직도 머리를 부여잡고 있는 진가운을 재미있다는 듯이 바라보고 있었다.

'이 늙은이는 또 뭐야?'

"노인은……."

"귀현자(鬼賢子), 그 늙은이가 만난 놈이 네놈이로구나."

'귀현자?'

잠시 고개를 갸우뚱거리던 진가운이 알겠다는 듯 고개를 끄덕였다. 료환과의 내기 때문에 이곳에서 백 년 동안 땅을 팠다는 장발괴인. 눈앞에 있는 노인이 말한 귀현자가 그 노인이라는 것을 알 수 있었다.

"크크크, 땅은 잘 판다고 했느냐?"

노인의 말에 진가운이 얼떨결에 고개를 끄덕였다. 진가운을 바라보는 노인의 얼굴이 더욱 환해졌다.

"그런데 어르신은 왜?"

"클클클, 나 역시 료환 그 땡중 녀석에게 속아 이곳까지 들어왔다. 그리고 보니 이곳에 있는 네 사람 가운데 스스로 이곳에 들어온 사람은 마치(磨癡) 늙은이뿐이구나."

"마치요?"

진가운을 바라보던 노인이 아직도 검을 돌에 갈고 있는 노인을 손으로 가리켰다.

"저 늙은이가 마치다. 사실 그의 이름이 무엇인지는 나도 모른다. 우리들이 들어온 몇 달 후 이곳에 들어와 하는 일이라고는 오직 검을 돌부리에 가는 일뿐이다. 그래서 귀현자 그 늙은이가 저 늙은이의 이름을 마치라 지었다. 갈 마(磨), 미치광이 치(癡). 하루 종일 검을 갈기만 하는 미치광이라는 뜻이지. 어떠냐, 이름이 그럴듯하지 않느냐?"

"……."

진가운이 대답 대신 고개를 끄덕였다. 눈앞에 있는 노인의 말을 들어보니 아직까지도 검을 돌부리에 갈고 있는 마치에 대해 더욱 흥미가 일었다.

"검객입니까?"

"모른다. 이곳에 들어와 그가 한 일은 오로지 저렇게 검을 벼리는 것뿐이었다. 물론 이따금 절벽이나 허공을 향해 그냥 검을 한번씩 찌르기는 하지만 검술은 아니다. 그저 한번씩 찔러볼 뿐이다."

"그런데 왜 쓰지도 않는 검을 하루 종일 벼리는 겁니까?"

"모른다."

"예? 모르다니요? 귀현자 어르신이라면……."

"귀현자도 마치의 마음은 읽지 못했다. 아니, 읽지 못한 것이 아니라 아무런 마음이 없었다. 귀현자 말에 의하면 저 마치의 마음은 오직 하나 검을 갈아야 한다는 것뿐이라고 한다. 그러니 마치가 아니겠느냐? 어허, 그리고 보니 귀현자 그 늙은이와 교대할 시간이구나."

획!

말이 끝남과 동시에 노인의 모습이 진가운 앞에서 바람처럼 사라졌다. 그 모습을 보던 진가운의 입이 쩍하고 벌어졌다.

노인의 신법.

솔직히 신법이라면 진가운 역시 중원에서 둘째가라면 서러운 고수다. 하긴 중원 최고의 신법이라는 곤륜파의 운룡대팔식을 십이성 대성한 진가운이니 어쩌면 이는 당연한 일이다. 그러나 방금 전 노인의 신법은 진가운이 익힌 운룡대팔식과는 차원이 달랐다.

단 한 번의 발 동작 없이 바람처럼 사라지는 귀신과 같은 발놀림.

잠시 넋을 잃고 있던 진가운이 마치에게 눈을 돌렸다.

"……!"

진가운의 눈이 커졌다. 분명 조금 전까지만 해도 돌부리에 검을 갈고 있던 마치가 보이지 않았다. 놀란 눈으로 천천히 고개를 치켜든 진가운의 눈에 터벅터벅 어디론가 걸어가는 마치가 보였다.

타닥!

귀신에 홀린 듯 진가운이 급히 터벅터벅 걸어가는 마치의 뒤를 따랐다.

마치가 도착한 곳은 절벽에서 물이 떨어지는 작은 폭포다. 폭포라고 부르기에도 부끄러울 정도로 가는 물줄기가 떨어지는 곳. 그렇지만 그 높이는 끝이 보이지 않을 정도로 아득하다.

턱!

폭포에 도착한 마치가 걸음을 멈추고 얼굴을 들어 절벽의 꼭대기를 한번 바라보더니 다시 절벽을 향해 천천히 걸어갔다.

눈앞에 있는 절벽을 한참 동안 바라보는 마치.

이미 마치도 그의 뒤에 진가운이라는 이방인이 자신을 보고 있다는 것을 알고 있을 것이 분명한데도 단 한 번도 진가운을 향해 고개를 돌리지 않았다.

스르륵!

검을 든 마치의 손이 조금씩 위로 올라갔다. 마치의 검이 올라가는 것과 함께 그를 바라보는 진가운의 얼굴에 긴장의 빛이 짙어졌다.

꿀꺽!

자기도 모르게 마른침까지 삼키며 마치의 손을 바라보는 진가운.

스륵!

그와 함께 검을 든 마치의 오른손이 절벽을 향해 나아갔다.

"제기랄. 확실히 미쳐도 단단히 미친 늙은이로구먼."

마치의 움직임과 동시에 진가운의 입에서 욕이 튀어나왔다. 백 년이 넘게 검을 벼린 노인이라 해서 나름대로 검술에 경지를 이루지 않았을까 하고 지켜봤건만 마치의 오른손은 느리기가 굼벵이 못지않았다.

틱!

절벽에 닿는 것과 함께 마치의 검이 멈춰 섰다. 어지간한 검사도 검을 든 이상 바위에 한 치 정도 파고드는 것은 어려운 일이 아니건만 마치의 검은 한 치는커녕 바위에 흔적 하나 남기지 못했다.

"저런 미친 늙은이에게 기대한 내가 죽일 놈이지."

더 이상 볼 것도 없다는 생각에 진가운이 급히 몸을 돌렸다.

씨익!

언제 나타났는지 광풍자와 땅 파는 일을 교대한 장발괴인 귀현자가 그런 진가운을 보며 얼굴 가득 미소를 짓고 있었다.

"크크크, 그렇다고 죽지는 말거라. 네놈이 죽으면 우리 두 늙은이 할 일이 느니 말이다."

"누가 죽는데요? 악착같이 벽에 똥칠할 때까지 살 테니 걱정하지 마세요."

"그럼 암, 그래야지. 이제 집으로 돌아가자."

진가운을 향해 마음의 소리 한마디를 건넨 귀현자가 진가운을 다시 한 번 힐끔 바라보고 앞장서서 집이 있는 곳을 향해 걸어갔다.

슥삭 슥삭.

"저 미친놈을 내 당장!"

방 안에 앉아 있던 노인이 얼굴을 있는 대로 구기며 자리에서 벌떡 일어났다.

"광풍자(光風子), 참게. 저 늙은이의 칼 가는 소리가 어디 하루 이틀인가 벌써 백 년이 넘는 세월일세."

밖으로 뛰쳐나가려던 광풍자가 어쩔 수 없다는 듯 자리에 주저앉았다. 방 안에서의 일을 아는지 모르는지 마치는 계속해서 칼을 갈고 있다.

"그나저나 두 어르신은 왜 이곳 금마원에 잡혀 들어오셨습니까?"

"잡혀? 우리들이?"

어이없다는 표정을 짓는 광풍자를 바라보며 진가운이 고개를 끄덕였다. 잡혀 들어오지 않았다면 천변만화환상미로진이 펼쳐져 있는 이곳 금마원에 들어올 리가 없다고 생각했다.

"내기야."

"내기요?"

"그래, 내기."

진가운과 대화를 나누던 광풍자가 고개를 번쩍 치켜들더니 두 사람의 대화를 듣기만 하고 있는 귀현자를 죽일 듯 노려보았다.

'뭔 사연이 있는 모양이군.'

아니나 다를까, 귀현자를 노려보던 광풍자가 자리에서 벌떡 일어나더니 귀현자를 향해 달려들었다.

후닥닥!

얼굴이 파랗게 질린 귀현자가 자리에서 벌떡 일어나더니 방문을 향해 달려갔다.

"망할 놈아! 네가 나의 손을 피할 수 있다고 생각하는 게냐!"

턱!

어느새 광풍자의 손은 귀현자의 목덜미를 움켜잡고 있었다.

"이놈아, 너도 좋다고 했잖아!"

"그래, 이 자식아. 좋다고 그랬다. 네놈이 자신있다고 입에 침이 마르도록 떠들어대니 내가 네놈을 믿을 수밖에. 뭐, 그깟 천변만화환상미로진 반나절이면 돼? 그게 백 년이다. 이 망할 잡것아."

"내가 금마원 밑이 만년한철이 섞인 암석으로 되어 있는 줄 알았어?"

"그것도 모르는 놈이 왜 자신있다고 말해?"

죽일 듯 장발괴인 귀현자를 노려보던 광풍자의 손이 머리 위로 번쩍 올라갔다. 당장이라도 한주먹에 요절을 낼 듯한 무시무시한 기세에도 불구하고 귀현자는 아무렇지도 않은 표정이다.

"크크크! 이놈아, 죽이려면 죽여. 내가 아니면 네놈은 백 년이 아니라 천 년이 지나도 이곳에서 벗어날 수는 없으니 말이다. 이놈아, 백 년이 걸리더라도 이곳에서 나가면 내기는 우리가 이기는 게야. 그러면 네놈이 그렇게 익히고 싶어하는 네 녀석 사문조사인 신풍무제(神風武帝)의 비영각(飛影脚)을 대성할 수 있어. 지금의 반쪽자리 비영각이 아니라 완전한 비영각 말이야."

"제길!"

귀현자의 말에 광풍자가 인상을 쓰며 귀현자의 뒷덜미를 움켜쥐었던 손을 풀었다.

진가운이 알겠다는 듯 고개를 끄덕이며 두 사람을 바라보았다. 귀현자와 광풍자는 사문의 무공을 완성할 수 있는 어떤 비급을 두고 소림사의 료환 대사와 내기를 벌인 것이다.

'왜?'

진가운의 새로운 의문이다.

료환 대사는 왜 이 두 사람을 이곳에 묶어두려고 했는지 그것이 궁금했다.

"크크크, 그것은 소림의 땡중 료환이 우리들이 비류성의 은하대제를 도울 것으로 생각했기 때문이었지."

진가운의 얼굴이 시뻘겋게 변했다. 눈앞에 있는 두 사람이 비류성의 은하대제를 도와야 할 사람들이라면 자신과는 원수나 다름없는 사람이었기 때문이다.

"얼굴을 보아하니 비류성과 안 좋은 관계인 모양이구나. 그러나 우리들은 비류성의 사람이 아니다."

"그럼?"

"크크크, 비류성을 세운 초대 은하대제는 우리 사문의 사조와는 생사를 같이한 분이었다. 사실 비류성을 세운 사람들은 새외의 사람들이 아니었다. 그들은 중원인들이었다."

"중원인?"

"그렇다. 비류성을 세운 사람은 은하대제 한 사람이 아니었다. 비류성을 세운 사람은 모두 여섯 명이었다. 그들 중 중원인이 아닌 사람은 오직 은하대제 한 명뿐이었다. 나머지 다섯 명은 모두 중원인이었다. 그들 다섯이 은하대제를 도운 이유는 단 한 가지였다. 그것은 중원인의 새외 침략을 막기 위해서였다. 지금으로부터 삼백오십 년 전, 새외는 중원에 비해 형편없는 곳이었다. 중원인들이 마음먹기만 하면 새외 정벌은 손바닥 뒤집는 것보다 쉬운 일이었지. 그 와중에 실제로 새외를 노리는 중원의 움직임이 있었다. 그렇게 되면 새외 사람들은 물론 중원의 힘없는 사람들 역시 무수히 죽었을 것이다. 옥석구분(玉石俱焚). 중원의 일부 힘있는 자를 위해 수많은 사람이 죽게 되는 것이다. 그것을 원치 않은 중원의 의인 다섯이 먼저 새외제일강자인 은하대제를 찾아갔다. 그리고 새외 무인들에게 그들의 무공 일부를 가르치고 새외의 세력을 하나로 모았다. 힘의 균형에 의한 평화를 꾀한 것이다. 결과는 대성공이었다. 새외는 비류성이라는 곳으로 하나가 되어 중원의 힘과 겨룰 만한 세력이 된 것이다. 은하대제를 도왔던 다섯 명의 의인은 비류성을 나오며 한 가지 물건을 가지고 왔다. 그것은 그들이 함께 연구해 만들었던 은하대제의 최후 무공 비류폭풍강의 한 가지 초식들이었다. 다섯 의인은 비류폭풍강의 초식 한 가지를 금박에 새기고 원래의 비급을 불에 태웠다. 그것은 후일을 위한 조치였다. 여섯 명이 함께 만들어낸 비류폭풍강이라는 무공은 너무 강했다. 그것을 어느 한 사람이 완전히 익힌다면 그는 가히 고금 최강의 고수로 새로운 야욕을 갖게 될 것을 두려워한 것이다."

"조금 전에 말한 신풍무제라는 분의 비영각이라는 것도 그 가운데 하나?"

"그렇지."

"그런데 왜?"

"젠장, 초식만 있으면 뭐 해? 내공심법이 없는걸."

"……?"

"제길, 중원 놈들이 다섯 분이 새외에 나가 있는 사이 그 다섯 분들의 사문에 쳐들어온 게야. 중원을 배반한 배신자 사문이라는 명분으로. 그리고 사문의 내공심법을 훔쳐 갔지. 다섯 의인이 금박에 새겨온 무공은 저마다 사문의 심법을 익혀야 펼칠 수 있어. 물론 은하대제가 가지고 있는 내공심법을 익히면 그 다섯을 모두 익힐 수 있지만 그것을 익히지 못한 경우는 사문의 내공심법을 익혀야 그 무공을 익힐 수 있다 이 말이야."

"그러니까 신풍무제라는 분의 비영각을 익힐 수 있는 내공심법은 소림사에서 보관하고 있는 거군요?"

광풍자가 고개를 끄덕이더니 다시 말을 이었다.

"그래, 소림사는 중원의 일문이라는 이유로 다섯 가지 무공 중 두 가지를 차지했어. 나머지는 무당과 개방, 그리고 화산이 한 가지씩을 가져가 보관했지. 그런데 나와 옆에 있는 망할 놈의 귀현자 늙은이의 사문 심법이 있는 곳이 소림사야."

광풍자의 말을 흥미있게 듣던 진가운의 얼굴이 이내 굳었다.

'금박!'

진가운이 급히 품에서 종이 한 장을 꺼내 들었다. 언젠가 흑사방의 방주 간유상의 의치에서 찾았던 금박을 그대로 옮겨놓은 종이다.

틱!

한 장의 종이가 바닥에 펼쳐지는 것과 동시에 귀현자와 광풍자의 입이 동시에 벌어졌다.

"이, 이것을 어떻게!"

"맞습니까?"

"맞아. 이것은 그때 다섯 분 중 한 분이신 뇌전도황(雷電刀皇) 어르신이 가져가신 무적참(無敵斬)이라는 것일세."

광풍자의 말에 진가운이 고개를 끄덕였다. 그동안 왜 뇌황문의 고수인 호청지가 이따위 알 수도 없는 그림인지 글인지를 찾으러 목숨을 걸었는지 이해할 수 없었는데 이제야 모든 것을 알 수 있었다.

'그렇다면 비류폭풍강의 나머지 두 가지 무공은……'

진가운의 얼굴이 점점 어두워졌다. 이미 진가운의 마음을 알고 있는 귀현자 역시 얼굴이 어두워졌다. 다만 광풍자만이 영문을 모르겠다는 듯 진가운과 귀현자의 얼굴을 번갈아 살폈다.

광풍자를 바라보는 귀현자. 그와 함께 광풍자의 얼굴이 파랗게 질렸다. 귀현자에게서 비류폭풍강의 두 가지 무공이 이미 은하대제에게 넘어갔다는 사실을 들은 모양이다.

"은하대제가 분명 비류폭풍강의 두 가지 무공을 익혔단 말이냐?"

"아마도 그럴 겁니다. 그나저나 그 무공이 그렇게 강한 겁니까?"

"물론!"

"얼마나?"

"말로는 표현할 수 없지. 반쪽짜리 비영각 하나로도 강호를 누비기에 부족함이 없었으니까."

진가운은 머리가 아팠다. 과거 백 년 전 자신의 사조인 일승대제가 일 검에 베어버린 은하대제는 지금 광풍자가 말한 비류폭풍강의 무공을 익히지도 않은 사람이었을 것이다. 그런 은하대제를 베기 위해 사조인 일승대제는 자신의 목숨을 바쳤다. 그런데 지금 자신이 상대해야 하는 은하대제는 그보다 더 강한 무공을 익히고 있다.

'얼마나 강한 거야?'

"이놈아, 궁금하면 부딪쳐 보면 될 것 아니냐?"

"누구랑?"

진가운을 바라보던 귀현자의 고개가 천천히 광풍자가 있는 곳으로 돌아갔다. 광풍자의 얼굴이 조금씩 일그러졌다.

"이런 망할 놈의 자식! 네놈은 뭐 하고 나를 쳐다봐!"

"내가 비영각을 익혔다면 네놈을 보지도 않았어."

"망할 놈!"

귀현자를 죽일 듯 노려보던 광풍자가 어쩔 수 없다는 듯 진가운을 향해 고개를 끄덕였다.

사사사삭!

그런 세 사람의 귀로 또다시 마치의 칼 가는 소리가 들려왔다. 그렇지 않아도 신경이 날카로운 세 사람의 고개가 동시에 문이 있는 곳으로 돌아갔다.

"내 저 미친놈을……."

광풍자가 자리에서 일어나며 문을 박차고 밖으로 나갔다.

"크크크, 구경났다."

한 사람이 죽을지도 모르는 일임에도 귀현자는 웃음을 토하고 있었다. 그런 귀현자를 어이없다는 듯 바라보던 진가운이 슬쩍 문밖으로 눈을 돌렸다. 사실 다음이 궁금하기는 진가운도 마찬가지였다.

마치의 멱살을 바짝 움켜쥔 채 죽일 듯 노려보는 광풍자. 그러나 마치는 그런 광풍자에게는 관심도 없다는 듯 여태껏 칼을 갈던 돌부리만을 바라볼 뿐이다.

"너 죽을래?"

"……."

여전히 말없이 아쉬운 듯 돌부리를 바라보는 마치. 그 모습을 지켜보는 광풍자의 눈동자가 흔들렸다. 한주먹거리도 안 되는 늙은이가 자신을 무시하고 있다는 생각이 들었다.

"너 이 새끼 정말!"

광풍자가 나머지 한 손을 머리 위로 번쩍 치켜들었다. 당장이라도 머리통을 부숴 버릴 듯한 무시무시한 기세. 죽일까 말까로 갈등인 듯 머리 위로 올라간 광풍자의 손이 파르르 떨렸다. 그런 광풍자의 모습에도 마치는 아무런 흔들림이 없었다.

그저 지금 자신이 칼을 갈고 있지 못한 것이 아쉬운 듯 여전히 돌부리에 눈을 고정시키고 있을 뿐이다.

"어르신!"

이대로 있다가는 광풍자의 손에 의해 마치의 머리가 박살이 날 것이라고 생각했는지 진가운이 급히 자신의 옆에 있는 귀현자에게 소리를 질렀다.

"걱정 마! 백 년이 넘는 세월 동안 수도 없이 있었던 일이니까."

이미 이런 상황이 익숙한 듯 귀현자의 입가에는 미소가 번지고 있다.

휙!

마치를 죽일 듯 노려보던 광풍자가 멱살을 움켜잡았던 손을 뿌리쳤다. 그와 함께 바람에 날리는 낙엽처럼 마치의 몸뚱이가 공중으로 떠오르더니 이내 바닥을 뒹굴었다. 잠시 후 바닥에 쓰러져 있던 마치가 조심스럽게 몸을 일으키며 자신을 내동댕이친 광풍자를 힐끔 바라보고는 터벅터벅 돌부리가 있는 곳으로 걸어갔다.

승삭 승삭.

돌부리가 있는 곳으로 가자마자 아무 일 없다는 듯 자리에 앉아 양손으로 조심스럽게 검을 잡고 갈기 시작하는 마치.

금마원 한복판에서 서로를 바라보고 서 있는 두 사람. 그들은 물론 광풍자와 진가운이다.

"시작하지요."

진가운이 광풍자를 바라보며 한 발을 약간 앞으로 내밀며 손을 앞으로 뻗었다.

쩌정!

천지가 갈라지는 듯한 굉음과 함께 아무것도 없던 진가운의 손에 장검 한 자루가 천천히 모습을 드러냈다.

진가운의 내력이 뭉쳐진 불패의 검, 파천광선검이 모습을 드러내며 주변에 강렬한 빛을 토해냈다. 그와 함께 진가운의 얼굴에서 조금씩 진한 땀이 흘러나왔다.

지금까지 여유있는 미소를 지으며 진가운을 바라보던 광풍자의 몸이 움직거렸다. 그러나 그것도 잠시, 이내 안정을 되찾은 광풍자가 두 눈을 부릅떴다.

그렇게 서로를 바라볼 뿐 두 사람은 한참 동안 아무런 움직임을 보이지 않았다. 이미 한번의 실수는 패배로 직결된다는 것을 알고 있는 두 사람은 그렇게 서로의 약점을 찾았다.

'오호, 제법이구나. 잘못하면 망신을 당하게 생겼어.'

광풍자는 진가운이 먼저 움직이기를 기다렸다. 이런 팽팽한 대치 상태에서는 먼저 몸을 움직이는 자가 불리하다는 것을 광풍자는 본능적으로 알고 있었다.

진가운을 바라보는 광풍자의 입가에 다시 미소가 번졌다.

손을 길게 늘어뜨린 채 파천광선검을 움켜쥐고 있던 진가운이 오른발을 앞으로 슬쩍 내딛고 있었다. 그와 함께 진가운의 몸 주변에서 서서히 광채가 뿜어져 나오기 시작했다.

'넌 졌어.'

광풍자는 이미 이번 싸움의 결과를 알고 있었다. 무공은 어떨지 몰라도 역시 진가운은 경험이 부족하다고 생각했다.

"타앗!"

번쩍!

진가운의 입에서 기합이 터지더니 일순 진가운의 신형이 자리에서 사라졌다.

흠칫!

진가운이 사라지는 것과 함께 광풍자의 몸이 일순 떨리는가 싶더니 그대로 바람개비처럼 몸을 돌려세웠다.

'뒤.'

광풍자는 진가운의 공격이 자신의 등 뒤로 떨어질 것이라 생각했다.

쐐아아아!

아니나 다를까, 광풍자가 몸을 돌리는 것과 동시에 전방에서 엄청난 섬광이 광풍자를 덮치듯 쏟아져 들어왔다.

'이겼다!'

진가운의 얼굴에 환한 미소가 번졌다.

광풍자는 자신의 공격을 결코 피할 수 없다는 확신에 가득 찬 미소가 진가운의 얼굴에 가득 번졌다.

팟!

"……!"

진가운의 미소가 일순 사라졌다. 자신의 파천광선검에 몸을 움직이지도 못하던 광풍자의 몸이 순식간에 사라졌다.

'이런 제길.'

"합!"

광풍자를 찾아 몸을 돌리는 진가운의 귀로 날카로운 기합 소리가 파고들었다.

휘릭!

소리가 들린 방향으로 급히 몸을 트는 진가운의 눈으로 눈부신 광채가 파고들어 왔다.

광채와 함께 몰려오는 엄청난 바람.

몸이 흔들릴 정도의 미친 듯한 바람에 진가운이 급히 몸속의 내공을 조금 더 끌어올렸다.

쌔애액!

"발!"

자신을 향해 날아오는 것은 광풍자의 발이었다. 진가운이 급히 손을 앞으로 뻗으며 광풍자의 발을 노리고 파천광선검을 휘둘렀다.

쿠구궁!

격렬한 충돌음과 함께 두 사람의 몸이 심하게 흔들렸다.

"크흐흑!"

진가운의 입이 일순간 벌어지며 신음이 밖으로 흘러나왔다.

승리를 믿어 의심치 않았던 파천광선검이었건만 광풍자의 발길질에 의해 서서히 반으로 갈라지고 있었다.

'이… 이럴 수가……!'

믿을 수 없다는 표정의 진가운.

쒜애액!

그런 진가운을 향해 광풍자의 발은 계속해서 바람을 가르며 파고들었다. 광풍자의 발은 번개와 같았다. 그저 소리만 들릴 뿐 이제는 그 모습조차 보이지 않는다.

빠아악!

"크헉!"

신음과 함께 진가운의 몸뚱이가 공중으로 새까맣게 치솟아오르더니 이내 쏜살같이 바닥에 떨어졌다.

쿵!

주변에 자욱한 먼지를 일으키며 바닥에 떨어진 진가운을 향해 광풍자가 천천히 걸어갔다.

"이보게, 괜찮은가?"

진가운이 억지로 몸을 일으켜 광풍자를 바라보았다.

씨익!

진가운이 힘겹게 미소를 지으며 광풍자를 바라보았다. 그런 진가운을 바라보는 광풍자의 입가에도 은은한 미소가 번졌다.

그렇게 미소를 지으며 서로를 바라보는 두 사람을 훔쳐보며 눈물을 흘리고 있는 한 사람이 있다는 사실을 그들은 알지 못했다.

"끄응."

진가운이 신음을 토하며 천천히 몸을 일으켰다.

아직 날이 밝지도 않은 새벽. 이렇게 일찍 일어나 본 지가 언제인지 기억도 나지 않는다. 어젯밤, 진가운은 한숨도 자지 못했다. 백 년 전 은하대제보다 더욱 강한 은하대제. 그를 어떻게 상대할지 방법이 떠오르지 않았다.

은하대제보다 하수임이 분명한 비류폭풍강의 일 초식, 그것도 반쪽 자리 일 초식인 광풍자의 비영각에도 당했다고 생각하니 그야말로 눈앞이 캄캄했다. 물론 목숨을 걸고 진정한 파천광선검을 펼친다면 승부가 가능할지도 모른다. 그렇지만 그것은 곧 자신의 죽음을 의미하지 않는가?

슥삭 슥삭.

이불을 들추고 천장만을 멍하니 바라보던 진가운의 귀로 마치의 칼 가는 소리가 들렸다.

'아직도야?'

진가운이 조심스럽게 자리에서 일어나 밖으로 나갔다. 역시 마치는 아직도 돌부리에 칼을 갈고 있다. 처음 그를 만났을 때와 똑같은 움직임. 느리지도 빠르지도 않게 마치의 손은 그렇게 기계처럼 움직였다. 진가운이 조심스럽게 마치의 옆으로 다가갔다. 사실 진가운이 이곳에 있는 세 노인 중 가장 궁금한 사람은 바로 칼 가는 미친 늙은이, 마치다. 물론 귀현자와 광풍자 역시 궁금한 노인이었지만 지금은 두 노인을 어느 정도 알게 되었다. 그러나 마치에 대해 아는 것은 그저 미친 듯 칼을 가는 노인이라는 것뿐이다.

진가운이 마치의 옆에 조용히 앉았다. 분명 작은 반응이라도 있어야 정상이건만 마치의 움직임은 여전히 한 점 변화가 없다.

"······!"

그렇게 마치를 바라보던 진가운의 눈이 화등잔만하게 커졌다.

슥삭 슥삭.

여전히 마치의 칼 가는 소리가 진가운의 귀를 파고들고 있다. 그런데 마치가 들고 있는 검은 돌부리에 닿아 있지 않았다. 분명 칼을 갈고 있지만 칼은 돌부리에서 한 치도 못 되게 뜬 채 그렇게 돌부리 위를 움직였다.

'어떻게 된 거야?'

진가운의 머리 속에 의문이 드는 것과 함께 이제껏 진가운을 향해 눈길 한번 주지 않았던 마치가 느릿느릿 고개를 돌리더니 진가운을 바라본다.

자세히 보지 않으면 알아챌 수 없는 흐릿한 미소였지만 마치의 얼굴에는 분명 미소가 번졌다.

"갈아보겠는가?"

'뭐야, 벙어리가 아니었단 말이야?'

진가운이 놀란 듯 마치를 바라보았다.

"내가 벙어리라고 생각했는가? 하긴 내가 이렇게 타인을 향해 입을 연 지도 백 년이 넘었다네."

"어르신!"

"갈아보겠는가? 그럼 한번 갈아보시게."

마치가 자신이 들고 있던 검을 아무렇지도 않게 진가운에게 내밀었다. 이제껏 백 년이 흐를 동안 한번도 손에서 놓지 않았다는 마치의 검. 그 검을 진가운에게 내밀면서도 마치의 얼굴에는 한 점 동요도 보이지 않았다.

얼떨결에 검을 받아 든 채 마치를 바라보던 진가운이 조심스럽게 땅바닥에 솟아 있는 돌부리에 검을 가져갔다. 그러고 보니 이곳 금마원에는 여기저기 돌부리들이 상당히 많았다.

검을 양손으로 받아 들고 돌부리에 검을 갈기 시작하는 진가운을 잠시 동안 바라보던 마치가 양손을 자신의 앞에 있는 돌부리에 가져가며 마치 검을 갈 듯 천천히 전후로 움직였다.

슥삭 슥삭!

마치의 손이 움직이는 것과 함께 검이 갈리는 소리가 들렸다.

휙!

진가운이 급히 고개를 돌렸다. 분명 마치의 손에는 검이 없었는데 마치의 손이 움직이는 것과 함께 다시 검을 가는 소리가 들렸다.

"……!"

놀라 자신을 바라보는 진가운을 옆에 두고 마치가 천천히 자리에서 일어났다. 진가운 역시 마치를 따라 천천히 자리에서 일어났다.

마치가 찾아간 곳은 금마원에서 가장 높은 언덕이다.

하늘을 향해 고개를 치켜든 마치를 따라 진가운 역시 고개를 들어 하늘을 바라보았다.

뿌연 기운이 하늘을 채우며 이내 붉은 태양이 서서히 지평선 너머로 떠올랐다.

"베어보겠는가?"

"……?"

진가운이 영문을 몰라 고개를 갸웃거리는 사이 마치가 천천히 손을 들어 떠오르는 태양을 가리켰다.

'뭐야? 그럼 나보고 태양을 베어보라는 소리야?'

"허허, 한번 베어보시게. 옛날 예라는 분이 화살을 쏘아 아홉 개의 태양을 떨어뜨렸다 하지 않는가?"

"그러나 태양인 줄 알고 떨어뜨린 그것은 발이 세 개 달린 까마귀 삼족오(三足烏)였습니다."

"그러나 하늘에 떠 있는 동안은 태양이었네."

진가운이 슬쩍 마치를 한번 바라보고는 그에게서 건네받은 검을 천천히 머리 위로 치켜들었다. 그렇게 한참 동안 떠오르는 태양을 바라보던 진가운의 손이 번개처럼 앞으로 뻗어나갔다.

획!

한바탕 바람이 일며 진가운의 몸이 공중으로 비상했다.

검으로 태양을 벤다는 점창파의 독문무공인 사일검법(斜日劍法). 진가운이 펼친 것은 사일검법이었다.

턱!

바닥에 내려선 진가운이 고개를 돌려 마치를 향했다. 은은히 입가에 비치는 마치의 미소.

"그래, 베었는가?"

진가운의 얼굴이 일그러졌다. 어떻게 검으로 태양을 벤단 말인가?

"베지 못했습니다."

"그런가?"

획!

말이 끝나기도 전에 마치가 손을 번쩍 들어 올렸다.

쩌저저적!

마치 번개가 치듯 불꽃이 튀더니 불꽃이 힘차게 하늘로 치솟아올랐다.

"이… 이럴 수가?"

진가운의 입이 저절로 벌어졌다.

찰나, 분명 찰나였지만 태양의 한복판에 검은 물체가 스치고 지나가는 것이 진가운의 눈에 들어왔다.

"어르신!"

"자네는 내가 태양을 베었다고 생각하는가?"

"예, 분명 그렇게 보았습니다."

"……."

잠시 진가운을 말없이 바라보던 마치가 그대로 몸을 돌렸다.

"어르신!"

"자네는 잘못 보았네. 내가 벤 것은 태양이 아니라 하늘일세. 하늘을 벤 것을 자네는 태양을 벤 것으로 잘못 본 것이야."

"하늘?"

"그래. 하늘을 베기 위해 지난 백 년간 마음속의 검을 갈았네. 자네가 들고 있는 그 검도, 그리고 잘 정련된 자네의 내공도 그저 도구일 뿐이라네. 진정으로 상대방을 베는 것은 검이 아니라 마음일세. 그 마음의 검을 갈며 백 년을 기다렸지."

"왜?"

"내 손에 죽은 한 사람의 부탁을 받았기 때문일세."

몸을 돌리지도 않은 채 진가운과 이야기를 주고받던 마치가 그대로 집 앞 돌부리가 있는 곳으로 천천히 걸어갔다.

"어르신!"

척!

마치가 걸음을 멈추고 천천히 몸을 돌렸다.

"어르신은 누구입니까?"

"산적일세. 이름 없는 산적. 그렇지만 천하에서 가장 큰 죄를 지은 산적일세."

'산적!'

진가운의 머리 속에 한 사람이 떠올랐다.

"백 년 전……."

"그래, 그 산적일세. 일승대제라는 중원의 하늘을 한칼에 베었던 그 철없는 산적. 이제 자네를 만났으니 조금이나마 그 죄업을 씻을 수 있을 것 같네."

주르륵!

늙은 산적 마치의 눈에서 진한 눈물이 흘러내렸다.

제28장

억지로 금마원을 나오다

억지로 금마원을 나오다

쾅! 쾅! 쾅!

천지가 뒤집히는 듯한 엄청난 소리가 땅에서 울려 나온다. 소리의 정체는 이곳 금마원을 벗어나기 위해 땅을 파고 있는 진가운의 주먹질 소리다.

처음 이곳 웅덩이에 들어왔을 때만 해도 이까짓 것 하는 마음이었다. 그러나 그것은 진가운의 착각이었다. 비록 암석에 섞여 있는 만년한철이라고는 하지만 역시 만년한철은 이름 그대로였다. 내공이 어느 정도 담겨 있는 진가운의 강력한 주먹질에도 금마원 바닥은 좀처럼 파이지 않았다. 벌써 네 시진에 가까운 주먹질이다. 얼굴에 굵은 땀방울이 흘러내리는 것과는 달리 바닥을 내려치는 진가운은 손에서부터 머리로 전해지는 살을 에는 듯한 한기에 몸을 움츠려야 했다.

진가운이 잠시 휴식을 취하려는 듯 잔뜩 구부렸던 허리를 곧추세웠다.

허리를 들어 올린 진가운의 얼굴에 불만이 가득했다. 이미 교대 시간이 지난 듯 보이는데 아직까지 광풍자가 모습을 보이지 않고 있기 때문이다.

'망할 놈의 영감탱이! 뭐 하고 자빠진 거야!'

"어허, 땅 안 파고 뭐 하고 있는가?"

마침 모습을 드러낸 광풍자의 목소리에 진가운의 구겨진 얼굴이 더욱 일그러졌다.

"얼굴에 땀 흘리는 것 안 보입니까?"

"쯧쯧쯧, 젊은 사람이 고깟 주먹질 몇 번 했다고 땀은……."

진가운을 마땅치 않다는 듯 바라보는 광풍자.

"올라오게!"

획!

광풍자의 말을 기다렸다는 듯 진가운이 급히 웅덩이의 입구를 향해 몸을 날렸다.

"수고하십시오."

퉁명스러운 한마디에 광풍자의 미간이 좁혀졌지만 진가운은 모르는 척 광풍자를 뒤로하고 그대로 집이 있는 안쪽으로 걸어 들어갔다.

슥삭슥삭!

오늘도 변함없이 돌부리에 마음의 검을 갈고 있는 마치.

잠시 지켜보던 진가운이 마치의 옆으로 다가가 앉았다. 그리고 양손으로 검을 잡는 시늉을 하고는 돌부리 위에 올리고 앞뒤로 손을 움직였다.

'제길, 나는 왜 소리가 들리지 않는 거야?'

마치를 따라 손을 움직이기를 벌써 두 달이다.

진가운이 마치와 같이 손을 움직이는 이유는 간단하다. 귀현자가 마음을 읽지 못하는 유일한 인물이 마치이기 때문이다.

자신의 생존을 위해 필연적으로 깨달아야 하는 절대무심.

진가운은 마치가 바로 그런 인물이라고 생각했다. 더구나 마치가 보인 검은 어쩌면 자신이 익히고 있는 파천광선검의 궁극적인 모습이 아닐까 하는 생각을 했다.

잠시 얼굴을 찌푸리던 진가운이 다시 양손을 돌부리 위에 올리고 앞뒤로 움직였다.

여전히 아무런 소리도 나지 않았지만 언젠가는 소리가 들릴 것이라는 생각을 하며 그렇게 계속해서 손을 움직였다.

"무엇 하는 겐가?"

"어르신과 똑같이 마음을 갈고 있습니다."

진가운의 말에 마치가 빙긋 미소를 지었다.

"마음을 갈아서 뭐 하게?"

"그야 갈아 없애려고 그럽니다. 그래야 절대무심인가 뭔가 하는 깨달음을 얻지 않겠습니까?"

마치가 알겠다는 듯 연신 고개를 끄덕이더니 진가운을 향해 슬쩍 고개를 돌렸다.

"그런데 마음은 어디 있는가?"

"……?"

"마음을 갈려면 마음이 돌부리 위에 있어야 할 것이 아닌가? 그 마음이 어디에 있느냐 말일세. 마음을 놓지도 않고 돌부리 위에서 그저 손을 움직인들 어찌 있지도 않은 마음이 돌부리에 갈리겠는가?"

"제 마음이 있는지 없는지 어르신이 어찌 아십니까? 제 마음이 보이기라도 합니까?"

"그렇다네."

"……?"

눈을 휘둥그렇게 뜨고 마치를 바라보는 진가운. 그도 그럴 것이 다른 사람의 마음을 읽을 수는 있어도 다른 사람의 마음을 볼 수 있다는 말은 금시초문이다.

'노인네, 거짓말도…….'

"허허허. 얼굴을 보아하니 거짓이라 생각하는 모양이구면. 자신의 마음을 볼 수 있는 사람은 타인의 마음을 볼 수 있네. 자네는 지금 자네의 마음을 보지 못하고 있네. 먼저 그 마음을 보시게. 그러면 답은 아주 간단할 수도 있는 법일세."

마치의 말에 여전히 알 수 없다는 표정을 지으며 고개를 갸웃거리는 진가운. 그런 진가운을 뒤로하고 마치가 자리에서 일어서며 폭포가 있는 곳으로 천천히 걸어갔다. 마치의 움직임에도 불구하고 진가운은 자리에서 꼼짝도 하지 않았다. '마음을 본다'. 분명 마치는 자신에게 어떤 깨달음을 주고자 하는 것이 분명했다. 그렇지만 진가운은 마치의 말을 이해할 수가 없었다.

'마음을 찾아야 한다고? 그럼 찾으면 될 거 아냐.'

진가운이 땅바닥에 그대로 주저앉아 눈을 반개한 채 가부좌를 틀었다.

가부좌를 튼 채 진가운이 먼저 생각한 것은 자신이 왜 절대무심의 깨달음을 얻고자 하는가 하는 문제였다. 이유는 간단했다.

이곳 금마원에서 진가운이 이루고자 하는 것은 단 하나. 그것은 비류성의 은하대제를 베는 것이었다. 그것이 궁극적 목적이었고 그 수단으로서 파천광선검을 펼치고도 자신이 죽지 않는 절대무심의 깨달음을 얻고자 한 것이었다.

절대무심은 파천광선검을 펼치기 위한 방법이고 파천광선검은 은하대제를 베기 위한 과정일 뿐이라는 생각이 머리에 가득히 들어찼다.

한참 동안 생각에 잠겨 있던 진가운이 고개를 끄덕였다. 자신의 마음이 무엇인지가 보였다. 그것은 은하대제를 베는 것이었다.

'은하대제를 벤다. 벤다. 벤……'

"……!"

진가운이 무엇인가를 깨달은 듯 땅바닥에서 벌떡 몸을 일으켰다.

생각해 보니 굳이 파천광선검을 지금 당장 익힐 필요는 없었다. 파천광선검은 은하대제를 베기 위한 방법일 뿐이다. 만약 다른 방법이 있다면 그것을 택하면 되는 것이다.

다른 방법을 생각하던 진가운의 머리 속에 문득 마치의 검이 떠올랐다. 태양을 베는 마치의 검이라면 은하대제를 베는 것이 어렵지 않을 것 같았다.

진가운의 얼굴이 밝아졌다. 그러나 그것도 잠시 진가운의 얼굴이 다시 어두워졌다. 마치의 검으로 은하대제를 벨 수 있을지는 모르지만 은하대제에게 접근할 방법이 없었다. 자신이 마치의 검으로 은하대제에게 접근하는 동안 자신의 몸뚱이는 은하대제의 비류폭풍강에 의해 먼저 가루가 되고 말 것이라는 생각이 들었다.

"제길. 벨 수 있으면 뭐 해, 다가설 수가 없는… 잠깐!"

진가운의 얼굴이 다시 밝아졌다.

"크크크크! 찾았다, 찾았어!"

진가운이 고함을 지르며 금마원 입구로 미친 듯 달려갔다.

쾅! 쾅! 쾅!

웅덩이에서는 여전히 땅을 파기 위해 울리는 광풍자의 주먹질 소리
가 요란하다.

"광풍자 어르……."

"뭔가?"

진가운의 부름이 끝나기도 전에 광풍자가 어느새 진가운의 앞에 모
습을 드러냈다. 벌써 두 달이 넘게 보아왔지만 광풍자의 신법은 정말
귀신이다.

"뭐냐고 묻지 않나?"

자신의 일을 방해한 진가운이 마음에 들지 않았는지 광풍자가 얼굴
가득 굵은 땀방울을 떨어뜨리며 진가운을 노려보고 있었다.

씨익.

대답에 앞서 진가운이 먼저 광풍자를 보며 미소를 지었다. 그러나
진가운의 미소는 오래가지 않았다. 어느새 자신의 턱으로 날아온 광풍
자의 주먹에 진가운의 얼굴이 구겨진 종이처럼 일그러졌다.

"이런 고약한 인사를 보았나. 어르신이 물으면 대답을 해야 할 거
아냐?"

죽일 듯 진가운을 노려보는 광풍자. 그런 광풍자에게 일언반구도 없
이 진가운이 그대로 몸을 돌렸다.

그런 진가운의 태도에 광풍자의 얼굴 근육이 경련을 일으켰다.

'이 새끼가!'

광풍자가 몸을 부르르 떨며 뒤돌아 걸어가는 진가운을 향해 손을 번

쩍 치켜든 채 한 발을 내디뎠다.

"이곳에서 나갈 방법이 있었는데."

턱!

나직한 진가운의 한마디에 진가운에게 달려들던 광풍자는 석상이 되었다.

스륵!

그제야 광풍자를 향해 몸을 돌리는 진가운. 돌아선 진가운의 얼굴에 사라졌던 미소가 다시 찾아왔다.

"저, 저, 정말인가?"

광풍자의 목소리가 가볍게 떨렸다. 진가운이 슬쩍 고개를 끄덕였다.

"뭐, 뭔가?"

"방에 들어가 말씀드리지요."

광풍자에게 한마디를 건넨 진가운이 다시 몸을 돌려 금마원 안채를 향해 걸어 들어갔다. 평상시의 광풍자라면 그런 진가운의 버릇없는 태도에 당장 주먹을 휘둘렀을 것이다. 그렇지만 지금은 그럴 수가 없었다.

'버릇없는 새끼.'

잠시 진가운을 노려보던 광풍자가 어쩔 수 없다는 듯 진가운을 따라 걸음을 움직였다.

심각한 표정으로 방 안에 앉아 서로를 살피는 세 사람. 그들은 물론 진가운과 광풍자, 그리고 귀현자다.

슥삭슥삭!

여전히 마치의 칼 가는 소리가 방 안을 파고들었지만 광풍자와 귀현자의 얼굴에는 아무런 변화가 없다.

　귀현자라면 몰라도 평시 칼 가는 소리라면 이를 갈던 광풍자마저 별다른 행동이 없다는 것이 신기할 뿐이다.

　"그러니까 우리들의 무공을 가르쳐 달라 이 말인가?"

　"예. 귀현자 어르신의 무공으로 먼저 은하대제의 마음을 읽고, 광풍자 어르신의 비영각으로 접근한 후 마치 어르신의 검으로 은하대제를 베겠습니다. 제가 은하대제를 베기 위해서는 두 분의 사문심법이 필요하다고 말하면 소림에서도 거부하지는 않을 것입니다. 은하대제를 벤 후 료환 선사께 말씀드리면 두 분은 이곳에서 나갈 수 있을 것입니다. 은하대제가 없어진다면 두 분을 이곳에 가두어둘 이유가 없습니다. 더구나 두 분의 도움으로 제가 은하대제를 물리친다면 명분도 없지 않겠습니까? 그런 후 소림에서 받은 두 분의 사문 비급을 돌려 드리겠습니다."

　광풍자가 슬쩍 고개를 돌려 귀현자를 바라보았다. 광풍자가 진가운을 향해 천천히 고개를 돌리며 입을 열었다.

　"절해."

　"……?"

　"이런 버릇없는 놈을 보았나. 제자가 되겠다는 놈이 사부에게 절도 못하겠다 이거야!"

　광풍자의 진가운에 대한 말투가 어느새 하대로 바뀌어 있었다. 진가운이 슬쩍 미소를 지으며 고개를 가로저었다.

　"어찌 사부도 아닌 분을 사부라 한단 말입니까?"

　"뭐?"

　"오해하지 마십시오. 제가 두 분의 무공을 배운다 해서 두 분의 제자가 되는 것은 아닙니다. 이것은 어디까지나 거래입니다. 그렇지만 한 가지는 약속드리지요. 두 분이 제자를 거두지 못하고 죽는다면 제가 두 분을 잘 염해서 묻어드리겠습니다. 제가 이래 뵈도 강서성, 아니, 중원제일의 장의사입니다."

"이런 때려죽일 새끼가!"

광풍자가 얼굴을 붉히며 자리에서 벌떡 일어났다. 진가운의 말은 한마디로 자신의 무공을 눈 하나 깜짝하지 않고 날름 처먹겠다는 소리다. 그런 광풍자의 모습에 진가운이 몸을 흠칫거리며 급히 말을 이었다.

"어허, 연세도 드실 만큼 드신 분이 왜 그렇게 성질이 급하십니까? 말씀을 끝까지 들으세요. 그리고 인재 한 명을 골라 두 분의 무공을 전해 사문을 보존시켜 드리겠습니다. 그러니 사문은 보존될 것입니다. 더 이상은 저도 양보 못합니다. 싫으시면 마음대로 하십시오."

말을 마친 진가운이 방바닥에 벌러덩 드러누웠다.

"이봐, 귀현자. 어떻게 하지?"

"어떻게 하긴, 승낙해야지."

"뭐? 제자도 안 되겠다는 놈한테 무공을 가르쳐 주라고?"

"걱정하지 마. 여기서 나가는 순간, 이놈의 모가지를 움켜잡고 제자가 안 되면 죽여 버리겠다고 하면 되잖아."

"오호, 그런 방법이 있었구먼. 알겠네, 그렇게 하세."

귀현자를 한참 동안 바라보던 광풍자가 입가에 미소를 지으며 진가운을 향해 천천히 고개를 끄덕였다.

*　　　　*　　　　*

요마산 비류성 대전.

비류성의 두 호법 밀타와 파라가 진가운과 그 일행에게 목숨을 잃은 이후 항상 은하대제 혼자 지키고 있던 이곳 비류성 대전이 오늘은 무슨 일인지 사람들로 가득했다.

대전 바닥에 엎드려 머리를 박고 있는 사람들.

군데군데 두꺼운 갑옷을 입은 사람들의 모습이 보이는 것이 이채롭다.

천천히 대전 바닥에 머리를 조아리고 있는 사람들을 지켜보던 은하대제가 의자에서 천천히 일어섰다.

"아난(鴉鸞)!"

"예! 주군."

대전에 머리를 조아리고 있던 사람 가운데 한 사람이 자리에서 일어서며 은하대제를 향해 허리를 숙였다.

사십 초반 정도의 사내. 겉에 입고 있는 것은 가죽으로 만든 튼튼해 보이는 갑옷이다. 키만 해도 칠 척에 육박하고 벌어진 어깨가 철탑과 같으며 갑옷 밖으로 슬쩍 튀어나온 손에 굵직굵직한 힘줄이 보는 것만으로도 역발산의 천하장사임을 말해 주는 사내다.

"폭풍철마번(暴風鐵馬藩)이 선봉에 선다."

"감사합니다, 주군. 저 아난, 무적의 철마들을 이끌고 중원의 조무래기들을 단번에 쓸어버리겠습니다."

"출발하라."

"존명!"

쿵쿵쿵!

은하대제에게 예를 표한 아난이 대전의 바닥을 울리며 급히 밖으로 달려나갔다. 아난이 밖으로 나갈 때까지 조용히 지켜보던 은하대제가 고개를 돌리며 아직까지 머리조차 들지 못하고 있는 수하들을 한 차례 훑어보았다.

"들어라! 폭풍철마번의 출전으로 중원과의 전쟁은 시작이다. 지금 곧 돌아가 수하들을 모두 불러모아 이번 달 보름 감숙성 옥문관(玉門關)에 집합시켜라. 그곳에서 폭풍철마번의 인도에 따라 감숙성과 청해성으로 들어갈 것이다."

"존명!"

대전에 엎드리고 있던 사람들이 일제히 소리치며 머리를 바닥에 부딪쳤다.

*　　　*　　　*

금마원 한구석에 쪼그리고 앉아 있는 두 사람. 그들은 진가운에게 자신의 무공을 가르치기로 한 광풍자와 귀현자다. 두 사람이 바라보고 있는 곳은 금마원 한복판. 그곳에는 진가운이 가쁜 숨을 몰아쉬며 어깨를 들썩이고 있었다.

"다시!"

획!

광풍자의 고함과 함께 진가운이 얼굴을 찡그리며 고개를 돌렸다.

"벌써 오늘만 해도 천 번이 넘게 움직였습니다."

"나도 아네. 나도 자네에게 이렇게 '다시'라고 외친 것이 벌써 천 번이 넘었네."

'젠장!'

광풍자를 노려보던 진가운이 고개를 돌리더니 급히 발로 땅을 박차
며 공중으로 뛰어올랐다.

쐐애앵!

바람 가르는 소리와 함께 진가운의 몸이 새처럼 하늘로 높이 솟았
다. 몸이 안 보일 정도로 까마득하게 솟아오른 진가운의 몸뚱이를 바
라보는 광풍자가 놀란 듯 살짝 입을 벌렸다.

'허허, 정말 대단하군. 비영각을 익히기 시작한 지 이제 겨우 열흘에
불과하거늘 이미 그 기초가 잡혀 있어. 하나 이번에 네놈을 내 제자로
삼아야겠다. 네놈이 나에게 사부님 하는 소리가 들리기 전까지 네놈은
오르고 또 올라야 할 것이야. 너 같은 놈을 놓칠 이 광풍자가 아니라는.
말씀이야.'

턱!

광풍자가 그렇게 감탄하는 사이 까마득하게 솟아올랐던 진가운이
어느새 땅에 발을 디뎠다. 진가운이 바닥에 내려섰다는 것을 알아챈
광풍자가 얼굴에 번져 있는 미소를 거두고 인상을 쓰며 천천히 고개를
들었다.

"지겹군, 지겨워. 다시라는 소리도 한두 번이지, 이거야 원."

"어르신, 이번에는 틀림없이 백 장 이상 솟아올랐습니다."

"그거야 자네 바람이겠지."

"틀림없이 솟았다니까요!"

"허허, 그럼 시험을 해보면 될 것 아닌가."

'시험?'

진가운이 급히 아직도 한쪽에 쪼그려 앉아 있는 귀현자에게 고개를
돌렸다. 광풍자 역시 귀현자의 심어(心語)를 들었는지 진가운과 마찬가

지로 귀현자를 바라보았다.

"이보게, 광풍자. 걱정하지 마시게."

귀현자의 말에 광풍자가 알겠다는 듯 고개를 끄덕였다.

"그렇게 하면 되겠구만. 백 장이 안 되는 데도 계속 백 장이라 우기니 시험을 하면 될 일일세."

"좋습니다, 그게 좋겠습니다."

귀현자와 광풍자의 대화를 듣지 못한 진가운 역시 고개를 끄덕였다.

두 사람이 고개를 끄덕이자 진가운이 손에 나뭇가지 서너 개를 들고 금마원 한복판으로 걸어왔다.

"먼저 공정을 기하기 위해 내가 먼저 시험을 받도록 하겠네. 그래, 그 시험이 무엇인가?"

"아주 간단하네. 내가 간단히 진 하나를 설치할 것이니 그것을 뚫고 나오면 되네."

"진?"

"그래. 내가 이번에 설치할 진은 칠성진(七星陣)이라는 것일세. 칠성진을 파훼하는 방법은 백 장을 뛰어올라 건너는 것일세. 그러니 그 진을 뚫고 나오면 백 장을 솟았다는 말이 되네. 어때, 간단하지 않은가?"

귀현자의 말에 진가운의 얼굴에는 미소가, 광풍자의 얼굴에는 그늘이 드리워졌다. 사실 진가운의 도약은 백 장이 훨씬 넘었다.

'저 망할 놈의 자식이!'

광풍자가 눈을 가늘게 찢으며 귀현자를 노려보았다.

"어허, 이 사람. 걱정하지 말라니까."

귀현자가 들고 있던 나뭇가지를 금마원 한쪽에 천천히 꽂았다.

귀현자가 다시 광풍자와 진가운이 있는 곳으로 걸어오자 광풍자가 천천히 나무가 박혀 있는 곳 한복판으로 들어갔다.

"합!"

간단한 기합 소리와 함께 광풍자의 몸이 하늘 위로 새까맣게 떠올랐다. 조금 전 진가운의 도약과는 비교도 되지 않을 엄청난 높이.

공중에 잠시 머무르는 듯하던 광풍자가 바닥을 향해 내려오더니 어느새 진가운의 옆에 서서 빙긋 미소를 짓고 있다.

"이제 자네 차례야."

"저도 압니다."

퉁명스럽게 한마디를 내뱉은 진가운이 귀현자가 설치한 진 안쪽으로 들어갔다.

툭!

진가운이 진 안으로 들어가는 사이 귀현자가 앞에 있는 돌 하나를 툭 차 앞으로 밀었다.

씨익!

돌 하나를 은근슬쩍 밀어놓고 광풍자를 향해 빙긋 미소를 지어 보이는 귀현자. 광풍자 역시 알겠다는 듯 귀현자를 바라보며 미소를 지었다. 그런 두 사람의 모습을 볼 수 없는 진가운이 마침내 진 안으로 들어가 몸을 돌렸다.

"뭐야, 아무것도 아니잖아."

안쪽에 들어선 진가운의 입에서 실망스럽다는 말 한마디가 흘러나왔다. 나름대로 진이라 하기에 잔뜩 긴장하고 안으로 들어섰건만 안이나 밖이나 별 차이가 없었다. 자신을 보며 미소 짓고 있는 광풍자와 귀현자의 모습도 눈에 선명하다.

'힘들게 뛰기는 뭐 하려고 뛰어.'

진가운이 천천히 광풍자와 귀현자가 있는 곳으로 발을 움직였다.

쿵!

머리를 감싸며 뒷걸음질을 치는 진가운.

"허허, 어서 밖으로 나오지 못하고 무엇 하는가?"

'알았어, 늙은이. 그렇지 않아도 간다, 가.'

광풍자를 힐끔 바라본 진가운이 급히 발로 땅을 박차며 몸을 공중으로 솟구쳐 올렸다.

진가운의 그런 모습을 바라보는 광풍자와 귀현자가 놀란 듯 서로를 바라보았다.

"광풍자, 백 장이 아니라 이백 장은 되어 보이네."

"그러게. 조금 전보다 훨씬 더 높이 치솟았네. 내 무슨 수를 써서라도 저놈의 무릎을 꿇리고 제자로 받아들일 걸세. 저놈만 우리 비영문(飛影門)의 제자가 된다면 우리 비영문은 소림을 누르고 천하제일문이 될 것일세."

"너 혼자는 안 돼. 나 역시 저놈을 우리 용음각(龍音閣)의 제자로 만들 것이야."

"뭐야? 이 망할 놈아, 저 아이를 그깟 변장술, 진법이나 익히는 삼류 문파 용음각의 제자로 삼겠단 말이야!"

"이런 쳐 죽일 놈을 보았나. 이놈아, 내가 마음만 먹으면 네놈 비영문 쓰레기들은 단번에 박살 낼 수 있어."

"죽일 놈. 내 이곳에서 나가면 제일 먼저 네놈이 영원히 입 닥치고 있도록 목부터 따버릴 것이야."

"웃기네. 이놈아, 네놈이 내 곁에나 다가올 수 있을 것 같아? 내 이곳을 나가는 즉시 네놈의 귓구멍에 구멍을 내버릴 거야."

"이런 쳐 죽일 새끼가!"

쿵!

진가운이 공중에 솟아 있는 동안 서로를 죽일 듯 노려보던 두 사람이 급히 고개를 돌려 바닥에 내려선 진가운을 바라보았다.

두 사람을 보며 빙긋 미소를 지은 진가운이 천천히 두 사람을 향해 걸음을 움직였다.

쿵!

"아이고!"

진가운이 머리를 감싸 쥔 채 비틀거리며 뒤로 물러났다.

눈이 휘둥그레진 진가운이 당황한 듯 주변을 살피고는 얼굴을 찡그렸다.

'이게 어떻게 된 거야? 왜 제자리야?'

정말이지 진가운으로서는 이해할 수가 없었다. 광풍자가 더 이상 딴소리를 못하도록 있는 힘껏 땅을 박차고 공중으로 뛰어올랐건만 어떻게 된 일인지 자신의 몸은 여전히 진 안에 갇혀 있었다.

이 정도 힘이라면 곤륜파의 운룡대팔식을 펼쳤다 하더라도 능히 일백 장은 솟구치고도 남을 힘이었다.

'속았어!'

그제야 진가운은 두 늙은이에게 속았다는 것을 알아챘다. 그것을 확인하듯 진가운의 귀로 광풍자의 목소리가 들려왔다.

"크크크크! 이놈아, 우리들에게 절을 하겠느냐? 말겠느냐?"

"못해! 아니, 죽으면 죽었지 당신들 같은 사기꾼 늙은이들 제자는 안 해!"

고함과 함께 진가운이 땅바닥에 철퍼덕 주저앉았다.

"그래, 그럼 말고. 이보게, 귀현자. 배도 고픈데 밥이나 먹으로 가세."

광풍자와 귀현자가 언제 싸웠느냐는 듯 어깨동무를 하고는 방이 있는 금마원 안쪽을 향해 천천히 걸어갔다. 그런 광풍자와 귀현자를 노려보는 진가운의 눈에서 불똥이 튀어 올랐다.

'이 늙은이들이 정말 사람 죽이려는 거 아냐.'

칠성진에 갇힌 신세가 된 진가운이 쪼그리고 앉아 별이 빛나는 밤하늘을 바라보고 있다.

하늘에 퍼진 별의 형상으로 보아 이미 자시에 들어선 듯 보인다.

꼬르륵.

배에서 울려 퍼지는 소리에 하늘을 바라보던 진가운의 얼굴이 일그러졌다. 옥에 갇히기라도 했다면 밥이라도 얻어먹었을 텐데 이 망할 놈의 창살 없는 감옥에 갇혀 배까지 주리고 있다고 생각하니 머리가 뜨끈해지면서 입으로 거친 숨결이 터져 나왔다.

저벅!

진가운의 귀로 발걸음 소리가 들렸다.

혹시 두 노인이 밥이라도 주려고 다가오는 것이 아닐까 하는 생각에 진가운이 눈을 동그랗게 뜨고 발소리가 들리는 곳을 주시했다.

'마치 어르신.'

예상과는 달리 칼 가는 미치광이 노인, 마치가 칠성진에 갇힌 진가운의 앞을 지나가고 있었다.

"어르신!"

진가운의 부름에 고개를 돌린 마치.

"그래, 저녁은 맛있게 먹었는가?"

"아직입니다."

"아직? 아니, 지금까지 저녁도 들지 않고 뭐 하고 있나?"

"그, 그게……."

잠시 망설이던 진가운이 마치에게 점심 무렵 광풍자와 귀현자의 꾀에 속아 이곳에 갇힌 일을 설명했다. 진가운의 이야기를 듣는 마치의 입가에 빙긋 미소가 번졌다.

"그깟 진 뚫고 나오면 될 거 아닌가?"

"아니, 어르신. 그게 그렇게 간단한 것이 아닙니다."

"그런가? 나도 진에 대해서는 아는 것이 없다네. 그나저나 귀현자 그 어른이 나뭇가지 몇 개로 자네를 가두었다고 했는가?"

"예. 그렇습니다, 어르신."

"그럼 간단하구먼. 뽑으시게."

"예?"

놀란 눈으로 마치를 바라보는 진가운을 향해 마치가 말을 이어나갔다.

"허허, 나뭇가지를 박아 자네를 가두었다면 그 나뭇가지를 뽑아버리면 되는 것이 아닌가?"

마치의 말에 진가운이 급히 몸을 움직여 주변을 살폈다 이미 어두운 밤이지만 내공이 극에 이른 진가운에게 주변을 살피는 것에는 아무 문제가 없었다.

'하나, 둘, 셋, 넷, 다섯.'

진가운의 주변으로 땅에 박혀 있는 다섯 개의 나뭇가지가 보였다. 조심스럽게 나뭇가지로 다가간 진가운이 땅에 박혀 있는 나뭇가지를 하나하나 뽑아나갔다.

저벅!

나뭇가지를 다 뽑은 진가운이 조심스럽게 발을 내디뎠다. 혹시 일어날지도 모를 변고에 대비하는 듯 꽉 움켜쥔 양 주먹이 부르르 떨린다.

'어라?'

진가운이 어이없다는 표정을 지으며 고개를 돌렸다. 꼼짝도 못하게 진가운을 가두고 있던 칠성진은 이미 사라진 지 오래였다. 이렇게 간단하게 나올 수 있는 것도 모르고 점심부터 지금까지 발버둥을 쳤다고 생각하니 은근히 부아가 치밀었다.

"뭐야? 뭐가 이렇게 간단한 거야?"

"허허허. 원래 그런 법이지. 복잡해 보이는 것일수록 실상은 간단한 것일세. 간단한 것은 복잡하게 보이도록 꾸미는 법이고, 복잡한 것은 간단하게 보이도록 꾸미는 법일세. 아는 게 없는 사람은 교묘한 혀 놀림으로 자신의 무식을 들키지 않으려고 하는 법이고, 얼굴이 못생긴 자는 두터운 지분으로 자신의 박색(薄色)을 가리려고 노력하는 법일세. 세상의 모든 이치가 이와 같다네. 명심하게. 복잡하게 보이는 일은 단순하게 생각해야 풀리는 법이고 간단하게 보이는 일은 신중하게 생각하고 또 생각해서 결정해야 하네."

마치의 말에 진가운은 계속해서 고개를 끄덕였다. 어렵지 않은 말이지만 마치의 말 하나하나에는 진리가 담긴 것처럼 보였다. 진가운이 조심스럽게 고개를 돌려 마치를 바라보았다.

진가운이 알고 있는 마치는 백 년 전 자신의 사조인 일승대제를 죽인 무식한 산적이었다. 그런 산적의 입에서 어떻게 이런 말이 튀어나올 수 있는지 이해가 가지 않았다.

"허허, 나는 무식한 산적일세. 하나 득도 전의 혜능 선사는 불목하늬에 불과했다네. 마음을 보니 세상이 보였다네. 이만하면 유식한 산적 아닌가? 허허허허!"

마치가 대소를 터뜨리며 진가운에 앞서 걸음을 옮겼다.

멀리 진가운이 머무는 집이 보였다.

"크크크크, 이제야 왔느냐. 생각보다 머리는 별로인 놈이로구나. 그까짓 나뭇가지 하나 뽑는데 다섯 시진이 넘게 걸리다니."

'이놈의 늙은이가……'

"떽! 이놈, 어디 감히 백오십이 넘은 어른에게 이놈 저놈이야. 네놈이 말했지 않느냐? 노부의 무공을 배우고 싶다고. 그래서 첫 가르침을 주었거늘 누구에게 불만을 토하는 게야. 밥 먹고 그릇은 아직 안 닦았으니 네놈이 잘 닦아봐. 알았어?"

꽝!

귀현자가 급히 방으로 들어가며 문을 부서질 듯 닫아걸었다. 그런 귀현자를 보며 어이가 없었지만 진가운으로서도 더 이상 할 말은 없었다. 광풍자와 귀현자에게 무공을 가르쳐 달라고 한 것은 자신이었고 자신을 진에 가둔 것이 그 가르침의 시작이라고 하는 데야 달리 할 말이 없었기 때문이다.

'망할 늙은이, 내 꼭 받은 만큼 돌려줄 것이다.'

쾅쾅쾅!

"뭐, 뭐야?"

하늘이 무너져 내리는 듯한 소리에 진가운이 깜짝 놀라며 헐레벌떡 자리에서 일어났다.

"네 이놈! 예가 어디라고!"

잠자리에서 일어선 진가운의 귀로 광풍자의 고함이 들렸다.

'도대체 무슨 일이야?'

진가운이 급히 방문을 열고 밖을 내다보았다.

"어라!"

진가운의 눈이 튀어나올 듯 커지며 안구가 돌출됐다. 미친 듯 휘두르는 광풍자의 발길질을 피해 금마원 한복판을 이리저리 도망치듯 움직이고 있는 사람은 다름 아닌 양심당에서 술이나 퍼마시고 있어야 할, 명운 대선사의 사백, 료환 선사였다.

획!

료환 선사의 얼굴을 향해 바람 한줄기가 날아들었다. 주춤하며 몸을 세우던 료환 선사의 얼굴이 이내 흙빛으로 변했다.

스륵!

꼼짝없이 광풍자의 발길질에 턱이 날아갈 것처럼 보였던 료환 선사의 모습이 순식간에 사라졌다. 그러나 그것도 잠시 반대편에 모습을 드러내던 료환 선사의 몸이 끈 떨어진 연처럼 하늘 높이 치솟더니 이내 바닥에 '쿵' 소리와 함께 떨어졌다.

"아미타불!"

불호와 함께 료환 선사가 조심스럽게 몸을 일으키며 정면에서 죽일 듯 노려보는 광풍자와 귀현자를 향해 천천히 고개를 돌렸다.

한 손을 앞으로 내밀며 반장과 함께 허리를 숙이는 료환 선사.

"아미타불. 소승 료환 두 선배님을 뵙습니다."

"시끄러우니까 아가리 닥쳐!"

스님에게 건넨 말이라고는 생각되지 않는 말투에도 불구하고 두 사람을 바라보는 료환 선사의 입가에는 은은한 미소가 번지고 있었다.

"허허허, 광풍자 선배의 목소리가 여전히 쩌렁쩌렁한 것을 보니 아직은 건강하신 듯합니다."

"그래, 네놈 때려죽일 생각에 이 악물고 아침저녁 운동해서 몸 하나는 튼튼하다. 됐냐?"

"암요. 건강하시다니 됐습니다. 그나저나 귀현자 선배께서는 어이하여 말씀이 없으십니까?"

"이놈아! 그걸 말이라고 하는 게야? 귀현자 저 늙은이하고 네놈하고 한 약속을 생각해야지."

료환 선사가 알겠다는 듯 고개를 끄덕였다.

"하하하. 귀현자 선배님과의 그 약속은 없었던 것으로 하겠습니다."

"정말이냐?"

"물론입니다, 광풍자 선배님."

"이번에도 사기 친 거면 네놈의 껍데기를 벗겨 버린다."

"알겠습니다."

"이봐! 귀현자, 입 열어도 된……."

"나도 들었어~!"

귀현자의 귀를 찢는 듯한 고함 소리에 진가운이 놀라 급히 손을 귀로 가져갔다. 잘못하다가는 귓구멍에서 피를 흘리며 쓰러질지도 모른다는 생각이 불현듯 들었기 때문이다.

"크흐흑!"

뒤쪽에서 들려오는 신음 소리에 진가운이 고개를 돌렸다.

"어, 어르신."

진가운이 급히 뒤쪽에 멀찍이 떨어져 있던 마차에게 달려갔다. 마차는 귓구멍에서 피를 흘리며 바닥에 쓰러진 채 괴로운 듯 몸을 뒤틀고 있었다.

척!

마치를 일으켜 끌어안은 진가운이 급히 손을 복부에 대고 내력을 집 어넣었다. 진가운의 내공이 흘러들어 감에 따라 파랗게 질려 있던 마치의 얼굴이 조금씩 붉게 변하며 본래의 혈색을 되찾았다.

쿠구궁!

'이건 또 뭔 소리야?'

또다시 뒤쪽에서 들려오는 요란한 소리에 진가운이 마치를 가슴에 안은 채 고개를 돌렸다.

"……!"

진가운의 입이 그대로 벌어졌다. 언젠가 마치가 검을 간 후 잠시 들 러 검을 박았던 폭포의 절벽이 귀현자의 고함 한마디에 일시에 무너져 내리고 있었다.

"아미타불, 천붕창룡음(天崩蒼龍音)의 위력을 보아하니 귀현자 선배 역시 여전하십니다."

"오냐, 이 망할 놈의 땡중 새끼야! 중이라는 신분으로 사기나 치고 다니는 네놈이 칠공에서 피를 쏟는 꼴을 보이도 못하고 골로 가기라도 했을까 봐 그러냐!"

마치의 일이 있어서인지 처음 고함을 지를 때보다는 조금 줄어들었 지만 그래도 광풍자의 고함을 뛰어넘는 엄청난 굉음이 귀현자의 입에 서 터져 나왔다.

잠시 귀현자를 지켜보던 진가운이 고개를 끄덕였다. 그동안 풀리지 않던 수수께끼 한 가지가 풀리는 순간이다.

진가운이 풀지 못한 수수께끼는 귀현자의 무공이었다. 분명히 귀현자 역시 비류폭풍강의 무공 가운데 한 가지를 익히고 있었다. 그렇다면 그 위력은 광풍자의 비영각에 비해 결코 뒤지지 않는 것이 분명했지만 이제까지 진가운은 귀현자가 그런 위력적인 무공을 펼치는 것을 단 한 번도 보지 못했다. 그런데 이제야 그 이유를 알게 된 것이다.

료환 선사의 말을 들으니 귀현자의 무공은 천붕창룡음이라는 음공이었다 그런데 료환과의 약속 때문에 입을 열지 못하니 진가운이 귀현자의 무공을 보지 못한 것은 당연한 일이다.

"허허, 그것은 귀현자 선배의 오해십니다."

"오해? 이 망할 땡중 놈이 그래도!"

료환 선사의 말에 흥분한 귀현자의 목소리가 조금 높아지다가 마치를 바라보더니 급히 목소리를 낮췄다.

'역시 예상한 대로 악인은 아니었어.'

물론 그동안 생활하면서 이들이 금마원에 갇힐 정도로 악한 사람은 아니라고 생각했지만 귀현자의 지금 모습은 그런 생각을 확인시켜 주었다.

흥분한 채 얼굴을 붉히며 다가서는 귀현자를 피해 급히 뒤로 물러선 료환 선사가 말을 이었다.

"귀현자 선배, 제가 어찌해서 사기를 쳤단 말입니까? 선배들과 저는 분명 내기를 하였습니다."

"이 땡중 녀석이 그래도! 이놈아 네가 이곳 금마원의 땅바닥이 만년한철이 섞여 있는 암반으로 만들어졌다는 말 한마디만 했어도 나는 너와 내기를 벌이지 않았어!"

"언제 물어보셨습니까?"

"뭐?"

"선배들 가운데 제게 금마원 땅바닥이 무엇으로 만들어졌는지 물으신 분이 있으신가 말입니다?"

"그야, 묻지 않아도 먼저 말했어야지."

"왜요?"

"뭐?"

"제가 왜 선배들께 먼저 그 말씀을 드려야 하는지를 묻고 있습니다."

"……."

지금까지 막힘이 없던 귀현자의 입이 달라붙었다. 사실 말이야 바른 말이지 료환 선사가 묻지도 않은 말을 먼저 할 이유는 없다. 더구나 사문의 비급과 어쩌면 중원의 운명이 걸린 중요한 내기에서는 말이다.

말이 막힌 귀현자의 얼굴이 일그러졌다. 이제껏 광풍자의 불만을 오직 료환이 자신들을 속였다는 것으로 무마해 왔는데 료환이 막상 이렇게 나오니 어떻게 대꾸할 말이 없었다.

귀현자가 조심스럽게 옆에 있는 광풍자의 얼굴을 살폈다. 점점 일그러지는 광풍자의 얼굴. 이대로 입을 다물고 있다가는 자신이 료환 땡중을 때려죽이기 전에 광풍자와의 사투가 벌어질 것 같은 불길한 느낌이 들었다.

'제길, 먼저 이놈부터 달래야 하는데…….'

광풍자를 달랠 방법을 연구하던 귀현자의 얼굴에 환한 기운이 한 차례 스치고 지나갔다.

아니나 다를까, 이내 귀현자의 입이 다시 열렸다.

"이놈아! 네가 그러고도 소림사 중이야? 다른 사람은 몰라도 불심을 닦는 승려, 그것도 중원제일불문 소림사의 승려라면 어느 누구보다 정정당당 공명정대해야 하잖아. 그렇다면 응당 금마원에 관련된 중요한 사실은 상대에게 알려야 당연한 일이야."

"······."

'휴우, 다행이다.'

입을 다문 채 조용히 자신을 바라보는 광풍자의 모습에서 귀현자는 안도의 한숨을 내쉬었다. 일단 지금은 마음이 뒤틀리려는 광풍자의 마음을 돌이키는 것이 우선인 바, 자신의 한마디로 그 목적은 어느 정도 달성된 듯 보였다.

"이놈아, 내 말이 틀려? 어디 입이 있으면 말을 해봐!"

"광풍자 선배님께서는 귀현자 선배님의 말씀을 어떻게 생각하십니까?"

"말 같지도 않은 소리라고 생각한다."

"뭐?"

광풍자의 대답이 의외인 듯 귀현자가 토끼눈을 하고 광풍자를 향해 몸을 돌렸다.

획!

바람 소리와 함께 광풍자의 발이 귀현자의 턱에 박혀들었다.

'아이고' 소리를 지르며 급히 뒤로 물러서는 귀현자를 쫓아 광풍자가 쏜살같이 달려들었다. 그런 광풍자의 모습에 얼굴까지 파랗게 질린 귀현자가 급히 몸을 돌리며 달아났다.

"너 거기 안 서!"

그런 귀현자의 뒤를 쫓는 광풍자의 목소리가 금마원에 쩌렁쩌렁 울려 퍼졌다.

광풍자를 피해 한참을 도망가던 귀현자가 갑자기 멈추더니 몸을 돌렸다. 귀현자의 움직임에 광풍자 역시 긴장한 얼굴로 급히 추격을 멈췄다. 사실 귀현자의 무공이 자기와 별반 다르지 않다는 것을 광풍자는 알고 있었다. 지금이야 지난 백 년간의 세월에 대한 미안함 때문에 잠시 자신에게 당해주고 있다는 것을 누구보다 잘 알고 있는 광풍자였다.

'뭐야, 이 늙은이가 죽기 살기로 한번 해보겠다는 거야?'

그러면 큰일이라는 생각에 걸음을 멈춘 광풍자의 얼굴을 타고 진한 땀방울이 흘러내렸다.

"이봐, 광풍자. 그나저나 저 망할 료환 땡중 녀석이 이곳 금마원에는 무슨 일이야?"

"……."

듣고 보니 그렇다. 잘못하다가는 목숨을 잃을지도 모르는 이곳 금마원에 료환이 왜 들어왔는지 알 수가 없었다.

"가서 알아보자."

"그러자."

모처럼 의기투합한 귀현자와 광풍자가 아직도 금마원 마당에 우두커니 서 있는 료환이 있는 곳으로 급히 달려왔다.

"너 이곳에는 왜 기어들어 왔어?"

"실수를 좀 했습니다."

"실수?"

"예."

귀현자와 광풍자가 고개를 갸웃거렸다. 료환을 마지막으로 만난 것이 백 년 전이었다. 그렇다면 료환의 나이 이제 백삼십이 넘은 나이.

아무리 소림이라 해도 그 정도 나이면 결코 가벼운 신분이 아니다. 그런데 그런 신분의 어른을 가벼운 실수 하나로 들어오면 영원히 나갈 수 없는 이곳 금마원에 밀어 넣다니 도저히 이해가 되지 않았다.

잠시 귀현자와 광풍자의 눈치를 살피는 료환.

획!

광풍자가 번개처럼 료환 선사에게 달려들어 멱살을 움켜잡았다.

"너 사실대로 말 안 할래!"

"끄응, 사람 살려, 아이고."

조용한 침묵을 깨는 신음 소리에 방 안에 드러누워 있던 세 사람이 자리에서 벌떡 일어났다.

획!

세 사람의 얼굴이 동시에 돌아간 곳은 방 한구석. 시신처럼 방구석에 덩그러니 놓여 있는 물체, 료환이다. 그 모습만 본다면 이 사람이 과연 소림 최고 배분의 어른이 맞는지 의심스럽다.

얼굴이 퉁퉁 부어 평상시의 두 배는 넘을 듯하고 그나마 이곳저곳에 퍼런 멍과 상처 자국이 보는 이의 마음을 안쓰럽게 만든다.

"조용히 안 해?"

"제가 이렇게 된 게 누구 때문인데 그러십니까? 두 선배가 제 모습을 이 모양 이 꼴로 만들지 않으셨습니까?"

억울한 듯 광풍자와 귀현자를 바라보는 료환의 눈에 눈물이 가득하다.

"시끄러워! 네놈이 그 망할 내기만 하자고 하지 않았어도 이런 일은 없었어. 그리고 소림의 어른이라는 놈이 뭐? 술 퍼먹고 대웅전에서 오

줌을 싸?! 그래서 이곳에 처박히는 신세가 됐어? 에라, 이 새끼야! 내가 그동안 수없이 많은 땡중 놈들을 봤어도 너 같은 땡중은 처음이다. 넌 더 맞아야 돼. 그래도 내 마음이 여려서 그 정도에서 끝낸 줄 알고 입 다물어. 또 한 번 신음 소리 냈다가는 밖에 내다 버릴 테니까. 알았어?"

"예."

들릴 듯 말 듯한 대답과 함께 료환이 퉁퉁 부르튼 입술을 꽉 깨물었다. 통증 때문에 신음이 흘러나올 것 같았기 때문이다. 일갈에 료환의 신음을 잠재운 광풍자가 다시 방 안에 드러눕자 귀현자와 진가운 역시 광풍자를 따라 다시 방에 누웠다.

"들리는가?"

드러누워 있던 진가운이 깜짝 놀라 료환이 누워 있는 곳을 향해 고개를 돌렸다.

"잘 듣게. 비류성이 중원으로 진격하기 시작했네."

부르르.

누워 있는 진가운의 몸이 떨렸다. 물론 전혀 예상을 하지 않은 것은 아니다. 언젠가 비류성이 중원으로 들어올 것이라고는 생각했지만 이렇게 빨리 움직임이 시작될 것이라고는 생각지 못했다.

"이제 자네는 어쩔 수 없이 이곳을 나가야 하네."

"싫습니다. 아직 은하대제를 물리칠 방법이 없습니다."

"파천광선검이 있지 않은가?"

"그렇지만 지금 그것을 펼쳤다가는 저 역시 생명을 유지할 수가 없습니다."

"어차피 나가지 않아도 자네는 죽네."

"……?"

"내일 아침이면 이곳 금마원은 무너져 내릴 걸세. 내 이곳에 들어오면서 그리하라고 말했으니 말일세."

"뭐야! 이런 후레자식이!"

지금까지 자는 척 누워 있던 귀현자가 자리에서 벌떡 일어섰다. 귀현자가 일어서는 것과 함께 광풍자 역시 자리에서 벌떡 일어났다. 그런 두 사람을 태연히 바라보는 료환 선사. 료환 선사의 입가에 옅은 미소가 번졌다.

"일어나셨습니까? 저 역시 귀현자 선배께서 주무시지 않고 제 전음을 듣고 있다는 것을 알고 있었습니다."

"이 망할 자식아! 그게 문제야? 목숨이 왔다 갔다 하는 마당에!"

귀현자가 료환의 멱살을 움켜잡더니 자리에서 벌떡 일어났다. 멱살을 잡힌 료환 선사가 귀현자의 손에 대롱대롱 매달려 있다.

"당장 가자. 어서 네놈의 제자 녀석들에게 천변만화환상미로진을 해체하라고 그래."

"없습니다."

"없어? 그게 무슨 소리야?"

"소림의 제자들은 비류성을 상대하기 위해 모두 이곳을 떠났습니다. 이곳에 남아 있는 자는 오직 내일 아침 이곳 금마원을 폭파하기 위해 설치된 화약에 불을 붙일 불목하늬뿐입니다. 평소 불을 다루는 자이니 불은 아주 잘 붙일 것입니다만 천변만화환상미로진을 해체시킬 능력은 없는 사람입니다."

"뭐야? 너 그걸 말이라고 해? 오냐, 내 네놈부터 죽여야겠다! 사기쳐서 무고한 사람을 백 년이나 가둬놓더니 이제는 그것도 부족해서 폭사(爆死)를 시키려고 그래?"

홍분해 이마까지 시뻘게진 귀현자를 보면서도 료환은 여유가 있었다.

"아직 아무도 죽지 않았습니다. 두 분 선배께서도 저희를 조금만 도와주신다면 돌아가시지는 않을 것입니다."

"어떻게?"

"이곳을 빠져나가면 되지 않습니까?"

"뭐야? 이 자식이 미쳤나? 천변만화환상미로진은 그 출구가 천장, 지하밖에 없다는 것을 모르고 하는 소리야?"

"압니다."

"아는 새끼가 그런 소리야? 네가 무슨 재주로 천장, 지하를 하룻밤 사이에 파들어 간단 말이야?"

"제가 아니라 다른 사람이 파고들어 올 겁니다."

"뭐?"

귀현자가 입을 벌린 채 료환 선사를 바라보았다.

"그런 사람이 있습니다. 여기 있는 진 시주는 이미 그 사람을 잘 알고 있습니다."

귀현자가 급히 료환을 움켜쥔 손을 놓고 진가운에게 다가왔다.

"저 땡중 놈 말이 사실이냐?"

진가운이 고개를 끄덕였다.

"선배님들, 저희를 도와주십시오. 그러면 두 선배의 사문심법이 적힌 비급을 돌려 드리겠습니다."

"정말이냐?"

"물론입니다. 제가 어찌 두 분께 거짓을 말씀드리고 살기를 바라겠습니까?"

"전 안 나갑니다. 소림을 비롯한 중원이 비류성과 싸우는 동안 어떻게 해서든 이곳에서 사문 무공의 비밀을 풀겠습니다. 아니, 귀현자, 광풍자, 그리고 마치 어르신의 무공을 익힐 것입니다. 그것만 익히면 파천광선검이 아니더라도 은하대제를 물리칠 수 있습니다."

"그럴 시간이 없네. 내일 아침이면 이곳은 세상에서 없는 곳이 된다네."

"좌우간 저는······."

푹!

말을 하던 진가운이 고개를 꺾었다. 진가운의 옆구리에는 어느새 광풍자의 손이 닿아 있었다.

"내 이 아이의 수혈(睡穴)을 짚어 입을 막았으니 어서 그 사람을 부르시게."

료환 선사가 머리를 숙여 아래를 향했다.

"예. 소저, 이제 그만 나오······."

불쑥!

료환 선사의 말이 끝나기도 전에 예하령이 방바닥에서 머리를 쑤욱하고 내밀었다. 그 모습에 놀라 몸을 움찔거리는 귀현자와 광풍자.

예하령이 그런 광풍자와 귀현자를 향해 머리를 숙였다.

"안녕하세요."

간단히 인사 한마디를 건넨 예하령이 다시 방바닥 밑으로 사라졌다.

"가시지요."

료환의 말에 따라 귀현자와 진가운을 등에 업은 광풍자가 예하령이 사라진 구멍으로 들어갔다.

"드십시오."

드륵!

문이 열리는 것과 동시에 언제나 마당에 앉아 칼을 갈던 마치가 방 안으로 들어섰다. 료환 선사가 방바닥 한복판에 뚫린 구멍을 손으로 가리켰다.

마치와 료환 선사 역시 구멍으로 몸을 집어넣었다.

제29장

진가운 출전하다

진가운 출전하다

스르륵!

진가운이 천천히 눈을 떴다. 눈에 들어오는 천장.

금마원 진가운의 방은 천장이 아주 낮다. 잘못해서 발이라도 살짝 구르면 여지없이 천장에 머리를 박을 정도로 나지막한 천장. 그러나 지금 진가운이 바라보는 천장은 상당히 높았다. 분명 금마원은 아니다.

'여기가 어디지?'

잠시 생각에 잠기는 진가운. 그의 눈에 마지막으로 비쳐진 모습은 자신을 향해 빙긋 미소를 짓고 있는 광풍자였다.

'료환 선사.'

그와 함께 료환 선사의 모습이 떠올랐다.

'그렇다면?'

잠시 그렇게 방에 드러누워 있던 진가운이 몸을 일으켰다. 그리고 천천히 고개를 끄덕였다.

지객당.

진가운이 드러누워 있는 곳은 소림사 지객당이었다.

"제길, 결국 그곳을 나왔군."

진가운이 얼굴을 한번 찡그리고는 일어나서 문을 열었다.

"어머, 일어났네!"

낭랑한 목소리. 진가운이 소리가 들린 곳을 향해 고개를 치켜들었다. 금마원을 벗어나기 위한 땅굴을 팠을 예하령이 자신을 보며 빙긋 미소를 짓고 있었다.

'귀여운 구석도 있네.'

예하령에게서 처음으로 느껴지는 감정이다. 예하령을 만나 생활한 지 벌써 여섯 달이 넘었지만 귀엽다는 생각은 처음이다. 처음 예하령을 보고 느낀 감정은 분노다. 자신이 염한 시체들을 도굴하는 망할 자식. 그러다 만년교룡의 내단을 먹고 변한 그녀의 모습을 보고는 두려운 생각이 들었다. 다시 본모습을 봤을 때는 아름답다는 것이었다. 그것이 예하령의 모습을 보고 느낀 생각들이었다.

귀엽다.

왠지 새로운 감정이 싫지 않았다.

"뭘 그렇게 봐! 내 얼굴에 뭐 묻었어?"

"아니."

"그런데 왜 내 얼굴을 그렇게 보는데? 재수없게."

'뭐? 재수없어? 제기랄! 내가 미쳤지. 귀엽기는 개뿔이 귀여워!'

진가운의 얼굴이 이내 일그러졌다.

"일어났는가?"

진가운이 소리가 들린 쪽을 향해 몸을 돌리더니 급히 허리를 숙였다.

"풍월 진인 어르신."

"그래, 깨달음은 얻으셨는가?"

"개뿔, 얻기는 뭘 얻었겠소. 미련한 짓이나 했겠지. 저놈이 깨달음을 얻으면 내가 신선이 돼서 하늘을 날아다닐 것이오."

'어떤 망할 인간이.'

진가운이 눈에 잔뜩 힘을 주고 빳빳하게 고개를 치켜들었다.

'망할 놈의 돌팔이.'

커진 진가운의 눈이 더욱 커졌다.

"눈깔에 힘 빼. 눈깔 튀어나온 것 도로 집어넣는 재주는 없으니까."

'한마디 한마디에 정이 뚝뚝 떨어져요. 망할 노인네.'

"허허, 노협! 그런 말씀 마십시오. 지금은 진 소협이 우리의 유일한 희망임을 잊으셨소?"

"그러니까 답답해서 그럽니다. 오죽 중원에 인재가 없으면 저런 놈을 희망으로 바라보아야 한단 말이오. 썩은 동아줄 잡고 하늘을 오르려니 이거야 원 불안해서."

'무슨 소리야?'

알 수 없는 한마디를 던진 채 복환신의가 옷소매를 휘날리며 소림사 안쪽으로 걸어갔다. 그러고 보니 이곳에 당연히 있어야 할 여러 사람들의 얼굴이 보이지 않는다. 추평과 무치, 명운 대선사는 물론 어젯밤 자신과 함께 금마원을 빠져나온 광풍자와 귀현자의 모습 역시 보이지 않고 있는 것이다.

'이 인간들이 다 어딜 간 거야?

"빨리 방장실로 와."

예하령마저 진가운에게 한마디를 던지고는 조금 전 복환신의가 사라진 방향으로 급히 걸어갔다.

"어디를 가는 겁니까?"

"허허, 일이 급하게 돌아가 지금 방장실에서 긴급회의를 하고 있다네."

"그런데 진인께서는⋯⋯."

"자네와 함께 오라는 료환 선사님의 말씀을 들었네."

'쓰벌, 도망 못 가도록 사냥개 한 마리를 붙였구나.'

풍월 진인은 알지 못했지만 진가운은 료환 선사가 풍월 진인을 이곳에 남겨둔 이유를 알고 있었다.

"가시지요."

진가운이 천천히 소림사 안쪽을 향해 풍월 진인과 함께 걸어갔다.

이미 대부분의 소림사 제자들은 어디론가 떠난 듯 걸어가는 진가운의 눈에는 그 흔한 사미승 하나 보이지 않았다.

'일이 나기는 났군.'

그렇게 혼자 생각하며 걸어가는 사이, 진가운의 눈에 건물 한 채가 들어왔다.

방장실.

언젠가 명운 대선사와 함께 온 적이 있는 방장실이다.

진가운이 옆에 있는 풍월 진인을 힐끔 한 번 바라보고는 조심스럽게 방장실 안으로 들어갔다.

방장실에 들어선 진가운이 고개를 갸우뚱거렸다. 언제나 정숙할 것 같은 소림사 방장실이 오늘따라 어수선하기 그지없다. 마치 시장 바닥인 듯 웅성거리는 소리가 방장실 입구를 들어서는 진가운의 귀에도 뚜렷이 들렸다.

방으로 다가갈수록 웅성거리는 소리가 더욱 커졌다. 귀를 막아야 할 정도로 시끄러운 소리에 진가운이 입술을 한번 씰룩거리고는 문을 열고 안으로 들어갔다.

"……!"

방 안에 들어선 진가운의 발길이 멎었다.

여기저기 몇 명씩 모여 핏대를 올리며 악을 쓰는 모습이 지옥 불구덩이에서 살려달라고 소리 지르는 사람들 같았다.

'완전 개판이군.'

좌우를 바라보던 그의 눈에 낯익은 얼굴이 보였다. 언젠가 소림사 양심당에서 보았던 명천 대사. 명천 대사가 명운 대선사를 앞에 놓고 열심히 입방아를 찧고 있었다.

"명운, 우리들은 이미 소림의 제자가 아니야. 난 벌써 사십 년 전에 소림사에서 은퇴한 사람이라고. 그런데 우리들이 왜 그 비류성인가 하는 잡놈들과 싸우러 옥문관까지 가야 하는 거야? 그 이유를 말해 봐!"

"그야, 어르신들은 누가 뭐래도 소림의 큰어르신이니까."

"큰어르신 좋아하네. 명운 자네, 밤이나 낮이나 술이라면 환장하고 달려드는 소림사 제자 봤어?"

"……."

"그게 나야. 나 명천, 술이라면 환장을 하고 달려드는 놈이라고. 그런 명천이 어떻게 소림사의 큰어른이라는 거야. 자네, 소림사 얼굴에 똥칠하고 싶어? 그럼 그렇게 하던가."

배 째라는 듯 방장실 바닥에 그대로 널브러지는 명천을 바라보며 명운이 어쩔 줄 몰라 안절부절못하고 있었다.

그렇게 한참 동안 명천을 바라보며 안절부절못하던 명운 대선사의 얼굴이 밝아졌다.

"명천 사형! 이러면 어떻습니까?"

별 관심 없다는 듯 여전히 드러누워 눈만 돌리고 있는 명천을 바라보며 명운 대선사가 말을 이었다.

"사형께서 옥문관으로 가주신다면 제가 매일 양심당 분들에게 술 한 동이씩을 올리도록 하겠습니다."

벌떡!

이제껏 느긋하게 방장실 방바닥에 누워 있던 명천 스님이 상체를 벌떡 일으키며 명운 대선사에게 얼굴을 바짝 붙였다. 명천뿐만 아니라 두 사람의 대화에는 관심도 없다는 듯 연신 하품을 해대던 다른 스님들 역시 명운 대선사에게 바짝 다가왔다.

"이보게, 명운. 그게 사실인가?"

"물론입니다. 제가 소림사 시줏돈 떨어질 때까지 매일 한 동이씩 바치겠습니다."

"정말이지?"

"그렇다니까요."

명운 대선사의 말이 끝나기가 무섭게 명천 스님이 벌떡 일어섰다.

"이보게, 술이 한 동이라네. 당장 옥문관으로 가세."

"우와아~!"

양심당 스님들이 일제히 함성을 지르며 방장실 문을 부수고 밖으로 달려나갔다.

"이 망할 새끼야! 소림사 승려라는 새끼가 끝까지 사기를 쳐!"

유난히 큰 목소리에 여태껏 양심당 스님들과 명운 대선사를 지켜보던 진가운이 고개를 돌렸다.

광풍자.

고함이라면 음공의 고수인 귀현자를 제외하고 둘째가라면 서러워할 광풍자가 입 밖으로 침까지 튀겨가며 앞에 있는 료환 선사에게 핏대를 올리고 있었다. 그런 광풍자를 고양이 앞의 쥐처럼 꼼짝도 못하고 듣고 있는 료환 선사가 불쌍해 보일 지경이다.

'무슨 말이기에 료환 선사가 저렇게 꼼짝도 못하는 거야?'

진가운이 내공을 슬쩍 끌어올려 광풍자가 있는 곳으로 귀를 돌려세웠다.

"뭐? 소림사 제자는 불목하니 빼고 모두 비류성을 막기 위해 나갔다고? 그럼 여기에 있는 놈들은 소림사 중이 아니고 뭐야?"

"그, 그러게 말입니다, 분명 비류성의 침입을 막으러 소림을 떠난다고 했는데……."

"이 망할 자식이 끝까지!"

광풍자가 손을 번쩍 치켜든 채 방에서 일어났다. 당장이라도 머리를 박살 낼 것 같은 광풍자의 무시무시한 기세에 료환 선사가 흠칫하며 몸을 움츠렸다.

쾅!

"여기가 시장 바닥인 줄 알아~? 왜 이렇게 시끄러워!"

방장실이 들썩거릴 듯한 고함에 광풍자가 들어 올렸던 주먹을 내려놓고 고개를 돌렸다.

소림방장 묘학이 방장실 바닥에 박힌 녹옥불장을 움켜쥔 채 손을 부르르 떨며 방장실에 있는 뭇사람들을 노려보고 있었다.

얼굴까지 시뻘겋게 달아오른 것이 화가 나도 보통 난 것이 아닌 모양이다.

빡!

강한 타격과 함께 방장 상좌에 앉아 있던 묘학의 얼굴이 바닥에 처박혔다. 바닥에 박힌 묘학을 뒤에서 바라보는 것은 광풍자다. 료환 선사에게 일격을 먹일 다시없는 기회를 망친 묘학에게 대신 주먹을 날린 것이다.

"망할 자식! 어디서 나이도 어린 놈이 돼먹지 못하게 소리를 지르고 지랄이야! 여기서 너보다 나이 많은 어른이 몇인데……!"

광풍자의 말에 엎어졌던 묘학이 슬쩍 고개를 들었다. 그러고 보니 자신보다 나이가 어린 사람은 몇 되지 않았다.

'쓰벌, 더럽게 재수없네.'

묘학이 모르는 척 방바닥에 다시 얼굴을 박고는 움직이지 않았다.

"……."

묘학 방장에 대한 광풍자의 일격으로 방장실은 다시 옛날처럼 고요함을 되찾았다. 괜히 눈치없이 떠들다가는 언제 소림방장 묘학의 꼴이 날지 모른다는 두려움이 방장실 안에 있는 사람들의 입을 틀어막은 것이다.

"잘했어. 이제 그만 하고 내려와."

쿵쿵쿵!

귀현자의 칭찬에 광풍자가 미소를 지으며 방장실 상좌가 있는 단에서 내려왔다. 마치 개선 장군인 듯 내딛는 한 발 한 발에 힘이 가득하다.

"자, 이제 조용해졌으니 하나하나 해결해 봅시다."

어느덧 회의 진행자가 된 귀현자의 말에 광풍자가 오른손을 번쩍 들어 올렸다.

"광풍자!"

귀현자의 호출과 동시에 광풍자가 자리에서 벌떡 일어나 입을 열었다.

"나는 료환에게 묻겠소. 료환은 분명 이번에 우리들이 소림사를 도우면 나와 귀현자의 사문인 비영문과 용음각의 심법이 실린 비급을 주겠다고 말했소. 분명 그 말에 책임을 지겠소?"

"물론입니다."

"만약에 어긴다면 어쩔 것이오. 자네의 목숨을 걸 수 있겠소?"

"물론입니다. 소승, 목숨보다 중한 소림의 명예를 걸고 약속을 지킬 것입니다."

휙!

료환 선사의 대답과 동시에 귀현자가 품에서 종이 한 장을 꺼내 료환 선사 앞으로 날려 보냈다.

영문을 모르겠다는 듯 귀현자를 바라보는 료환 선사.

"써."

"……?"

"지금 네가 한 말 고대로 그 종이에 쓰라고."

료환이 알겠다는 듯 고개를 한번 끄덕이고는 주위를 살폈다.

"무엇 하는 게야! 냉큼 쓰지 않고!"

"지금 붓과 벼루를 찾고 있습니다."

"지금 그딴 것 찾을 시간이 어디 있어! 당장에 손가락 깨물어서 써!"

"예?"

"혈서(血書)로 쓰라고."

"예, 알겠습니다."

료환이 슬쩍 내공을 끌어 모아 손가락으로 보내자 손가락 끝이 갈라지며 피가 조금씩 배어 나왔다. 손가락을 급히 종이에 가져간 료환이 조금 전 내용을 급히 종이에 써 갈겨 나갔다.

"다음 사람!"

귀현자의 말이 끝남과 동시에 이번에는 진가운이 손을 들어 올렸다.

"말해 봐!"

"저는 이곳 소림에 남아 있겠습니다."

"왜?"

"아직 은하대제를 물리칠 무공을 완성하지 못했습니다. 이곳 소림에서 귀현자 어르신과 광풍자 어르신, 그리고 마치 어르신의 무공을 연마해야 합니다."

"됐어. 넌 그냥 옥문관으로 가."

"예? 그게 무슨……."

"나하고 광풍자, 그리고 마치 늙은이도 옥문관으로 가니까 함께 가자고. 우리들이 네놈의 무공을 착실하게 지도할 테니까 이곳에서 혼자 연무하는 것보다는 그것이 백번 나을 거야. 됐지?"

'되기는 개뿔이 돼!'

귀현자의 뜻하지 않은 딴지에 진가운이 당황하며 다른 방법을 찾았다. 어떻게든 옥문관으로는 가지 말아야 한다는 생각이 진가운의 머리 속에 가득했다. 만약 자신이 옥문관으로 간다면 어쩔 수 없이 은하대제와 일전을 벌여야 하고 그렇게 되면 승리하든 패하든 상관없이 자신의 목숨은 끝이라는 것을 알고 있었다.

'제길, 방법을 찾아야 하는데…….'

진가운에게서 별다른 말이 없자 귀현자가 다시 입을 열었다.

"다……."

귀현자가 다음 주제로 넘어가면 안 된다는 생각에 진가운이 급히 자리에서 일어나 귀현자의 말을 가로챘다.

"그렇지만 소림사는 누군가 지켜야 하지 않습니까? 적을 공격하더라도 본성은 지키는 것이 병법의 기본 중에 기본입니다."

빡!

일어선 진가운의 이마에서 불이 일더니 눈이 튀어나올 듯 커졌다.

'이건 또 뭐야?'

간신히 정신을 차린 진가운이 눈을 치켜뜨고 바라보았다. 무엇인지 모를 기다란 장대 하나가 진가운의 이마 한복판에 닿아 있었다. 장대를 따라 움직이는 진가운의 눈동자에 언제 몸을 일으켰는지 방장실 상좌에 앉아 있는 묘학의 상이 맺혔다.

그의 손에 들린 기다란 지팡이, 녹옥불장(綠玉佛杖)이 진가운의 이마에 닿아 있었다.

'저 인간이!'

정말이지 이해를 할 수 없었다. 사문인 소림을 악착같이 지켜주겠다는데 무엇이 불만이란 말인가?

진가운이 묘학의 면상을 뚫어져라 바라보았다. 한참 동안 눈싸움을 하듯 진가운을 마주 바라보는 소림방장 묘학.

"자네가 뭔데 소림사를 지켜! 소림사는 방장인 나, 묘학이 지킬 것이니 자네는 아무 걱정 말고 옥문관으로 가보시게."

묘학의 한마디와 함께 진가운의 눈앞이 캄캄해졌다. 이후 반 시진 가까이 회의가 계속되었지만 이후의 말은 하나도 귀에 들어오지 않았다.

*   *   *

소림에서 출발한 진가운 일행은 오백이 넘는 중원의 무사들과 함께 옥문관으로 향했다.

소림을 출발한 지 사흘. 진가운의 눈앞에 끝없이 펼쳐진 모래벌판이 나타났다. 모래벌판을 바라보는 진가운의 얼굴이 어둡게 변했다. 그것은 그들의 목적지 옥문관이 멀지 않았다는 것을 말해 주기 때문이다.

이제 이곳을 조금만 더 달려가면 돈황이 나온다.

돈황(敦煌).

중원에서 서역으로 통하는 관문. 이곳을 지나면 옥문관이 코앞이다. 옥문관 앞에 펼쳐진 사막 탑리목분지(塔里木盆地). 그곳에는 지금쯤 수많은 비류성의 무사들이 중원의 무사들이 나타나기를 기다리며 검을 벼리고 있을 것이다.

그깟 비류성의 무사들이야 진가운에게 무슨 위협이 되겠는가?

단지 그들을 이끌고 나타난 놈이 자신의 죽음을 가져올 은하대제라는 사실이 문제다.

'망할 놈! 수하들이나 보낼 것이지 채신머리없이 빨빨거리고 나타나기는 왜 나타나!'

이번 싸움을 수하들에게 맡기지 않고 직접 나선 은하대제가 원망스러웠다. 하나 어쩌겠는가, 이미 엎질러진 물인 것을.

"돈황이다!"

그렇게 자신의 불운을 원망하는 사이 앞서 달려가던 소림의 제자 가운데 한 명의 고함 소리가 들렸다.

'네가 그렇게 소리치지 않아도 알아.'

진가운이 얼굴을 부르르 떨며 얼굴을 쳐들고 멀리 앞을 바라보았다. 소림 제자의 말대로 멀리 푸른 나무들이 어렴풋이 보였다. 이곳 사막의 한가운데 보이는 녹음. 그것은 멀리 보이는 곳이 돈황임을 말해 준다.

툭!

누군가의 손이 자신의 어깨에 닿은 것을 느낀 진가운이 슬쩍 고개를 돌렸다.

미소를 지으며 진가운을 바라보고 있는 것은 무당파의 풍월 진인이었다.

"가세."

타닥!

풍월 진인이 먼저 경공을 펼치며 돈황으로 달려갔다.

'너나 가!' 라는 소리가 목구멍까지 올라왔다. 그러나 사람들도 많은데 체면이 있지 어쩌겠는가? 진가운이 입술을 힘껏 깨물며 풍월 진인의 뒤를 따라 경공을 펼쳤다.

"와아아!"

진가운의 뒤를 따르던 중원의 무사들이 일제히 함성을 지르며 돈황을 향해 달려갔다.

돈황에 도착한 중원의 무사들은 이내 명사산(鳴砂山)으로 발길을 돌렸다. 진가운 일행보다 먼저 이곳에 도착한 구파일방의 무사들이 명사산에서 진을 치고 있었기 때문이다.

사실 진을 치고 적을 감시하기에는 번화한 도시인 돈황보다는 비록 작은 산이기는 하지만 명사산이 훨씬 유리했다.

돈황에서 남쪽으로 십여 리 정도 이동하니 명사산이 보였다.

명사산.

확실히 명사산은 중원의 일반적인 산들과는 그 모습이 달랐다. 중원의 산에서 흔히 볼 수 있는 나무들이 거의 보이지 않는 민둥산이다. 보는 것만으로도 황량하다는 느낌이 드는 모래가 쌓여 불룩 솟아오른 모래산. 그것이 명사산의 실체였다.

'말이 산이지 한마디로 모래언덕이잖아.'

명사산을 들어서는 진가운의 얼굴에 불만이 가득하다.

우~ 우웅~!

'어라? 이제는 재수없게 울음소리까지 들리네.'

명사산으로 들어선 진가운의 귀에 을씨년스러운 울음소리가 들렸다. 그렇지 않아도 어두웠던 진가운의 얼굴이 더욱 일그러졌다. 진가운이 옆에 있는 풍월 진인을 향해 입을 열었다.

"어르신, 이 기분 나쁜 울음소리는 뭡니까?"

"바람 소리라네."

"바람 소리요? 무슨 바람 소리가 사람 우는 소리처럼 들립니까?"

"그래서 이 산을 명사산이라고 하네."

진가운이 알겠다는 듯 고개를 끄덕였다.

그렇게 한참을 오르는 진가운의 눈에 제법 우거진 숲이 보였다. 중원에서는 흔하디흔한 숲이지만 이곳에서 숲을 보니 반가운 마음이 들었다.

"숲입니다."

"저곳이 우리 무사들이 진을 치고 있다는 월아천(月牙泉)일세. 이곳 명사산에서 유일하게 연중 마르지 않는 샘이지. 이제 잠시 후면 편히 쉴 수 있겠구먼. 서두르세."

진가운에게 말을 건넨 풍월 진인이 숲을 향해 걸음을 내디뎠다.

"아미타불. 소승 무치, 사조님과 어르신들을 뵙습니다."

숲 입구에서 진가운과 풍월 진인, 그리고 광풍자와 귀현자, 그리고 료환 선사가 이끄는 중원의 무사들을 맞은 것은 소림제일신룡 무치다.

무치가 가장 먼저 머리를 숙인 사람은 물론 이들 가운데 가장 어른일 것으로 생각한 명운 대선사와 풍월 진인, 그리고 복환신의다. 그러나 그것은 소림제일신룡의 엄청난 실수였다.

"망할 놈!"

아니나 다를까, 명운 대선사의 뒤쪽에서 욕이 튀어나왔다. 머리를 숙이고 있던 무치가 슬쩍 고개를 들고 명운 대선사의 뒤를 살폈다.

빡!

치켜든 무치의 머리에서 불똥이 튀겼다. 그러나 그것은 시작에 불과했다. 눈을 부라리며 광풍자가 번개처럼 무치에게 달려들더니 연속으로 무치의 가슴에 발을 내뻗었다.

파바박!

"크흑!"

물러서는 무치의 입에서 신음이 터졌다.

스르륵!

무치가 급히 뒤로 움직이며 흔들리는 몸을 바로 세웠다.

"뉘십니까?"

"네 할애비의 할애비다! 이 버릇없는 새끼야!"

휙!

광풍자가 다시 무치를 향해 달려들며 발을 내뻗었다. 이번에는 무치도 준비를 한 듯 날아드는 광풍자의 발을 향해 손바닥을 내뻗었다.

"어쭈?"

광풍자가 그런 무치를 비웃으며 무치가 내민 손바닥은 아랑곳하지 않고 그대로 발을 내뻗었다.

펑!

가벼운 폭발 소리와 함께 무치와 광풍자 주변으로 먼지가 솟아올랐다. 아직 광풍자가 누구인지 모르는 대부분의 중원 무림인이 결과가 궁금한 듯 눈을 동그랗게 뜨고 먼지가 이는 곳을 바라보았다.

"……!"

이내 커지는 중원 무사들의 눈.

당연히 승리할 것으로 믿었던 소림제일신룡 무치가 이름도 모르는 늙은이의 발에 등이 밟힌 채 바닥에 패대기쳐져 있었다.

"뭐, 뭐야? 어떻게 된 거야?"

"그러게나 말일세. 소림제일신룡이 발길질 한번에 완전히 박살이 나다니……."

이곳저곳에서 웅성대는 소리가 들렸다. 하기야 혜능 선사 이후 소림 최고의 기재라고 알려진 무치가 간단한 발길질 한번에 박살이 났으니 그들이 놀라는 것은 당연했다.

그런 뭇사람들의 소리를 즐기듯 입가에 미소를 짓고 있던 광풍자가 무치의 등에 올려진 발을 거두고는 몸을 돌렸다.

"명운!"

"예, 어르신!"

광풍자의 부름에 명운 대선사가 급히 달려나와 광풍자에게 머리를 숙였다. 사람들의 눈이 더욱 커졌다.

그들이 생각하기에 일행 중 최고의 어른은 소림방장의 사숙인 명운 대선사와 그의 벗인 무당 장문인의 사백 풍월 진인이라고 생각했다. 그런데 그런 명운 대선사가 머리를 조아리며 어르신이라 부르는 이 노인의 정체가 무엇인지 궁금해서 견딜 수가 없었다.

"애새끼 교육 똑바로 시켜. 그렇지 않으면 네놈의 사백인 료환의 모가지를 비틀어 버릴 테니까. 알았어?"

"예. 알겠습니다, 어르신."

명운이 머리를 한번 숙이고는 어느새 몸을 일으킨 무치를 향해 고개를 끄덕였다. 무치가 놀란 얼굴로 급히 일행을 안내하며 숲 속으로 들어갔다.

"우와~"

무치의 안내로 이미 도착한 중원 무사들이 진을 치고 있는 월아천에 도착한 진가운이 처음으로 내뱉은 소리다. 입이 절로 벌어질 정도의 멋진 모습. 월아천의 모습은 가히 장관이다. 이곳이 사막일까 싶을 정도로 우거진 숲에 차고 맑은 샘물이 끊임없이 솟아오르는 것이 한 폭의 그림이었다.

"그나저나 추평 장로는 어디에 있는 거야?"

"추 장로는 중원의 선봉으로 옥문관에 나가 계십니다."

'뭐? 추평이 중원의 선봉이야? 하긴 그 성격에 선봉 노릇하기에는

딱이겠네.'

진가운이 고개를 끄덕이며 지금쯤 미친 듯 옥문관 앞에 펼쳐진 사막을 누비며 좌충우돌하고 있을 추평을 머리 속에 그렸다.

         *   *   *

옥문관(玉門關).

서역의 관문인 옥문관에서 앞에 드넓게 펼쳐진 사막을 바라보는 사내. 그는 이번 비류성과의 싸움에서 중원의 선봉장이라는 중책을 맡은 개방의 열혈장로 구골신개 추평이다.

오른손에 그의 애병(愛兵)인 개뼈다귀를 움켜쥔 채 추평은 저 멀리 보이는 비류성의 선봉장 아난과 그의 수하들인 폭풍철마번이 진을 치고 있는 곳을 응시하고 있다.

폭풍철마번과 대치한 지 벌써 닷새가 지났다. 하루도 빠지지 않고 치열한 전투를 벌였지만 아직까지 어느 쪽도 승기를 잡지 못하고 있었다. 무공은 분명 자신이 이끄는 중원의 무사들이 한 수 위였지만 폭풍철마번은 중원의 무인들이 갖지 못한 강점을 갖고 있었다.

그것은 바로 말이다.

중원의 말과는 다른 강철 같은 체력의 야생마. 폭풍철마번의 무사들은 야생마를 타고 있었다. 야생마를 타고 질주하며 휘두르는 폭풍철마번 무사들의 장창은 무공으로 단련된 중원의 무사들도 쉽게 감당할 수가 없는 무시무시한 힘이었다.

생각 같으면 눈앞에 있는 폭풍철마번을 그대로 박살 내고 비류성 본진이 있다는 요마산까지 달려가 은하대제의 몸뚱이를 피곤죽으로 만들

어 자신이 속한 개방의 위용을 만천하에 드날리고 싶었지만 지금으로
서는 폭풍철마번을 격파할 방법조차 없는 실정이다.

그야말로 답답해 미칠 지경이다.

"우와아아~!"

사막을 향해 있는 대로 고함을 지른 추평이 천천히 몸을 돌렸다.

"어? 어……?"

추평이 놀란 듯 입을 벌렸다. 언제 나타났는지 소림의 명운 대선사
가 여러 무사들과 함께 자신을 바라보며 부드러운 미소를 짓고 있었다.

"그래, 고생이 많구나."

"추평 고생 아니다. 그런데 무슨 일이냐?"

"도우러 왔다."

추평의 얼굴이 일그러졌다. 천하의 추평이 다른 사람의 도움을 받는
다는 것이 마음에 들지 않았다.

"추평 도움 필요 없다. 도움없어도 내일이면 놈들은 추평 손에 박살
난다."

"알아."

"그러니까 도움 필요 없다. 추평은 이긴다. 무조건 이긴다."

말을 뱉은 추평의 얼굴이 붉게 상기됐다.

후닥닥!

급히 어디론가 달려가는 추평이 옥문관이 떠나가라 고함을 질렀다.

"집합! 집합! 죽든지 살든지 비류성 새끼들과 한판 뜬다! 집합!"

우당탕탕!

옥문관 곳곳에 마련된 막사에서 중원의 무사들이 밖으로 달려나오
며 일대 소란이 벌어졌다.

"출발!"

중원의 무사들이 다 나오기도 전에 출전 명령과 함께 추평이 먼저 모습을 드러낸 중원의 무사들과 함께 급히 옥문관 밖으로 미친 듯 달려나갔다.

"허허, 저러다 큰일나겠구먼."

걱정스러운 얼굴로 모래벌판을 달려나가는 추평을 바라보는 명운 대선사 옆으로 넝마를 걸친 노인 한 명이 천천히 다가왔다.

개방 방주 구타신개.

월아천에서 추평의 승전 소식을 초조하게 기다리던 구타신개가 추평을 돕기 위해 이곳 옥문관에 나타난 것이다.

"어르신, 저것이 추평의 본모습 아니겠습니까? 걱정하지 마십시오. 추평의 뒤를 어르신과 저, 그리고 저를 따라 이곳에 도착한 개방의 제자들이 돕는다면 큰일은 없을 것입니다."

"쳐라!"

추평에게는 작전이고 뭐고 없었다. 오직 오늘은 사생결단을 내야겠다는 생각뿐이다. 하기사 추평과 같은 불같은 성격의 소유자가 적을 눈앞에 두고 오 일이나 있었으니 제정신이 아닌 것은 당연한 일일지도 모른다.

우르르르―

추평의 명령과 함께 추평의 뒤를 따라 중원의 선봉으로 나선 삼백여 명의 무사들이 일제히 경공을 펼치며 모래벌판 한복판에 진을 치고 있는 폭풍철마번의 무사들을 향해 일제히 달려갔다.

둥!

추평과 그의 수하들이 달려드는 것과 동시에 폭풍철마번 진중에서도 북소리가 들렸다. 적의 공격을 알리는 북소리.

우두두두두!

북소리가 끝남과 동시에 말에 올라탄 오백의 철갑무사들이 추평과 삼백의 중원 무사들을 향해 일제히 달려들었다.

건곤일척(乾坤一擲)!

폭풍철마번 역시 이제는 승부를 낼 때가 되었다고 생각했는지 전 병력이 총출동하고 나선 것이다.

겉으로 보기에도 튼튼해 보이는 철갑을 입은 채 햇빛을 받으며 번쩍이는 길이 일 장이 넘는 장창을 들고 달려오는 모습은 가히 장관이었다.

챙!

가장 먼저 달려가던 중원 무사의 검과 폭풍철마번 무사의 창이 부딪치며 쇳소리가 울려 퍼졌다.

그것이 중원과 비류성의 전면전의 시작을 알리는 소리였다. 첫 번째 쇳소리와 함께 모래벌판에는 병장기 부딪치는 소리가 귀를 찢었다.

"크아악!"

천지사방에 가득한 쇳소리와 함께 곳곳에서 비명이 터졌다.

중원 무사의 내공이 실린 검에 철갑이 찢기는 것과 함께 중원 무사의 심장 한복판에 장창이 박혔다.

이곳저곳에서 피가 튀었다.

그러나 오늘은 어느 누구도 뒤로 물러서지 않았다. 평상시라면 적당히 싸우다 서로 뒤로 물러나 휴식을 취하곤 했지만 오늘은 한 발자국도 뒤로 물러서지 않고 서로의 심장을 향해 검과 창을 휘둘렀다.

어느새 드넓은 사막의 모래가 피로 물들기 시작했다.

"죽어!"

"합!"

이곳저곳에서 분노에 찬 기합과 함성이 귀를 파고들었다.

"이놈!"

추평의 오른손이 움직이며 폭풍철마번 무사의 머리로 개뼈다귀가 떨어졌다.

픽!

허연 뇌수를 쏟으며 말에서 떨어지는 폭풍철마번의 무사. 붉은 피가 추평의 옷을 적셨지만 추평은 뒤로 물러서지 않았다.

그런 추평을 향해 사방에서 폭풍철마번의 무사들이 말을 탄 채 달려들었다.

추평을 바라보는 무사들의 눈은 이미 새빨갛게 변했다. 동료의 무참한 죽음에 이미 이성을 잃은 폭풍철마번의 무사들.

휘리릭!

바람을 가르는 소리와 함께 장창이 추평의 몸으로 쏟아졌다.

채쟁쟁!

장창이 추평의 몸에 닿으며 쇳소리가 났다.

"……!"

놀란 듯 추평을 바라보는 폭풍철마번의 무사들.

"죽었어!"

추평이 고함을 지르며 좌측에 있는 폭풍철마번의 무사의 가슴을 향해 주먹을 내뻗었다.

콰지직!

추평의 주먹질에 단단한 갑옷이 부서지는 소리가 들리더니 무사의 얼굴이 일그러졌다.

"크흑!"

신음과 함께 믿을 수 없다는 듯 자신의 가슴을 바라보는 무사. 갑옷을 뚫고 들어온 추평의 주먹이 가슴 깊숙이 박혀 있었다.

파옥권!

개방의 최강권법인 파옥권이 펼쳐지기 시작한 것이다.

어지간해서는 펼치지 않는 무공이다. 물론 그것은 추평이 개뼈다귀라는 무기를 남달리 사랑하는 것도 그 이유지만 그것보다 더한 것은 파옥권을 사용하려면 그만큼 내공의 소모가 심하기 때문이다.

그러나 추평은 지금 아무런 거리낌 없이 파옥권을 펼쳤다. 그것은 이번 싸움에 자신의 모든 내력을 쏟아 붓겠다는 추평의 의지를 말해 주는 것이다.

휘리릭!

간단히 폭풍철마번 무사 한 명을 저승으로 보낸 추평이 공중으로 뛰어올랐다. 다른 곳이라면 간단한 움직임으로 도약할 수 있는 높이지만 지금의 도약에는 상당한 내력을 집어넣어야 했다.

모래벌판.

그것이 중원 무사들의 경공을 어렵게 만들었다. 사실 비류성의 폭풍철마번주 아난이 이곳 옥문관을 중원과의 첫 번째 싸움 장소로 선택한 것은 이런 이유가 있었다.

폭풍철마번의 무사들은 내공을 익힌 무사들이 아니다. 그들은 강철철갑을 바탕으로 약간의 내공과 선천적인 신력을 이용한 창술을 쓰는 무사들이다. 그런 폭풍철마번의 무사들이 내가고수인 중원의 무사들을 상대하기에 가장 적당한 곳은 모래였다.

모래 위에서의 움직임은 그만큼 많은 내공을 소모시키기 때문이다.

"합!"

공중에 뛰어오른 추평이 외마디 기합을 토하며 몸을 재빨리 휘돌리며 폭풍철마번 무사들을 향해 발을 내뻗었다.

퍼버벅!

추평의 발이 말 위에 있는 폭풍철마번 무사들의 머리에 떨어졌다. 그와 함께 네 명의 무사가 머리를 모래 속에 박으며 떨어졌다.

턱!

간단히 네 명의 적들을 저승으로 보낸 추평이 모래 위에 내려서며 고개를 돌렸다.

"……!"

추평의 눈에 장창을 바람개비처럼 휘두르며 중원의 무사를 겁박하는 폭풍철마번주 아난의 모습이 보였다.

휘리릭!

바람을 가르는 소리와 함께 철마번주를 향해 달려들던 두 명의 무사들이 가슴을 부여잡으며 모래 위에 고꾸라졌다.

"너 죽었어!"

타다닥!

추평이 고함을 지르며 아난을 향해 몸을 날렸다.

쿵!

"크흑!"

신음과 함께 몸이 흔들렸다.

낙마의 위기.

폭풍철마번주 아난이 바닥에 떨어지려는 몸을 바로 세우고 급히 고삐를 잡아당겼다.

히히히힝!

아난이 타고 있는 백마가 울음을 토하며 앞발을 번쩍 치켜들고는 몸을 오른쪽으로 틀었다.

슉슉!

간신히 말을 돌려 몸의 중심을 잡은 아난의 얼굴을 향해 주먹이 날아들었다. 아난이 급히 머리를 숙였다.

휘릭!

허공을 가르는 바람 소리와 함께 아난의 장창이 크게 원을 그렸다.

"이크!"

놀라서 지르는 외마디가 아난의 귀에 들렸다. 아난이 급히 장창을 회수하며 고개를 치켜들었다.

'거지새끼.'

아난의 눈에 개뼈다귀를 오른손에 움켜잡은 거지가 보였다.

'밟아 죽인다!'

추평을 바라보는 아난의 얼굴이 일그러졌다. 비류성의 선봉장으로서 눈앞에 있는 중원의 조무래기들을 간단히 베고 호호탕탕(浩浩蕩蕩) 중원에 입성할 생각으로 출전한 자신의 발목을 잡고 있는 놈이 바로 눈앞에 있는 거지였기 때문이다.

잠시 추평을 바라보던 아난이 말에 박차를 가했다.

투두둑!

박차를 맞은 말이 힘차게 추평 앞으로 달려갔다. 어느덧 추평의 지척에 다다른 아난의 백마. 거리를 확인한 아난이 고삐를 잡고 있는 오른손을 바짝 움켜잡으며 힘차게 뒤로 잡아당겼다.

히히힝!

말이 울음을 토하며 앞발을 번쩍 치켜들었다. 말발굽 아래에 있는 것은 물론 중원 무사들의 우두머리인 구골신개 추평이다.

"합!"

아난의 기합과 함께 말의 앞발이 그대로 추평의 몸뚱이를 향해 번개처럼 내려왔다.

씨익!

아난의 입가에 미소가 번졌다. 자신의 길을 막아선 거지새끼를 이제야 밟아 죽일 수 있다고 생각하니 가슴이 후련했다.

히히힝!

백마의 울음과 함께 아난의 얼굴이 일그러졌다.

당연히 말발굽에 피떡이 되어 뒹굴 것으로 예상했던 추평이 이를 악문 채 그의 몸을 밟으려는 자신의 애마의 발을 움켜잡은 채 버티더니 서서히 백마의 발을 위로 들어 올리고 있었다.

'이, 이럴 수가!'

믿을 수 없다는 듯 추평을 바라보는 아난.

"우와아아아~"

추평이 기합과 함께 백마를 집어 던졌다.

휘이익!

백마의 몸뚱이가 공중에 날아가는 것과 함께 아난의 몸뚱이 역시 공중에 떠올랐다.

휘익!

공중에 솟아오른 아난을 발견한 추평이 아난을 따라 몸을 공중으로 날렸다.

슈슉!

공중에 솟아오른 아난의 얼굴로 어느새 자신의 애병인 개뼈다귀까지 버린 추평의 솥뚜껑만한 오른 주먹이 파고들었다.

빠각!

묵직한 손맛이 전해지며 아난의 몸이 끈 떨어진 연처럼 저 멀리 날아갔다.

'까불고 있어.'

아난의 몸뚱이를 바라보는 추평의 입가에 미소가 번졌다. 그동안 그렇게 애를 먹이던 적장을 이제야 없앴으니 앓던 이 빠진 듯 시원하다.

그러나 추평의 미소는 오래가지 않았다. 즉사를 의심치 않았던 아난이 모래 위에서 힘겹게 몸을 일으키고 있었기 때문이다.

'쇠심줄처럼 질긴 놈!'

최후의 일격을 가하기 위해 추평이 몸을 일으키는 아난을 향해 달려갔다. 눈앞에 있는 저놈만 죽이면 나머지 폭풍철마번의 놈들을 무찌르는 것은 식은 죽 먹기라고 생각하니 마음이 급했다.

슈슈슈슉!

아난의 가슴을 노리고 날아드는 추평의 주먹 주변으로 희미한 빛이 흘러나온다.

급히 창을 들어 올리려던 아난의 입이 저절로 벌어졌다.

'혹시 권강(拳罡)?'

어두워지는 눈빛. 만약 예상대로 권강이라면 자신의 목숨은 이 순간 사라진다는 것을 아난은 알고 있었다. 그것은 아난 역시 내공보다는 외공에 주력한 무인이기 때문이다.

아난이 입을 굳게 다물었다. 어차피 피하기에는 늦은 상황이다. 그렇다면 있는 힘껏 날아오는 주먹을 향해 자신의 창을 찌르는 것뿐이라는 생각에 창을 든 손에 잔뜩 힘을 주고 추평을 향해 찔러갔다.

슈팟!

마치 벼락이 떨어지듯 그렇게 빠르게 아난의 창이 추평의 몸을 향해 파고들었다.

틱!

추평이 급히 왼손으로 아난의 창대를 움켜잡았다.

꽈지직!

창대가 부러지며 추평을 향하던 창끝이 바닥에 떨어졌다.

푸— 욱—!

거의 동시에 추평의 오른손이 아난의 두터운 갑옷을 때렸다. 아난의 얼굴이 일순 파랗게 질리더니 몸이 뒤로 밀려났다.

주르륵!

파랗게 변한 얼굴로 눈을 부릅뜬 채 추평을 잠시 노려보던 아난이 입에서 피를 토하며 바닥에 털썩 주저앉았다.

“와아아~!”

아난의 죽음에 추평의 주변에 있던 중원의 무사들이 일시에 함성을 질렀다. 그와 함께 싸움을 벌이던 중원의 무사들과 폭풍철마번의 무사들이 일제히 움직임을 멈추고 고개를 돌렸다.

“공격!”

추평의 입에서 다시 공격의 명령이 떨어졌다.

“와아아!”

중원의 무인들이 다시 함성을 지르며 폭풍철마번 무사들을 향해 맹공을 퍼부었다. 팽팽한 균형을 유지하던 두 집단의 싸움이 아난의 죽음이라는 변수로 일시에 중원 무사들의 일방적인 승리로 기울었다.

과연 이들이 조금 전 그렇게 치열한 싸움을 벌이던 자들이 맞는지 의심스러울 정도의 일방적인 학살. 폭풍철마번은 그렇게 무너졌다.

"후퇴하라!"

누군지 알지 못할 자의 후퇴라는 한마디에 폭풍철마번 무사들이 일제히 등을 보이며 중원 무사들을 피해 달아났다.

"와아아~"

그와 함께 중원의 무사들이 경공을 펼치며 폭풍철마번의 뒤를 추격하며 하나하나 쓰러뜨렸다. 개중에는 주인 잃은 폭풍철마번의 말을 타고 뒤를 쫓는 중원의 무사들도 보였다.

"크아악!"

말을 타고 가장 앞서 폭풍철마번 무사들을 뒤쫓던 중원 무사들이 일제히 비명을 지르며 말 위에서 고꾸라졌다.

척!

미친 듯 폭풍철마번 무사들의 뒤를 쫓던 중원의 무사들이 일제히 걸음을 멈췄다.

스스스슥!

어디서 나타났는지 삼백이 넘는 혈의인(血衣人)들이 추평의 수하들을 노려보고 있었다.

'저 새끼들은 뭐냐?'

얼굴을 찡그리며 새로 나타난 혈의인들을 바라보던 추평의 입이 서서히 벌어졌다.

"없애 버려!"

"와아아~!"

잠시 주춤거리던 중원의 무사들이 함성을 지르며 몸을 반대로 돌려 급히 되돌아왔다.

"추평이 말했다! 놈들을 없애라고~!"

추평의 명령에도 불구하고 중원의 무사들은 급히 옥문관을 향해 꽁지에 불붙은 멧돼지처럼 도망갔다.

"좋다! 너희들이 안 가면 추평 혼자 간다!"

타닥!

추평이 다가오는 혈의인을 향해 힘차게 달려나갔다. 그러나 추평 역시 곧 걸음을 멈췄다.

혈의인의 뒤쪽에서 자욱한 먼지와 함께 사천은 족히 넘는 비류성 무사들이 옥문관을 향해 천천히 다가오고 있었다.

'망할 새끼들! 더 있으면 더 있다고 말이라도 하고 도망가야 할 거 아냐!'

추평이 급히 몸을 돌려 조금 전 수하들이 그랬던 것처럼 미친 듯 만리추풍신법을 펼치며 옥문관으로 달아났다.

*   *   *

"무치야! 정말 은하대제가 모습을 드러냈느냐?"

"그렇습니다. 지금 명운 대선사와 구타신개 개방 방주, 그리고 추평 장로가 옥문관을 굳게 닫은 채 은하대제의 공격을 힘겹게 막아내고 있다 합니다. 지금 그들을 구하러 가지 않으면 머지않아 옥문관이 뚫리고 비류성의 무인들이 중원으로 들어올 것입니다."

무치의 보고에 료환 선사가 심각한 표정을 지으며 자신의 옆에 있는 광풍자와 귀현자를 슬쩍 바라보았다.

　"선배님!"

　"제길, 나타났다면 막아야지 뭘 그렇게 망설여."

　"하지만 은하대제는……."

　"그놈은 진가운 그 자식이 막을 수 있다며? 왜, 그것도 사기야?"

　"아, 아닙니다."

　"그럼 됐어. 나머지 놈들은 나와 귀현자 늙은이가 막을 테니 걱정 말고 자네는 진가운 그 자식이나 설득해 데려와."

　"알겠습니다. 그럼 다녀오겠습니다."

　료환이 급히 자리에서 일어나 진가운을 설득하기 위해 막사를 나섰다.

　"싫습니다."

　"이보게, 진 시주. 자네만이 은하대제를 막을 수 있다고 말하지 않았나?"

　"막으면 뭐 합니까? 저도 이 세상 사람이 아닐 텐데."

　"어차피 은하대제가 중원에 들어오면 자네는 죽은 것과 다를 바 없네. 평생 은하대제의 추적을 피해 어둠 속에서 살아야 한단 말일세. 그것이 죽은 목숨과 무엇이 다른가? 그렇게 사느니 중원의 은인으로 이름을 드높이며 영원히 존경을 받는 죽음이 낫지 않은가?"

　'제기랄, 남의 일이라고 말은 잘하네.'

　진가운이 못마땅한 얼굴로 료환 선사를 바라보았다. 그렇지만 료환의 말에 대해서는 한마디 반박도 하지 않았다. 말이야 바른말이지 은하대제를 피해 사는 것이 어디 사는 것인가? 평생을 숨어 지내느니 료환 선사의 말대로 중원의 영웅으로 죽는 편이 나은 일이다.

그러나 진가운은 어떻게든 살아서 영세제일인이 될 방법을 생각했다.

'제길. 그 늙은이들의 무공만 완벽하게 익혔어도……'

조금 더 일찍 금마원에 들어가 귀현자와 광풍자, 그리고 마치의 무공을 익혔어야 했는데 하는 생각이 들었지만 이미 돌이킬 수 없는 일이다. 진가운이 옆에 있는 마치를 슬쩍 바라보았다.

슥삭슥삭!

지금 상황이 어떤지도 모르고 마치는 여전히 바닥에 손을 슬쩍 띄운 채 열심히 마음의 칼을 갈고 있다.

"어르신!"

마치가 손 움직임을 멈추고 진가운을 향해 고개를 돌렸다.

"어르신은 저를 도와주실 거지요?"

진가운을 보며 슬쩍 미소를 짓는 마치.

"허허허, 자네를 위해서라면 목숨을 주지. 그것이 백 년간 이 늙은이가 기다려 온 이유라고 말하지 않았나."

마치의 말에 진가운이 고개를 끄덕였다. 마치의 검이라면 충분히 은하대제의 몸을 벨 수 있다. 그리고 마치는 자신을 위해 목숨을 걸고 은하대제의 몸뚱이를 베어줄 것이 분명하다. 그렇지만 그것은 마치가 은하대제에게 접근한 이후다.

오직 광풍자의 완벽한 비영각만이 은하대제가 미처 대응할 시간을 주지 않고 접근할 방법이었다.

한참 고민에 빠져 있는 진가운의 앞에 예하령이 불쑥 얼굴을 내밀었다. 갑작스러운 예하령의 등장에 진가운이 놀라 몸을 흠칫거렸다.

"뭐야? 사람 놀라게?"

"놀랬어? 헤헤헤. 미안."

말은 미안하다고 했지만 예하령은 전혀 미안한 표정이 아니다. 진가운을 향해 혀까지 쏙 내미는 것이 신나 죽겠다는 얼굴이다.

'이걸 그냥……!'

일그러지는 진가운의 얼굴.

"……!"

갑자기 무슨 생각이 났는지 진가운이 자리에서 벌떡 일어나더니 예하령의 손을 붙잡고 마치와 료환 선사를 내버려 둔 채 막사 밖으로 달려갔다.

"뭐야? 왜 이래?"

"너 한번 숨어봐!"

"뭐?"

"숨어보라고 내가 너를 찾지 못하게 숨어보라고."

"술래잡기야?"

"그래, 술래잡기. 내가 못 찾으면 꽃무늬 치마 열 개 사준다."

"정말?"

"그래."

휙!

예하령이 팔짝거리며 숲으로 달려갔다. 잠시 예하령이 숨을 시간을 주며 숲 밖에서 기다리던 진가운이 천천히 숲으로 들어갔다.

숲으로 들어온 진가운이 천천히 숲 속 땅바닥을 살폈다. 예하령이라면 당연히 지둔류으로 땅을 파고들어 가 숨었을 것이 분명했기 때문이다. 그렇게 한참을 찾았지만 예하령의 모습을 발견할 수 없었다. 평상시라면 얼굴을 잔뜩 찌푸렸을 진가운이겠지만 지금은 무슨 일인지 입가에 미소를 지어 보였다.

진가운이 조금씩 내공을 끌어올려 온몸의 감각을 최대한으로 높였다. 그리고 다시 숲을 살피기 시작했다.

한 시진.

물경 한 시진이 지났지만 예하령을 찾을 수가 없었다.

'됐어. 하령이라면 은하대제의 이목을 속이고 접근할 수가 있어.'

진가운이 고개를 끄덕였다. 방법이 없을 것으로 생각했는데 의외로 가까운 곳에 방법이 있었다.

"됐어. 이제 나와!"

쏘옥!

예하령이 모습을 드러낸 곳은 의외로 진가운이 서 있는 바로 앞이었다.

"약속 지킬 거지?"

"그래, 지킬게."

진가운이 급히 예하령의 손을 잡고 막사로 돌아갔다.

심각한 표정을 지으며 진가운을 바라보던 마치가 고개를 가로저었다.

"불가능일세."

"……?"

영문을 모르겠다는 듯 마치를 바라보는 진가운.

"들어보니 접근은 할 수 있을 걸세. 그렇지만 은하대제를 베기 전에 내가 먼저 죽을 것일세."

"그게 무슨……?"

"허허허, 내가 땅속에서 튀어나와 은하대제를 벨 수 있는 시간은 은하대제가 자네를 공격하기 직전뿐일 걸세. 그렇지 않다면 나의 공격을 알아채지 못할 은하대제가 아니니 말일세."

진가운이 당연하다는 듯 고개를 끄덕였다. 잠시 진가운을 지켜보던 마치가 다시 말을 이었다.

"은하대제가 자네를 공격하려는 순간 은하대제는 몸속에 있는 내공이라는 내공은 모두 끌어 모은 상태일 걸세. 그렇게 되면 은하대제의 몸에서는 자연스럽게 강기가 뿜어져 나올 걸세. 하나 내가 은하대제의 강기를 뚫고 그의 몸을 벨 수 있는 시간은 찰나에 불과하네. 그전부터 쏟아져 나오는 은하대제의 강기는 감당할 수가 없네. 자네도 지난번에 보지 않았나. 귀현자의 천붕창룡음에도 피를 쏟았던 나를 말일세. 은하대제의 몸에서 뿜어져 나오는 강기는 그 이상이겠지. 그것을 감당할 수 있는 내공의 소유자는 오직 자네뿐일 텐데 자네는 은하대제 앞에 서 있어야 하니 땅속에 있는 나를 보호할 수 없지 않겠는가?"

"휴후~"

진가운이 한숨을 내뿜었다. 미처 그것은 생각지 못했다. 은하대제의 내공을 감당할 만한 고수를 찾고자 다시 한 번 생각해 보았지만 없었다. 자신을 제외하고 이곳에 모인 중원 무림인들 가운데 최고수라면 광풍자와 귀현자, 그리고 묘환 선사지만 그들 역시 은하대제는 감당할 수 없을 듯 보였다.

'절망이다. 젠장. 결국 이렇게 죽는 것이 망할 놈의 일승문 문주의 운명이란 말인가?'

다시 한 번 사문을 원망했지만 이제는 어쩔 수가 없는 노릇이다.

"휴후~"

또다시 진가운의 입에서 한숨이 흘러나왔다.

빡!

그런 진가운의 머리에 불꽃이 일었다.

"누구야? 그렇지 않아도 기분 더러워 죽겠는데!"

진가운이 소리를 지르며 자리에서 벌떡 일어났다.

"쯧쯧쯧, 한심한 놈!"

'어떤 새끼가?'

진가운이 고개를 번쩍 치켜들었다. 진가운을 바라보며 안됐다는 듯 혀를 끌끌 차는 복환신의의 모습이 보였다.

"영감, 나 기분 더러우니까 건드리지 마!"

"망할 놈! 살 방법을 알려주려고 왔건만 저 지랄이니 방법이 있나. 알았어, 이놈아! 죽던지 살던지 네 마음대로 해!"

'뭐? 살 방법이 있어?'

진가운이 급히 막사를 나서려는 복환신의의 팔을 와락 잡았다.

"어르신!"

어느새 호칭까지 영감에서 어르신으로 바꾼 진가운이 애잔한 눈으로 복환신의를 바라보았다.

"내 네놈을 생각하면 뒈지거나 말거나 신경 쓰고 싶지 않지만 네 사부와의 약속이 있어 일러주마. 네놈은 알지 못하지만 너에 비해 뒤지지 않는 내공을 갖고 있는 사람이 한 명 있다."

"정말입니까?"

일그러지는 복환신의의 얼굴.

"아! 어르신의 말씀을 못 믿는다는 것은 아니니 오해하지 마십시오. 단지 그 사람이 궁금해……."

쑥!

진가운의 말이 끝나기도 전에 복환용이 손을 쳐들고 예하령을 가리켰다.

"……!"

잠시 놀란 듯하던 진가운이 얼굴을 일그러뜨렸다. 예하령 역시 영문을 모르겠다는 듯 눈을 휘둥그렇게 뜨고 자신을 손으로 가리키고 있는 복환신의를 바라보았다.

"이 망할 놈의 영감탱이가 끝까지 장난을!"

"한심한 놈! 이놈아, 잘 생각해 봐! 네놈만 만년교룡의 내단과 천년 설도를 처먹은 것이 아니야. 하령이도 네놈이랑 똑같이 그것들을 복용했다는 사실을 잊지 마. 단지 아직 내공심법을 익히지 못했을 뿐이야. 뭔 말인지 알아들어?"

"……."

진가운이 말없이 몸을 돌려 예하령을 바라보았다. 여전히 영문을 모르겠다는 듯 눈을 말똥말똥 뜨고 있는 진가운의 얼굴에 환한 미소가 번졌다.

저녁!

월아천에 진을 치고 있던 구파일방을 비롯한 중원의 무인들이 일제히 옥문관을 향해 전진했다.

제30장

재현(再現) 비류은하참

재현(再現) 비류은하참

"막아! 대가리가 터져도 막아!"

정신없이 입을 놀리면서도 추평의 손은 계속해서 다가드는 적을 때려눕히고 있었다.

바닥에 널린 즐비한 시체들이 지금의 전투가 얼마나 치열한가를 말해 주고 있다. 이제 남은 중원의 무인들은 고작 백여 명에 불과하다. 몰려오는 비류성의 무인들을 죽이고 또 죽였지만 열 배가 넘는 비류성의 무사들을 상대로 더 이상 버티기는 힘든 상황이다.

언제나 멋들어진 복장으로 뭇 여인들의 부러운 시선을 받으며 장창하나를 손에 쥐고 거드름을 피우던 대명의 병사들은 이미 모습을 감춘지 오래다.

물론 그들은 무림과 황궁은 서로 간섭하지 않는다는 핑계를 대고 있었다. 그러나 비류성이 중원으로 들어오면 중원의 무고한 백성들이 무수히 희생될 것이 분명하건만 그들은 그렇게 핑계를 대며 머리카락 보이지 않도록 꼭꼭 숨어서 모습을 보이지 않았다.

휘익!

"크아악!"

비류성 무사의 검이 휘둘러지며 또다시 중원 무사 입에서 처절한 단말마가 흘러나왔다.

"저런 개새끼!"

무사의 죽음에 흥분한 추평이 조금 전 중원의 무사 한 명을 베고 득의만만한 표정을 짓고 있는 비류성의 졸개에게 달려들었다.

슈슉!

들려오는 바람 소리에 놀란 비류성 졸개가 놀라 급히 자신의 검을 다가오는 추평의 주먹을 향해 휘둘렀다.

카강!

추평의 주먹과 검이 부딪치며 불똥이 튀었다. 그렇지만 추평의 주먹은 아무런 상처도 입지 않고 계속해서 비류성 무사의 가슴을 향해 날아들었다.

'피해야 한다.'

그제야 몸을 뒤로 움직이는 비류성 무사. 그러나 추평의 주먹은 도주를 허용치 않았다.

푹!

"끄르르륵!"

추평의 주먹이 가슴에 박히는 것과 동시에 비류성 무사의 목구멍에서 가래 끓는 소리가 새어 나왔다.

쏴아아!

추평이 상대의 가슴에 박힌 주먹을 빼는 것과 함께 붉은 선혈이 분수처럼 뿜어져 나왔다.

온몸이 피범벅이 되었지만 추평은 그것에 신경 쓰지 않고 다시 싸움이 벌어지고 있는 곳으로 몸을 날렸다.

어느새 오십으로 줄어든 중원 무사. 그들 가운데 명운 대선사가 열심히 분전하고 있었다.

단아한 가사가 피로 붉게 물들었지만 명운 대선사는 계속해서 비류성의 무사들을 쓰러뜨리고 있었다.

"도대체 이 인간들은 언제나 나타나는 거냐? 나타나면 얼굴에 주먹 한 방씩 날려준다!"

빠각!

나타나지 않는 구파일방을 원망하는 추평의 얼굴에 주먹이 날아들었다.

휙!

고개를 돌리는 추평의 눈에 놀란 듯 자신을 바라보는 비류성 무사의 모습이 들어왔다. 자신의 일격에도 아무렇지도 않은 추평의 모습에 놀란 듯 비류성의 무사는 추평의 얼굴에 박은 주먹을 미처 회수하지도 못하고 있었다.

"이거 네 주먹이냐?"

"아, 아닙니다."

자신의 어깨에 붙어 있는 팔에 연결된 주먹을 자신의 것이 아니라고 둘러대는 비류성 무사. 얼마나 급했으면 그런 말을 했을까만은 그것은 비류성 무사의 실수였다.

"알았다. 그런데 네 어깨에 붙어 있다. 그러니 추평이 떼준다."

와락!

양손으로 자신의 얼굴에 닿아 있는 팔을 움켜쥔 추평이 오른손을 앞으로 힘껏 잡아당겼다. 비류성 무사의 얼굴이 고통에 잔뜩 일그러졌다.

쑤욱!

어깨에서 탈골된 팔이 축하고 늘어졌다.

"어라? 아직도 붙어 있다."

쭈욱!

축 처진 비류성 무사의 팔을 추평이 힘껏 잡아당겼다.

"크아악!"

어깨에서 팔이 떨어지는 것과 동시에 목이 터져라 비명을 토하던 비류성 무사가 그대로 머리를 숙였다.

"망할 자식! 추평에게 거짓말을 해? 추평 세상에서 가장 싫어하는 놈이 거짓말하는 놈이다."

툭!

이미 저 세상 사람이 된 비류성 무사를 바닥에 내려놓고 추평이 다시 전장 한복판으로 달려갔다.

추평과 명운 대선사의 분전에도 불구하고 싸움은 점점 비류성의 승리로 기울어갔다.

이제 살아남은 자는 고작 십여 명. 살아남은 자 가운데 성한 사람은 오직 추평과 명운 대선사뿐이다.

"이보게, 추평! 더 이상은 안 되겠네. 일단 물러난 후 구원병과 함께 다시 오세."

"안 된다."

"뭐?"

"추평은 절대 도망가지 않는다. 개방은 불의를 보고 참지 않는다. 목숨보다 개방의 명예가 훨씬 더 중요하다. 추평 끝까지 싸운다."

"이보게."

"와아아~!"

명운 대선사가 미처 말릴 틈도 없이 추평이 소리를 지르며 미친 듯 비류성의 무사들이 모여 있는 곳으로 달려들었다.

'저, 저런 인간을 보았나! 그렇다고 작전이라고 말할 수도 없고……'

난처한 표정을 짓던 명운 대선사도 어쩔 수 없다는 듯 급히 추평의 뒤를 따라 비류성 무사들이 수없이 몰려 있는 곳으로 달려들었다.

"합!"

비류성 무사들 한복판으로 뛰어든 추평이 슬쩍 공중으로 뛰어오르더니 사방으로 손발을 내뻗었다.

빠바박!

추평의 주먹에 얻어맞은 세 명이 그대로 나가떨어졌다.

쉬시식!

비류성 무사들이 검을 뽑아 들고는 미친 듯 날뛰는 추평을 향해 휘둘렀다.

채재쟁!

검이 추평의 몸에 닿으며 불꽃이 일었다. 일순 놀라 검을 거두고 급히 뒤로 물러서는 비류성 무사들. 그들은 아직 추평이 활강시라는 사실을 모르고 있었다. 만약에 그들이 처음부터 추평의 정체를 알고 있었다면 지금과는 다른 싸움을 벌였을 것이다.

휘릭!

추평이 비류성 무사들이 뒤로 물러나는 틈을 이용, 번개처럼 발을 움직여 무사들에게 바짝 달라붙었다. 어차피 추평은 무기를 사용하지 않는다. 물론 추평에게는 개뼈다귀라는 무기가 있다. 그렇지만 그것은 추평을 나타내는 상징물에 불과할 뿐이다. 그런 추평에게는 적과의 거리가 가까우면 가까울수록 유리한 법이다. 천성적인 싸움꾼인 추평은 활강시가 되어서도 본능적으로 그 사실을 알고 있었다.

타다닥!

추평의 발이 뒤로 물러서는 비류성 무사들의 가슴에 떨어졌다. 근접 전에서는 으레 주먹을 사용할 것으로 생각, 추평의 주먹에만 정신을 쏟던 비류성 무사들이 추평의 발길질에 미처 대응하지 못하고 그대로 바닥에 나가떨어졌다.

"푸하하하! 너희들은 모두 죽는다!"

자신의 주먹질이 마음에 들었는지 광소를 터뜨리는 추평.

그런 추평의 등 뒤에서 검 한 자루가 날아들었다.

쐐애앵!

날카로운 파공음을 일으키며 날아드는 한 자루의 검에서 한 자가 조금 넘는 듯한 빛 덩어리가 밖으로 튀어나왔다.

"검… 검강!"

추평의 뒤를 따라 비류성의 무사들을 향해 다가오던 명운 대선사는 그것이 검강이라는 사실을 바로 알아챘다.

아무리 추평이 활강시라 몸이 강철같이 튼튼하다 할지라도 검강에는 견딜 수 없었다. 죽지는 않을지 몰라도 최소한 심각한 부상은 면할 수 없을 것이다.

자신이 처한 위기를 알지도 못하고 호탕한 웃음을 터뜨리는 추평이 답답했지만 지금은 그것을 탓할 겨를이 없었다.

"합!"

명운 대선사가 기합을 지르며 양손을 앞으로 힘껏 뻗었다.

쐐애앵!

명운 대선사의 주먹에서 강기 덩어리가 추평을 향해 날아드는 검을 향해 날아갔다.

챙!

강기와 검이 부딪치며 검의 방향이 슬쩍 기울었다.

쐐애액!

"크흑!"

추평이 신음을 토하며 몸을 돌렸다. 불에 데인 듯 화끈한 통증이 어깨에서부터 번지고 있는 것으로 보아 부상을 입은 것이 분명했다.

"누구야!"

쐐애액!

추평의 고함과 동시에 추평의 머리 위에서 바람 소리가 들렸다. 손을 들어 검을 막으려던 추평이 급히 손을 멈추고 뒷걸음질을 치며 물러났다.

푹!

추평을 베지 못한 검이 조금 전 추평이 있던 땅바닥에 박혔다. 검을 거슬러 추평이 재빨리 고개를 들었다. 땅에 박혀 있는 검을 두 손으로 움켜잡은 채 추평을 노려보는 사내.

"크크크. 운이 좋은 놈이로구나. 하나 너의 행운도 여기서 끝이다. 나 검마루주 한포(汗浦), 네놈의 목을 베어 먼저 죽어간 검마루(劍魔樓)

제자들의 영혼을 위로할 것이다. 합!"

기합과 함께 바닥에 박힌 검을 뽑은 한포가 다시 공중으로 몸을 날렸다.

초초초초!

바닥으로 내려오는 한포의 몸에서 빛이 일며 검과 한포의 몸을 감쌌다. 눈이 부실 정도의 강렬한 빛. 추평의 얼굴을 타고 굵은 땀방울이 흘러내렸다. 정상적인 몸이라면 모르지만 이미 내력을 많이 소모한 상태에서 검과 몸이 하나가 되어 내려오는 한포의 공격을 막기는 힘들다고 생각했다.

'망할 놈들, 구원만 제때 왔어도…….'

아직도 도착하지 않은 구파일방의 본대가 원망스러울 뿐이다.

"추평, 피하지 않고 뭐 하는 게냐!"

추평을 부르며 달려오던 명운 대선사가 걸음을 멈추고 합장을 하더니 이내 양손을 좌우로 벌렸다. 명운 대선사의 두 손에서 찬란한 금광(金光)이 뿜어져 나왔다.

슈와앙!

명운 대선사의 양손에서 흘러나온 금광이 한줄기 강물처럼 모이며 폭풍처럼 공중에 떠 있는 검마루주 한포를 향해 날아갔다.

금강대능력!

언젠가 진가운과의 비무에서 한번 모습을 보였던 금강대능력이 처음으로 실전에서 그 모습을 드러낸 것이다. 비록 완벽하게 내공을 끌어올리지 못해 그 위력이 진가운과의 비무에서와 같지는 못했지만 그래도 태산을 무너뜨릴 듯 흉흉한 기세다.

슈펑!

금광이 공중에서 떨어져 내리는 한포의 몸을 휘감고 지나갔다.

스스슥!

금광에 닿은 한포의 몸이 조금씩 조금씩 공중에서 그대로 사라졌다.

"......!"

명운 대선사의 고함에 급히 몸을 피했던 추평의 눈이 튀어나올 듯 부릅떠졌다.

"빨리 이곳으로 돌아오지 못할까!"

획!

고함에 정신을 차린 추평이 급히 명운 대선사가 있는 곳으로 달려갔다.

"죽여라! 루주님의 원수를 갚아라!"

우르르르!

한포의 수하들로 보이는 검객들이 달아나는 추평을 맹렬히 추격했다.

쉭쉭쉭!

그런 검마루의 검객들을 향해 일단의 무리들이 검을 휘두르며 달려들었다.

"크흐흑!"

미처 예상치 못한 공격에 변변한 반격도 하지 못하고 수십 명의 검객들이 반으로 갈라져 바닥에 쓰러졌다.

추평의 목숨을 구한 사십여 명의 검객들이 급히 추평을 부축해 명운 대선사가 있는 곳으로 다가왔다.

"아미타불. 소승 명운 먼저 감사 말씀 드립니다."

검객 가운데 한 명이 명운 대선사 앞으로 다가와 허리를 숙였다.

"감사라니요? 빈도 공동파 장문인 공거, 소림의 어르신인 명운 대선사를 뵙습니다."

"지금 공동파라 하셨습니까?"

"그렇습니다. 빈도 한 분의 자비로 사문의 무공을 되찾고 이렇게 제자를 모을 수 있었습니다. 그분의 은혜를 조금이라도 갚을 수 있을까 하여 이곳까지 와서 작은 공이라도 세우게 되니 그것이 감사할 뿐입니다. 이곳은 당분간 저희 공동의 제자들이 지킬 것인즉 대선사께서는 부상당한 대협과 함께 잠시 피신해 계십시오."

"아닙니다. 어찌 공동파를 버리고 저희들이 몸을 사릴 수 있습니까? 지난 백 년 전의 죄를 다시 범할 수는 없습니다."

"어허, 그래도."

"아닙니다. 소승 역시 공동파와 함께 운명을 같이할……."

"어린것들이 아주 놀고 있구나. 보아하니 아직 뒈질 나이는 안 된 것 같으니 썩 꺼져."

획!

명운 대선사와 공거를 비롯한 공동파 제자들이 일제히 고개를 돌렸다.

"어르신!"

명운 대선사가 앞에 보이는 노인들을 향해 급히 허리를 숙였다. 광풍자와 귀현자, 그리고 료환 선사가 이끄는 양심당의 노승들이 명운을 비롯한 사람들을 보며 빙긋 미소를 짓고 있었다.

"비류성 애새끼들은 얼씬도 못하게 할 테니 어서 돌아가. 중이면 중답게 굴어야지 그렇게 사람을 막 죽여도 되는 거야?"

광풍자의 말에 명운 대선사의 얼굴이 붉게 물들었다.

"아미타불, 소승 그럼 어르신들만 믿고 물러갑니다."

"알았어. 귀나 꽉 틀어막아! 말 안 듣다가 나중에 귓구멍 터졌다고 지랄 떨면 아주 죽여 버릴 거야. 그리고 돌아가면 술이나 준비해 둬. 일인당 한 동이씩. 알았어?"

"예, 어르신."

옥문관을 벗어나 십여 리를 걸어온 명운 대선사와 추평, 추평을 따라 옥문관을 지키다 살아남은 십여 명의 무사, 그리고 공거 도인을 비롯한 공동파 제자들의 눈에 넓은 벌판에 펼쳐진 막사가 들어왔다. 일견, 백여 개가 넘어 보이는 막사.

"망할 놈들!"

막사를 발견한 추평의 입에서 욕이 튀어나왔다. 여기 있는 인원의 이 할만 옥문관에 나타났어도 옥문관은 무사히 지켰을 것이라고 생각하니 울화가 치밀어 견딜 수가 없었다.

"참게나."

명운 대선사의 한마디에 추평의 입이 쭉 튀어나왔다. 그러나 생명의 은인인 명운 대선사의 말을 거부할 수는 없었는지 더 이상 입을 열지는 않았다.

타다다닥!

일행을 발견했는지 막사에서 여러 사람이 명운 대선사 일행을 향해 달려나왔다.

"추평 사제!"

시무룩하던 추평이 고개를 번쩍 치켜들었다. 사람들 가운데 가장 앞서 달려나오는 노인의 모습이 보였다.

개방 방주 구타신개가 추평을 보고 미친 듯 달려왔다. 얼굴을 타고 흘러내리는 눈물을 훔칠 생각도 하지 못하고 추평을 향해 달려드는 사형 구타신개의 모습에 추평의 입이 살짝 벌어졌다.

"사형!"

자신을 부르는 추평을 덥석 껴안는 구타신개.

"사제, 이 못난 사형을 용서하시게. 미안하네. 내 사제를 구하려 옥문관으로 한걸음에 달려가야 당연했는데 그러지를 못했네."

"아닙니다, 사형. 저는 사형의 그 마음을 누구보다 잘 알고 있습니다. 옥문관을 끝까지 지키지 못해 죄송……."

말을 하던 추평이 놀란 얼굴로 구타신개의 뒤에 있는 무사들을 바라보았다.

'어라? 저놈들은 옥문관에서 다 죽었는데?'

옥문관 싸움에서 전사한 자신의 수하들이 미안한 얼굴로 자신을 바라보고 있었다.

한참 동안 무사들을 바라보던 추평의 얼굴이 시뻘겋게 달아올랐다.

"망할 새끼들! 뒈지기 싫어서 죽은 척하고 몰래 도망을 쳐!"

손을 머리 위로 치켜든 추평이 무사들을 향해 천천히 다가갔다. 잔뜩 겁먹은 얼굴로 추평의 옆에 있는 명운 대선사와 구타신개를 바라보는 무사들.

'허허, 공연히 저 친구들만 낭패를 보면 곤란한데, 그렇다고 작전이었다고 말할 수도 없고 이를 어쩐다.'

난감한 표정을 짓던 명운 대선사에게 좋은 생각이 퍼뜩 떠올랐다.

"이보게, 추평. 우리들을 위해 잔칫상이 준비되어 있다고 하네. 얼른 가세."

"잔칫상?"

무사들에게 다가가던 추평이 그대로 걸음을 멈추더니 '동작 그만!' 이라는 고함을 지르며 막사가 쳐져 있는 본진을 향해 미친 듯 달려갔다.

"휴후~"

그제야 살았다는 듯 안도의 한숨을 내쉬는 무사들을 바라보며 구타신개가 멋쩍은 웃음을 지었다.

"허허허, 괜히 추평의 고집 때문에 자네들만 낭패를 볼 뻔했구만."

"아닙니다. 어르신, 어서 안으로 드시지요."

무사들의 손짓과 함께 명운 대선사를 비롯한 사람들이 본진을 향해 천천히 걸어갔다.

추평이 막 들어서는 그 시각, 중원무림 본진 막사에서는 회의가 벌어지고 있는 듯 각파의 장문인들이 모여 있었다.

"그 황소고집 추평 장로 때문에 모든 계획이 수포로 돌아갈 뻔했습니다."

"그러게나 말입니다. 일단 옥문관을 비류성 놈들에게 내어준 척하고 죽은 척 매복하다가 기습을 할 계획이었는데 추 장로가 필마단기로 돌진하는 바람에 모든 계획이 수포로 돌아갈 뻔했습니다."

"허허. 그래도 나중에 어르신들이 나섰으니 결과는 비슷하게 되지 않겠습니까?"

찌익!

막사에 모인 장문인들이 한참 회의를 하는 와중에 추평이 얼굴을 있는 대로 일그러뜨리고는 막사의 출입 장막을 그대로 찢고 성큼 안으로 들어왔다.

추평의 등장에 장문인들이 급히 입을 다물었다.

"내 밥 누가 처먹었어!"

"……?"

영문을 모르겠다는 듯 추평을 바라보는 장문인들. 그런 장문인들을 보는 추평의 이마에 깊은 계곡이 새겨졌다.

"누가 내 잔칫상 먼저 처먹었느냐고?"

"허허! 추평 사제, 잔칫상 차려진 곳을 잘못 찾은 모양이구먼. 내 그곳을 알고 있으니 나와 함께 가세."

뒤늦게 막사에 들어온 구타신개가 급히 추평의 손을 잡았다.

"사형, 그럼 누가 먹은 게 아닙니까?"

"그렇네."

추평의 볼이 살짝 붉어졌다.

"미, 미안하다. 난 너희들이 먹은 줄 알았다."

획!

추평이 급히 몸을 돌려 밖으로 나갔다.

"허허, 미안하외다. 그럴 일이 있었으니 이해하시구려."

무슨 영문인지 몰라 어리둥절한 얼굴로 자신을 바라보는 장문인들을 향해 한마디를 던진 구타신개가 추평의 뒤를 따라 막사를 벗어났다.

"저건 뭐야?"

"그러게 말입니다."

잠시 웅성거리던 장문인들이 일제히 상석에 앉아 있는 무당파 장문인 청지를 향해 고개를 돌렸다. 소림사 장문인이 참석하지 않은 가운데 무림 장문인의 회의를 주관하는 사람은 당연히 무당파 장문인이기 때문이다.

"무량수불(無量壽佛)! 잠시만 기다리십시오. 내일 아침이면 옥문관에 가신 어르신들로부터 연락이 올 것이니 그 연락을 받은 후 계획을 세워도 늦지는 않을 것입니다. 하니 오늘은 충분히 휴식을 취한 후 내일 아침 이곳에 모여 의논하도록 하겠습니다."

아침.

진중 막사에는 구파일방의 장문인들이 모여 있었다. 소림은 장문인 대신 어제 옥문관에서 돌아온 명운 대선사가 참석했다. 당연히 상석은 소림사 장문인 묘학의 사숙인 명운 대선사의 차지다. 명운 대선사의 기세에 질렸는지 진중막사에는 숨소리 하나 들리지 않았다.

그들이 기다리는 것은 옥문관에 있을 광풍자와 귀현자, 그리고 료환 선사를 비롯한 사람들의 소식이었다.

스르륵!

그렇게 초조한 시간이 흘러가고 있을 때쯤 진중막사의 출입문으로 한 사람이 들어왔다.

일제히 쏠리는 사람들의 시선. 그 시선을 받으며 안으로 들어선 것은 옥문관으로 향했던 무당파의 큰 어른 풍월 진인이다.

"어르신을 뵙습니다."

막사에 말없이 앉아 있던 장문인들 가운데 명운 대선사를 제외한 장문인들이 자리에서 일어나 막사로 들어서는 풍월 진인을 향해 포권을 취했다.

"허허, 장문인들이 이렇게 허리를 숙이면 되겠나? 어서 자리에 앉으시게."

풍월 진인의 한마디와 동시에 일어섰던 장문인들이 자신의 자리에 다시 앉았다.

"그래, 옥문관의 일은 어떻게 되었나?"

"하하하! 술이나 준비하시게."

명운 대선사의 입가에 미소가 번졌다. 술 한 동이가 무엇을 의미하는지는 누구보다 명운 대선사가 잘 알고 있었기 때문이다.

"그래, 다치신 분은 없겠지?"

"허허허, 다른 분들은 몸을 움직이지도 않았네. 광풍자 어르신의 발길질과 귀현자 어르신의 일갈 한번에 옥문관은 아주 조용해졌다네."

"그래? 그거 다행이군. 그럼 계획대로 밀고 나가면 되겠구먼."

명운 대선사와 풍월 진인의 대화 내용을 알 방법이 없는 구파일방의 장문인이 눈을 껌벅거리며 두 사람을 바라보았다.

"허허허, 이제 큰 싸움은 없을 걸세. 이번 싸움은 은하대제와 일승문주의 한판 싸움으로 결정이 날 것이야."

"어, 어르신! 지, 지금 일, 일승문주라 하셨습니까?"

무당 장문인을 향해 풍월 진인이 가볍게 고개를 끄덕였다.

"그렇다면 일승문주가 이곳에 있다는 말씀입니까?"

"그렇네. 이곳에 있네. 이제 곧 이곳으로 들어올 걸세."

저벅!

발자국 소리와 함께 진가운이 막사 안으로 들어왔다. 일승문주가 들어오는 줄 알고 바짝 긴장하고 있던 각파의 장문인들이 인상을 쓰며 진가운을 노려보았다.

구파일방의 말석을 차지하고 있는 형산파 장문인, 두주구천 피도곡이 들어서는 진가운을 향해 버럭 소리를 질렀다.

"네 이놈! 이곳이 어딘 줄 알고 함부로 발을 들여놓느냐! 다리 몽둥이 부러지기 전에 썩 물러가거라!"

형산파 장문인 피도곡의 입가에 미소가 번졌다. 지금의 고함은 물론 분위기 파악도 못하고 막사에 들어선 진가운에 대한 질타이기도 했지만 구파일방의 말석이라 이곳에서 항상 기를 펴지 못한 그동안의 울분을 씻기 위한 것이기도 했다.

저벅저벅!

피도곡의 고함에도 진가운은 얼굴색 하나 변하지 않고 막사 안으로 들어섰다. 피도곡의 얼굴 근육이 파르르 떨렸다. 이곳에 있는 장문인들이야 자신보다 조금은 높은 배분의 사람들이니 어쩔 수 없는 노릇이지만 새파랗게 어린 놈이 감히 구파일방인 형산파의 장문인을 무시하고 있다 생각하니 피가 끓었다.

"이놈! 네 목숨이 끊어진 연후에야 본 어르신의 말을 들을 것이냐?"

획!

진가운이 피도곡을 향해 고개를 돌렸다.

"웃기네."

"뭐?"

"웃긴다고."

"이, 이 때려죽일 새끼가!"

피도곡이 그대로 진가운을 향해 달려들었다.

"쓸데없이 나오지 말고 돌아가 앉아 있어!"

슈숙!

진가운이 달려드는 피도곡의 가슴을 향해 손바닥을 슬쩍 내밀었다.

쿵!

진가운에게 달려들던 피도곡의 몸이 그대로 공중에 떠오르더니 원래 앉아 있던 자리에 처박혔다. 다른 장문인들이 놀란 얼굴로 진가운과 피도곡을 번갈아 바라보았다.

'이런, 제길! 이게 무슨 개망신이냐!'

무수히 쏟아지는 시선에 피도곡의 얼굴이 햇빛받아 잘 익은 사과처럼 새빨갛게 변했다.

진가운이 명운 대선사의 옆에 서서 천천히 입을 열었다.

"일승문 이십사대 문주, 진가운이라고 합니다."

장문인들의 시선이 일제히 명운 대선사에게 몰렸다.

"그렇게 볼 것들 없네. 여기 있는 진 시주 말 그대로일세. 조금 전에 말한 것처럼 이번 싸움은 일승문 문주인 진 시주와 은하대제의 한판 싸움으로 결판을 낼 걸세. 물론 전면전을 펼쳐도 지지는 않을 것일세. 그렇지만 무고한 사람들이 너무 많이 희생되네. 모두 이 늙은이의 생각을 따라줄 것으로 믿네. 다른 의견이 있으면 말해 보시게."

화산파 장문인 매화만검 화문영이 조심스럽게 일어났다.

"어르신, 과연 은하대제가 대결에 응하겠습니까?"

"물론 응할 것일세."

"그것을 어찌 장담하십니까?"

"화 장문인, 은하대제는 비류성의 성주이기 이전에 무인일세. 무인이라면 명예를 생명보다 중요시하는 법. 그런 은하대제가 사문에 수치를 안겨준 일승문주와의 일전을 피하지는 않을 것일세. 그리고 은하대제도 지금은 알고 있을 것일세. 옥문관에 나타난 고수들을 말이야. 아무리 비류성이 강한 곳이라 해도 그런 고수가 흔하지는 않을 것일세. 은하대제는 실리를 위해서라도 반드시 제안을 받아들일 것일세."

피도곡이 자리에서 벌떡 일어났다.

"어르신, 그렇다면 비무를 제안하는 서찰을 전할 사람이 있어야 하지 않겠습니까? 그 서찰은 구.파.일.방.의 하나인 형산파의 문주인 제가 가지고 가겠습니다. 은하대제도 감히 구.파.일.방.의 문주인 저 피도곡을 무시하지는 않을 것입니다."

피도곡을 제외한 나머지 장문인들의 얼굴이 일제히 구겨졌다. 지금 피도곡의 모습은 누가 보아도 조금 전에 당한 망신을 회복하려는 것이 분명했다.

'망할 새끼. 구파일방 망신은 혼자 다 시키는구먼. 말을 들으니 공동파가 다시 부흥했다 하니 당장에 저놈을 내쫓고 공동파를 구파일방에 참여시키든지 해야지, 이거야 창피해서 원.'

장문인들의 그런 마음을 아는지 모르는지 피도곡이 급히 명운 대선사 앞으로 다가와 두 손을 내밀었다.

"어르신, 서찰을 주십시오. 구파일방 장문인을 대표해 제가 다녀오겠습니다."

"들어가."

"예?"

"벌써 공동파 장문인 공거 도인이 서찰을 갖고 은하대제에게 갔으니 자네는 그냥 자리로 돌아가라고."

"크크크!"

"키키키! 이보게, 화 장문인. 피도곡이 완전히 피떡이 됐구먼."

"그러게 말일세. 가만히 보니 피도곡이나 피떡이나 다 같이 피썰세."

"크크크크!"

자리로 돌아가는 피도곡의 귀로 소곤대는 소리가 들렸다.

획!

피도곡이 급히 고개를 돌려 소곤대는 두 사람을 노려보았다.

"내 더러워서 구파일방 안 한다, 안 해!"

피도곡이 그대로 구파일방 장문인이 회의를 하는 막사를 박차고 나왔다.

*　　　　　*　　　　　*

"지금 뭐라 했느냐? 비영각, 천붕창룡음이라 했느냐?"

"그렇습니다. 분명 그렇게 들었습니다."

은하대제가 몸을 부들부들 떨었다. 비영각, 천붕창룡음이라면 자신이 찾지 못한 비류폭풍강 세 가지 초식 가운데 두 가지 초식이다. 그것을 익힌 자라면 자신의 개파조사를 도와 비류성을 세운 비영문, 용음각의 후손임이 분명하다.

솔직히 비영각이나 천붕창룡음을 대성했다 하더라도 일 대 일이라면 그들에게 지지 않을 자신이 있다. 자신이 익힌 비류폭풍강의 최후 초식 마룡폭(魔龍爆)이 비영각이나 천붕창룡음보다 한 수 위기 때문이다. 그렇지만 그들 두 사람이 협공을 가한다면 자신이 없었다. 자신이 하나를 제거하는 사이 다른 한 명의 공격을 받을 것이기 때문이다.

'왜 하필 둘이란 말인가?'

머리가 아팠다. 한 명씩 한 명씩 차례로 나타났다면 그들을 하나하나 제거하고 완벽한 비류폭풍강을 익힐 기회일 수도 있었는데 둘이 함께 나타나다니……

자리에서 일어서서 서성이는 은하대제를 보는 은하대제의 수하들 역시 불안한 표정이다.

이제껏 은하대제가 이렇게 초조해하는 모습은 처음이었다. 일승문 문주가 나타났다고 했을 때만 해도 은하대제는 복수할 기회가 왔다며 미소를 지었던 인물이다.

스륵!

막사의 입구를 가려둔 휘장이 걷히며 비류성 무사 한 명이 막사 안으로 들어왔다.

"무슨 일이냐?"

"지금 밖에 중원의 사자가 도착해 있습니다."

"사자? 무슨 일이냐?"

"그것은 대제님을 직접 뵙고 말씀드리겠다고 합니다."

"들여라!"

"존명!"

비류성 무사가 밖으로 나간 잠시 후 공동파 장문인 공거 도인이 장막 안으로 들어섰다.

슥!

간단한 포권.

막사 안에 있던 비류성의 수뇌들 얼굴이 일시에 일그러졌다. 감히 하늘 같은 은하대제 앞에 손을 마주 잡는 것으로 인사를 대신하다니 용서할 수 없는 짓이었다.

척!

앉아 있던 한 사람이 자리에서 벌떡 일어났다.

"오체투지(五體投地)를 올리지 못할까?"

고함 소리를 들은 공거 도인이 슬쩍 고개를 돌렸다.

"그대의 하늘이 곧 나의 하늘인 것은 아니오. 그대의 하늘과 나의 하늘이 다른데 어찌 그대의 하늘에 대한 예를 나에게 강요한단 말이오."

"이놈이 그래도!"

검을 빼 드는 사내를 웃으며 바라보던 공거 도인이 고개를 은하대제에게 돌렸다.

"대제를 뵙습니다. 저는 공동파 장문인 공거라 합니다."

"……."

은하대제가 대답도 하지 않은 채 공거를 노려보았다. 그런 은하대제를 바라보면서도 공거 도인의 눈동자는 한 점 흔들림이 없었다.

"하하하하! 그대는 사내이며 무인이외다. 내 그대를 정식으로 사자로서 인정할 것이오."

눈싸움을 하듯 공거 도인을 뚫어져라 노려보던 은하대제가 호탕하게 웃음을 터뜨리며 한쪽에 있는 빈 의자를 손으로 가리켰다.

공거 도인이 자리에 앉자 은하대제가 다시 공거 도인을 바라보았다.

"그 자리가 누구 자리인지 아시오?"

"모릅니다."

"흐흐흐. 그럴 것이오. 그 자리는 바로 얼마 전 옥문관 싸움에서 목숨을 잃은 검마루주 한포의 자리요. 내 한포를 죽인 자의 목을 베어 그의 영혼을 위로할 때까지 그 자리를 비워둘 것이오."

"그렇습니까? 그렇다면 이 자리는 영원히 채워지지 않을 자리로군요."

공거의 말에 은하대제의 볼이 씰룩거렸다.

"과연 그럴 것 같소?"

"물론입니다."

은하대제가 공거 도인을 보며 고개를 끄덕였다.

"역시 그대는 사내요. 그래, 무슨 일로 이곳까지 오셨소?"

"일승문 문주의 서찰을 전하기 위해서 왔습니다."

"일승문?"

공거 도인이 대답없이 손을 품으로 가져가 서찰이 담긴 듯 보이는 봉투를 꺼내 들었다.

은하대제가 손을 들어 올림과 동시에 공거 도인의 손에 있던 봉투가 은하대제의 손으로 날아들었다.

휘리릭!

봉투에서 서찰을 꺼내 든 후 활짝 펼쳤다.

너에게 비류은하참을 다시 보여줄 것이다. 일시와 장소를 정하라.

일승문 이십사대 문주 진가운.

간단한 내용이지만 은하대제에게는 비수와 같은 글이다.

"전하시오. 사흘 후 옥문관 앞에서 만나자고."

"천하를 걸자 하셨습니다."

"그게 사실이오?"

"그렇습니다."

은하대제가 진가운이 전한 서찰을 뒤로 돌린 후 손가락을 가져갔다.

주르륵!

손가락 끝에서 피가 흘러나오자 급히 손가락을 움직였다.

사흘 후 자정, 옥문관. 천하를 건다.

＊　　　＊　　　＊

"나 간다."

"어딜?"

"어디는 어디야 땅속이지."

"벌써?"

"그럼 네가 나갈 때 같이 나가서 은하대젠가 지랄대젠가 하는 놈이 보는 앞에서 땅 팔까? 더구나 여기는 모래라서 파기가 쉽지 않단 말이야."

"그렇겠구나. 이럴 줄 알았으면 내가 장소를 정하는 건데……."

"그럼 은하대제 영감이 의심할 것 아냐. 됐어, 너 때문에 고생하는 게 어디 한두 번이야? 간다."

예하령이 몸을 돌렸다.

"잠깐!"

"왜?"

예하령이 다시 몸을 돌렸다. 진가운이 한 손으로 등 뒤를 짚었다. 예하령의 등 뒤에 평소에 보지 못하던 작은 보따리가 보였기 때문이다.

"아, 이거?"

예하령이 알겠다는 듯 자신의 보따리를 손으로 가리켰다.

"육포야."

"육포?"

"응. 지금부터 저녁까지 있으려면 배고프잖아. 그래서 쌌어. 잘했지?"

"그래, 잘했다. 다치지 마라."

예하령이 진가운을 향해 쌩긋 미소를 짓고는 옥문관 밖을 향해 나갔다. 예하령이 멀리 사라지는 것을 바라보던 진가운이 막사의 한복판으로 걸어와 가부좌를 틀었다.

언젠가 방 안에서 가부좌를 틀고 앉은 이후 처음으로 운기를 위해 가부좌를 틀어본다.

손가락으로 원을 만들어 배꼽 밑에 슬쩍 대고는 조용히 눈을 감았다. 운기라고는 하지만 군이 무극무위심공의 구결을 생각하지 않았다.

그저 눈을 감은 채 자신의 몸속에 골고루 퍼져 있을 기를 바라보았다.

꿈틀거리는 느낌과 함께 온몸에 퍼져 있던 기운들이 단전으로 모여들었다.

서서히 단전에 모여든 기를 마음의 눈으로 바라보았다. 그와 함께 뜻을 모아 단전에 모인 기를 서서히 끌어올렸다.

그것이 전부였다. 그 이후는 기가 알아서 움직였다.

얼마의 시간이 흘렀는지, 그리고 모인 기가 어느 혈로 움직이고 있는지 모든 것을 잊은 가운데 그렇게 시간이 점점 흘렀다.

스르륵!

천천히 눈을 떴다.

어느새 날이 어둑해지고 있다.

"출발하려는가?"

"예, 어르신."

진가운이 천천히 풍월 진인과 명운 대선사에게 다가가 깊숙이 허리를 숙였다. 두 사람이 놀란 듯 진가운을 바라보았다. 진가운을 만난 이후 이렇게 정중한 인사를 받기는 처음이다.

"저놈이 뒈질 때 되니까 철이 드는구먼."

'망할 놈의 늙은이! 모처럼 제대로 한번 해보려고 했는데 꼭 초를 쳐요.'

진가운이 눈을 가늘게 뜨고는 막 막사로 들어서는 복환신의를 노려보았다.

"왜? 눈에 뭐 들어갔어?"

'제길, 내 저 영감이랑 말을 말아야지.'

진가운이 바람 소리가 나도록 복환신의에게 향했던 고개를 돌려 풍월 진인과 명운 대선사에게 향했다.

"광풍자 어르신과 귀현자 어르신께서는 어디……."

"술 한 동이씩 옆에 놓고 양심당 노인들과 들고 계시니 인사 올릴 것 없다. 어차피 인사드려 봐야 내일 아침이면 까먹을 것이니 썩 꺼져."

"누가 영감에게 물었어?"

쿵!

진가운이 발을 구르며 밖으로 나갔다.

"좌우간 영감 말이 틀려서 하령이나 마치 어르신께 무슨 일이 생기면 영감도 죽는 줄 알아."

획!

최후의 일격을 가하듯 복환신의에게 한마디를 내뱉은 진가운이 은하대제와 일전을 벌이기로 한 옥문관 앞으로 나아갔다.

휘이잉!

바람을 맞으며 서로를 바라보는 두 사람. 그들은 물론 오늘 밤 중원과 새외의 운명을 건 건곤일척의 승부를 펼칠 비류성주 은하대제와 일승문주 진가운이다.

진가운과 은하대제의 주변에는 수없이 많은 새외와 중원의 무사들이 모여 있을 것이다. 그렇지만 사방 오백여 장 이내에는 사람의 그림자 하나 보이지 않았다.

만약의 경우를 대비해 무사들은 오백여 장 밖에서 두 사람을 지켜보고 있을 것이다. 형체도 알 수 없을 것이지만 그들은 그래도 두 사람을 지켜볼 것이다. 두 사람의 대결은 그들의 앞날을 좌우하는 중요한 결전이기 때문이다.

은하대제는 처음 모래폭풍에서 모습을 드러냈을 때처럼 바람을 막는 피풍의를 걸치고 있었다. 그에 반해 진가운은 하얀 경장 차림이다.

"네놈에 관한 보고를 처음 들었을 때 참으로 의외였다."

"……."

"너무 어렸다. 지금도 그 생각에는 변함이 없다. 늦지 않았다. 지금이라도 내게 무릎을 꿇는다면 너의 목숨만은 거두지 않을 것이다."

"……."

"택하라!"

"싸움은 나이로 하는 것도, 입으로 하는 것도 아니지. 할 말 다 했으면 덤벼!"

"버릇없는 놈!"

치지직!

진가운을 노려보는 은하대제의 눈에서 빛이 흘러나왔다. 그에 반해 진가운의 눈은 평상시 그대로다.

척!

진가운이 먼저 한 발을 앞으로 슬쩍 내밀며 양손을 허리에 바짝 끌어당겨 붙였다.

진가운을 중심으로 자색의 무연이 피어오르기 시작했다. 언젠가 살령사마와의 싸움에서 보였던 보는 이의 심장을 얼어붙게 만드는 붉은 빛의 자연(紫煙)이다.

시간이 지나며 자색 무연이 점점 짙어졌다. 진가운의 모습이 자연에 묻혀 사라졌다.

"……!"

이제껏 진가운을 바라보기만 하던 은하대제의 몸이 슬쩍 흔들렸다.

진가운을 덮고 있던 짙은 자색 무연이 사라지며 마주 보기 힘들 정도의 섬광이 진가운의 몸에서 뿜어져 나왔다.

우우웅!

정체를 알 수 없는 소리가 퍼져 나가기 시작하자 은하대제가 급히 자신의 손을 앞으로 내밀었다.

슈슈숭!

손을 내미는 것과 동시에 은하대제의 몸을 중심으로 돌풍이 일었다. 시간이 지날수록 바람이 강해지더니 이내 주변에 있는 모래를 날릴 정도로 강풍이 되어 몰아쳤다.

타다닥!

돌풍에 날린 모래가 진가운의 몸을 때렸다. 내공을 끌어올린 진가운의 몸이 움찔거릴 정도로 모래 하나하나는 그렇게 강한 힘이 되어가고 있었다.

'굉장하군. 이제 본격적인 연기를 시작할 때인가.'

진가운이 입술을 힘껏 깨물며 내공을 더욱 끌어올렸다.

쩌저정!

얼음이 갈라지는 소리와 함께 영롱한 빛을 뿜어내며 일 장에 달하는 거검(巨劍)이 진가운의 몸 밖으로 천천히 모습을 드러냈다.

파천광선검!

은하대제를 일 합에 베어 넘긴 파천광선검이 진가운에 의해 두 번째로 세상에 모습을 드러냈다.

"크흑!"

진가운의 입에서 신음이 터졌다. 드디어 진가운이 제어할 수 없는 무서운 힘, 살기가 진가운의 몸속 곳곳에 퍼지기 시작한 것이다.

찌리릿!

파천광선검이 완전히 모습을 드러냄과 동시에 진가운이 감았던 눈을 번쩍 떴다. 그와 함께 조금 전 은하대제가 진가운에게 보였던 안광이 진가운의 눈에서 쏟아졌다.

스륵!

은하대제가 슬쩍 한 발 뒤로 물러나며 앞으로 내뻗었던 양손을 머리 위로 치켜들었다.

콰과광!

난데없는 천둥과 함께 하늘에서 뇌전이 떨어졌다. 그와 함께 하늘 높이 올라갔던 모래알이 마치 비가 된 듯 지상으로 떨어졌다.

슈슉!

마치 용이 승천하듯 은하대제의 몸이 서서히 하늘로 올라갔다.

은하대제의 얼굴에 미소가 스쳤다.

부르르.

진가운이 몸서리를 치며 은하대제가 떠 있는 공중을 바라보며 한 발을 슬쩍 들어 올렸다. 언제든 비상하겠다는 듯 하늘을 뚫어져라 바라보는 진가운. 은하대제 역시 그런 진가운에게서 한시도 눈을 떼지 않았다.

순간.

모래바닥이 반으로 갈라지며 한줄기 빛이 은하대제를 향해 날아갔다.

'마치!'

진가운은 그것이 마치임을 단박에 알아챘다. 지금까지 예하령의 보호를 받으며 기습의 기회를 노리고 있던 마치가 마침내 기회를 잡아 심검을 앞세워 은하대제의 몸을 베기 위해 날아오른 것이다.

진가운의 입가에 미소가 번졌다. 지금까지 한 치의 흔들림도 보이지 않던 은하대제의 몸이 슬쩍 흔들렸기 때문이다. 하기야 마치의 검이 어디 평범한 검인가? 태양을 반으로 갈랐던 무시무시한 검이다.

은하대제의 몸이 슬쩍 흔들리는 와중에도 마치의 몸은 빛이 되어 계속 은하대제를 향해 날아올랐다.

화라라락!

마치와 은하대제가 부딪치며 두 사람 사이에서 불꽃이 피어올랐다.

"……!"

진가운의 눈이 커졌다.

은하대제의 몸을 반으로 가를 것으로 믿어 의심치 않았건만 불꽃과 함께 마치의 몸이 조금씩 사라지고 있었다.

"안 돼!"

진가운이 발을 구르며 그대로 마치가 있는 곳으로 몸을 날렸다. 진가운의 머리 속은 오직 마치를 살려야겠다는 생각뿐이었다.

"오홉!"

하늘을 향하던 은하대제의 손이 번개처럼 아래로 움직였다.

콰르르릉!

천지를 뒤집을 듯한 엄청난 폭음과 함께 하늘에서 엄청난 뇌전이 일며 막 공중으로 솟아오르고 있는 진가운을 향해 떨어져 내렸다.

"……!"

진가운의 몸이 흔들렸다. 흔들리는 진가운의 눈에 점점 불꽃으로 사라져 가는 마치의 모습이 들어왔다.

"아직 늦지 않았다! 절대로 마치 어르신을 저대로 죽게 놔둘 수는 없다!"

콰지지직!

은하대제의 뇌전과 진가운의 파천광선검이 부딪치며 엄청난 섬광이 일었다. 뇌전에 맞은 진가운의 몸이 부르르 떨렸다. 진가운이 이를 악물고 흔들리는 몸을 바로 세웠다. 그리고 몸속에 있는 내공이란 내공은 모두 끌어올렸다. 순식간에 진가운의 눈이 붉게 변했다. 그와 함께 주체할 수 없는 엄청난 살기와 그를 따르는 선천진기가 뿜어져 나오며 파천광선검 속으로 빨려 들어갔다.

"제길!"

진가운의 입에서 욕이 튀어나왔다. 뿜어져 나오는 선천진기를 막으려 죽을힘을 다했지만 한번 터진 선천진기는 그칠 줄을 몰랐다.

'이왕 이렇게 된 것 은하대제를 벤다!'

어차피 늦었다고 생각했다. 차라리 은하대제의 몸을 반으로 가르고 일순간이나마 중원을 구한 영웅으로 살아가기로 했다.

"합!"

진가운이 기합을 지르며 몸속에 있는 기운이란 기운은 모두 끌어내 파천광선검에 실었다.

쩌저저정!

파천광선검이 은하대제의 뇌전을 뚫고 조금씩 앞으로 나아갔다.

'이럴 수가?'

은하대제가 믿을 수 없다는 듯 진가운을 바라보았다. 자신의 뇌전에 의해 반으로 갈라질 것으로 생각했던 진가운이 자신을 향해 계속해서 다가오더니 어느새 가슴을 조금씩 파고들고 있었다.

슈팟!

그와 함께 갈라진 뇌전을 뚫고 한줄기 섬광이 은하대제의 몸을 뚫고 지나갔다

"크흐흑!"

신음이 흘러나옴과 동시에 은하대제의 몸뚱이가 서서히 반으로 갈라졌다.

"허허허, 다행일세. 자네보다 먼저 내가 은하대제의 몸을 반으로 갈라서 말일세. 내 저승에 가면 자네의 사조에게 할 말이 생겼으니 너무 아쉬워는 말게."

진가운의 머리 속으로 마치의 음성이 들렸다.

"어르신!"

진가운이 급히 고개를 돌렸지만 이미 마치의 모습은 사라져 보이지 않았다.

툭!

땅 위에 내려선 진가운이 마치의 시신을 찾기 위해 급히 주변을 살폈다. 그렇지만 반으로 갈린 은하대제의 몸만이 보일 뿐 마치의 시신은 그 어디에도 보이지 않았다.

"와아아~!"

"일승문주 만세!"

"비류은하참 만세!"

멀리서 함성과 함께 중원의 무사들이 자신을 향해 달려오는 것이 보였다.

그와 함께 모래 위로 예하령이 머리를 내밀었다.

"나는 다 알아."

"뭐?"

"나는 다 안다고. 진정한 중원의 영웅이 누구인지."

"하령아!"

"지금은 말하지 않겠어. 그렇지만 잘못 보이면 내 입 내가 책임 못 지니까 알아서 해. 그럼 막사에서 봐!"

예하령이 다시 모래 속으로 사라졌다.

진가운이 급히 예하령이 사라진 곳을 바라보았다. 아무래도 예하령의 입이 불안하다. 중원의 무사들이 몰려들고 있다는 사실도 잊고 진가운은 예하령의 입을 막을 방법을 찾았다.

그렇게 잠시 고민하던 진가운의 입가에 미소가 번졌다.

'그래, 아무리 하령의 입이 가볍다 한들 설마 신랑의 비밀을 함부로 내뱉기야 하겠어?'

진가운이 몰려드는 사람은 신경도 쓰지 않고 급히 막사가 있는 곳으로 달려갔다. 지금 막사에는 아무도 없을 것이므로 먼저 예하령의 입을 막기 위한 조치를 취해야 한다고 생각한 것이다.

*   *   *

"빨리 와! 그렇게 굼벵이처럼 느리게 움직이다가 어느 세월에 장인이 계신 항주에 도착하겠어?"

"치이! 다리 아픈데."

"그래서?"

"업어줘!"

"발이 없어?"

처가를 찾아가는 신혼인 듯 보이는 남녀 한 쌍이 안휘성 구화산(九華山)을 내려오고 있었다.

그런 남녀를 유심히 지켜보는 눈동자.

그러고 보니 남녀를 지켜보는 눈은 한 쌍이 아니었다. 족히 이십여 명은 될 듯한 사람들이 구화산을 내려오는 한 쌍을 지켜보고 있었다.

"채주님, 꼭 목을 베어야겠습니까?"

"당연하지. 내가 저놈의 목을 베기만 한다면 나 구화채주(九華寨主) 마장(馬杖)의 위명이 녹림삼십육채주(綠林三十六寨主) 계묵환(桂墨煥)을 앞설 수 있어. 어차피 저놈은 며칠을 넘기지 못하고 죽을 놈이야."

"그래도 저 사람은……."

"닥쳐. 어차피 네놈들은 나설 필요도 없어. 내가 놈의 목을 한칼에 잘라 버릴 테니까 네놈들은 구경만 하면 되는 게야."

획!

구화채주 마장이 신혼부부의 뒤를 급히 따라 내려갔다.

"멈춰라!"

마장의 고함과 함께 산을 내려가던 남녀 한 쌍이 걸음을 멈췄다.

걸음을 멈춘 두 사람이 천천히 몸을 돌렸다. 뜻밖에도 몸을 돌린 남녀는 진가운과 예하령, 아니, 주하령이다.

"무슨 일이냐?"

진가운의 물음에 마장의 얼굴이 슬쩍 일그러졌다.

"무슨 일이냐? 이런 때려죽일 놈을 보았나. 그래도 중원을 구한 놈이라고 해서 나 구화채주 마장 어르신이 자비를 베풀어 깨끗이 한칼에 베어주려고 했건만……."

"누가 네놈 손에 죽는단 말이냐?"

"누구긴 누구야 너지, 이 싸가지없는 새끼야!"

획!

말이 끝나자마자 마장이 칼을 휘두르며 진가운에게 달려들었다. 어이없다는 표정으로 마장을 바라보던 진가운이 급히 손을 들어 날아드는 마장의 칼을 막았다.

'오냐, 손목부터 잘라달라 이 말이렷다.'

마장이 있는 힘껏 진가운의 손목을 노리고 검을 휘둘렀다.

캉!

쇳소리와 함께 진가운이 그대로 마장을 향해 달려들며 가슴을 향해 주먹을 뻗었다.

"크흑!"

가슴을 맞은 마장이 비틀거리며 뒤로 물러났다.

타닥!

진가운이 다시 마장을 향해 양 발을 내디디며 그대로 몸을 공중으로 살짝 띄워 올렸다.

휘익!

바람을 가르는 진가운의 발.

퍽!

진가운의 발에 머리를 얻어맞은 마장이 손으로 머리를 감싸며 몸을 움츠렸다.

저벅!

발자국 소리에 마장이 급히 고개를 치켜들었다. 미소를 지으며 다가오는 진가운의 모습에 마장이 슬금슬금 뒷걸음질을 쳤다.

"어이, 내 목을 베겠다며? 그런 사람이 그렇게 뒷걸음질을 쳐서야 쓰나. 응?"

진가운이 마장의 멱살을 움켜쥔 채 바짝 끌어당겼다.

"사, 사, 살려주십시오!"

"그럼 죽이기야 하겠어?"

획!

말이 끝남과 동시에 진가운이 주먹을 마장의 배에 박았다. 마장이 아무 소리도 지르지 못하고 눈을 부릅떴다. 일순 숨이 막혀 소리도 지를 수 없었다.

따다닥!

그런 마장의 머리 위로 진가운의 주먹이 연속으로 날아와 박혔다. 마치 망치로 맞는 듯한 엄청난 충격이 전해졌지만 마장은 여전히 비명조차 지를 수가 없었다.

예상과는 다른 진가운의 모습이었다.

분명 일승문주는 사람을 죽이면 모든 내공이 사라져 며칠 동안 손

하나도 제대로 움직이지 못하다가 죽는다고 들었는데 소문과는 달리 쌩쌩했다.

'어떤 새낀지, 헛소문 퍼뜨린 새끼 나한테 걸리면 그날이 제삿날이다.'

공연히 헛소문 퍼뜨려 선량한 산적을 난처하게 만든 그놈을 생각하니 피가 끓었다. 그렇지만 지금은 자신이 살아남는 것이 중요했다.

가쁜 숨을 몰아쉬며 간신히 정신을 차린 마장이 진가운을 보며 손을 모았다.

"뭐야?"

"잘못했습니다! 살려주십시오!"

"알아, 내가 언제 죽인다고 했어? 잘못했으니까 잘못한 만큼 맞는다고 했지?"

퍽!

진가운의 주먹이 마장의 배에 박힘과 동시에 마장의 몸뚱이가 사 장 밖으로 나가떨어졌다.

'기회다.'

바닥을 데굴데굴 구르던 마장이 죽을힘을 다해 몸을 일으켜 달아났다.

턱!

마장을 따라가려는 진가운을 예하령이 멈춰 세웠다.

"뭐야?"

진가운의 물음에 예하령이 얼굴을 붉히더니 진가운의 팔을 잡은 채 숲 속으로 들어갔다.

"뭐야? 왜이래?"

"에이, 알면서."

예하령의 나긋나긋한 소리가 숲 속에서 들려왔다.

"여기서 어떻게? 빨리 장인어른께 가야 되잖아!"

"뭐, 한 시진 늦는다고 무슨 일 있어?"

"그래도 여기서 어떻게……."

"그래, 알았어. 지금 당장 옥문관 싸움의 진실에 대해서 말해야겠네."

"에이, 왜 이래? 농담 한번 한 걸 가지고."

진가운의 말을 끝으로 더 이상 예하령과 진가운의 목소리는 들리지 않았다. 다만 두 사람이 들어간 숲 속의 작은 나무와 풀들이 이따금 흔들릴 뿐이었다.

〈4권 완결〉